大自然的诗

虫

L'INSECTE

Jules Michelet

[法] 儒勒·米什莱
—著—

陈筱卿
—译—

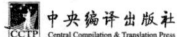

目录

代序

宇宙的史诗

埃米尔·左拉

前言

◇

第 一 卷　蜕 变

一	一个小女孩的恐惧与厌恶	…………………	039
二	怜惜	…………………………………………	044
三	地球的看不见的建设者	…………………	054
四	爱情与死亡	……………………………	061
五	怕冷畏寒的孤女	…………………………	068
六	蜕变——干尸、蛹或蛹壳	………………	076

| 七 | 凤凰涅槃 | 084 |

第二卷　昆虫的使命与技艺

一	斯瓦默丹	093
二	显微镜——昆虫是否有思维？	106
三	昆虫在死亡与生命的加速中成为大自然的代理者	117
四	昆虫，人类的帮手	125
五	颜色和光线的幻影	133
六	丝	141
七	昆虫的工具和它的化学能、紫红色、斑蝥等	147
八	通过研究昆虫改进我们的技艺	152
九	蜘蛛：技能、失业	158
十	蜘蛛的家，蜘蛛的爱	167

第三卷　昆虫社会

一　黑暗之城：白蚁 …………… 177

二　蚂蚁的家庭和婚恋 …………… 185

三　蚂蚁的"牛群"及"奴隶" …………… 195

四　蚂蚁的内战，城市的毁灭 …………… 206

五　胡蜂短暂的疯狂 …………… 217

六　维吉尔的蜜蜂 …………… 225

七　田野上的蜜蜂 …………… 231

八　蜜蜂建筑师 …………… 239

九　蜜蜂是如何生育蜂群和造就共同的母亲的 … 248

结　论 …………… 258

注　释 …………… 263

儒勒·米什莱生平与创作年表 …………… 287

代序

宇宙的史诗
埃米尔·左拉

我划着小舟，穿行在漂浮的灯心草之间，到了一个僻静的地点。谁也不知道我在这儿，就连鸟儿也不知道。想到这一点，我喜不自胜。陪伴在我身边的，只有静水中我的倒影。于是我翻开书，重读米什莱的诗。《鸟》《虫》《海》《山》，这些宇宙的史诗，就应该这样阅读，远离尘嚣，在一座偏僻小岛，在大地的怀抱。不要问我你们该携带什么新书去度假，那样我就会回答："没有什么新书。你们就带上《鸟》《虫》《海》《山》，到矮树林深处重新阅读。我可以肯定，你们会以为还没有翻阅过。"

啊！在六月的一天清亮的早晨，多么容易理解诗人卓越的倾向！他对莺和蜻蜓、对橡木和山楂树所怀有的兄弟般的好感，具有某种我说不清的城里人的做派。在这里，在这生命悸动的岛上，人真的就感到自己是草虫、蝴蝶、极细小枝叶的亲戚。我半卧在草坪宽宽地毯的一端，想象自己也跟旁边的杨树一样，紧紧依恋大地，仿佛感到我在杨树皮下所听见流动的汁液，也同样在我清爽的肉体内上升；我依赖它们的生命力而生活，一种自由而又自豪的生命力。我像它们那样，一动不动，默默无声，在激赏的阳光中沉思，久久遐想大地的秘密。我倾听着一只鸟儿的啾啾、一只虫儿的唧唧，理解了这些初始的语言，在树木与我共享的汁液中，汲取了一颗友爱的灵魂。

自不待言，我绝不会折断一只苍蝇的翅膀，绝不会辗死极弱小的蚜虫，那样我就会认为自己犯了凶杀罪。从前，我阅读米什莱眼含热泪讲述他可能第一次杀害一只昆虫的这几页文字，不由得微笑起来。现在，我领会了他的眼泪。我怀着友情注视着草地上的盲蛛和蚂蚁，这些小生命来自共同的大家庭。我觉得哪怕是加害一个小生命，我也会给这阴凉的静处增添几分悲凄的色彩；就连折断一根树枝我也得犹豫，唯恐看到从伤口中喷出血来。置身于高高的草丛，忘情于一片绿色的寂静中，人就会逐渐感到一切都活跃起来，一切都活了，就连阳光晒热的白石头也有了生命。于是对生命，心中便升起一股极大的崇敬。渐渐地，形成了一种奇异的共鸣：走路突然践踏、伤害了植物，自身肉体也会感到伤痛。米什莱就由衷地具有这种意识：人与大地最年幼的孩子之间，存在着亲缘关系。他那种善心令人赞叹，只因他在任何生物体内、任何事物体内，都听到了共同的生命和友爱的气息。

太阳升高了，万缕金丝雨，透过枝叶，给草坪打上点点活动的黄斑。现在一定是酷热难耐了。我望见杨树树干后边一段小河，河水沉睡，白花花且稠稠的，好似熔化了的白银。一种颤动的寂静，降落在极度兴奋、陶醉于阳光中的乡野上。

然而，我所躲藏的这个枝叶茂密的角落，这间幽室，却保持着一种沁人心脾的清爽。热风时而刮过，好似火热的亲吻，让凉快的树荫产生快感而急速战栗。

合上书，我一边思考，一边阅读这首关于大自然的诗的续篇。噢！我们如今的诗人多么盲目，思想多么狭隘！他们舍近求远，到已逝人民的传说中，寻求虚假的灵感，费尽心机去复活那些老神话，却无视大自然真实的广阔天地。今天我们知晓，苍白的神明并不隐藏在树皮里和花蕊中。科学向我们揭示了一种境界更高的诗歌，现实已经显示出它比寓言更伟大。古代那些讽喻已经变得冷冰冰的，它们比起鲜花的真爱和树木的真实生活，显得幼稚可笑。在米什莱的作品中，读一读玫瑰是如何爱的，橡树是如何出生并长大的，那么你们就会像对一个害羞的妹妹似的关心玫瑰，就会像对一个比你们优秀的兄弟似的关心橡树。明天的史诗就在这里，在发现天和地幽深而温馨的奥秘中，在生物和事物的崇高的自然史中。

米什莱作为第一批的成员，怀着无限的激情，跪拜共同的伟大母亲，为此他将永世享有荣名。而对生命的无限，他浑身颤抖，既惊恐又心怀希望。他叩问昆虫麇集的世界时，一定忘掉了人，比起不计其数的无限小的族类，我们的民族简直少得可怜。总是不断地出现新生物，地球的活力，一直体现到最不起眼的一滴水中。而所有这些生物，受引领世界的原动力的推动，都那么活跃，走向一个目标。任何神话，都从来没有虚构出一个给人这样一种现实概念的故事。我边想这些事物边注视身边的草地，目光落在绿得发亮的草茎上。一簇青草就是一块未知的土地。我所观察的这块土地上，就有街道、十字路口、整座城市。我看清深处有一大片暗影，那是正在凄然腐烂的春天的叶子；继而，细茎径直上升，拉长，又打了弯儿，姿态十分曼妙；这些是纤细的柱廊、断桥、凯旋门、巴比伦式的一整套建筑。这个世界有居民，比节日期间一座巴黎广场还拥挤；各种虫子在柱廊下往来穿梭，默默无声忙碌着，好似匆匆忙忙去办事的人。我不免想到，在这块巴掌大的土地上，能有数百万的微生物，我的肉眼看不见，却感到约伯所说的神圣恐怖的战栗传遍我的肌肤。

如果说不计其数的昆虫，打开了生命无限的渊薮，那么鸟类翅膀的国度，就是我们乡野的歌声。在这里，米什莱的呼叫就是自由的一声呼叫。翅膀！翅膀！云雀直冲云霄，在拂晓放飞希望的歌，不断升空，直至见到日出的第一缕阳光。在米什莱的眼里，这种形象正是人类穿越岁月，冲向正义和真实的宁静高度。鸟儿的诗篇，其实也可以说，正是一首人类的、聪慧的诗歌。筑巢，孵卵，都是一首首美妙的田园诗。但愿我们的诗人沿着篱笆走走，给我们讲讲红喉鸟儿的爱情，这要比他们大谈印度和希腊的神更能打动我们。从早晨我就注意到，在我附近的山楂树丛中，有一只莺正在筑巢；在这僻静的地方遇到一个生人，起初它不禁恐惧，后来慢慢习惯了，把我当成了一个并不碍事的朋友，几乎就在我的鼻子底下叼草茎，缠绕编织。干吧，可怜的动物，我不会来捕你的孩子。

我在这幽深的隐居场所，就这样一直待到傍晚，很高兴忘记了自己是人,自以为跟虫儿和鸟儿一样自由。到了暮色苍茫的时分,我恋恋不舍,又操起桨,任小舟顺流而下。双桨拂到水面,在暮晚朦胧的寂静中,发出轻柔而单调的声响。

一天结束了,每人干完了活儿,大地上的车间都关门了。我想到那些可怜的姑娘,她们在我们城市的车间里劳作,累得眼睛通红;我又想起儒勒·西蒙[1]的一本好书——《女工》这部伟大心灵之作的某些段落,不免心中暗道:我们已经把一切,甚至把劳动都玷污了。在我们这里,有富人和穷人,还有为供养这个世界的幸福者而干活累死的贫苦的不幸者。在田野上,只有劳动者,每人挣自己的面包,正因为如此,一天劳作结束,农村那么静谧,堪称正义和自由的理想的城池。

我们若是愿意倾听的话,草场和山峦能给我们上多少课程啊!当米什莱歌唱自然之诗的时候,我们感到他考虑的是人,他把动物当作我们的典范,把树木和山峦视为我们的榜样。在《山》这本书中,他带着我们攀登那些纯净自由之风劲吹的山峰。对他而言就是这样,自然科学总是持续揭示进步的法则。他坚定地相信,等到我们终于相互了解的那天,我们就会如兄弟般相爱,而科学一旦阐明事物和生物间密切的亲缘关系,世界就将沉浸在一座火熔炉里了。

---

[1] 西蒙(Jules Simon,1814—1896):法国政治家,索邦大学哲学教授。1848年因关心工人问题而当选为议员,后担任过教育部长等职。他当选为法兰西学院院长,并成为终身参议员。——译者注(下略)

船桨在静静的水面上歌唱,而我梦想着这种善世的未来。无限的温馨抚慰着乡野。不知从何而来的一种宁静,充满了遥远的祈祷和歌声。淡淡而颤动的天际逐渐扩大,恍若在夜色中隐没之前,最后呈现的一种幻象。

译者附记 米什莱于1868年2月出版了《山》,同年6月28日,左拉就在《论坛报》上发表此文。米什莱看到当天的报纸,当即就给左拉写了一封信:"先生,感谢您写了这样感动而美妙的文章。不错,我想要两样东西,'历史'和'自然',这未免过分了。谢天谢地,《法国史》算是大功告成(您有《路易十六》卷吗?),然而,讲述大自然,什么时候,又如何完成呢?"

1867年,《路易十六》卷,即第十七卷出版:标志着米什莱完成了《法国史》这一鸿篇巨制。1868年《山》一书出版,与先前问世的《鸟》《虫》《海》组成了大自然系列,篇幅虽然比他的《法国史》,甚至比他的《法国大革命史》(六卷)小得多,但是在作者的心目中,历史和自然并重。无怪乎左拉要带着这几本书,到大自然怀抱中重读,写出这篇激情满怀的文章,称赞这是"宇宙的史诗",并且预言作为首批跪拜自然这个伟大母亲的人,米什莱"将永世享有荣名"。左拉几乎同步读这些作品,用同样诗的语言写出这篇鲜活的评论文章,我想借用来,当作中译本的《鸟》《虫》《海》《山》的总序,既可以记录这段文坛佳话,又增添一点一个半世纪前的时代感。

这四本书的全译本首次在我国出版,完成我的一个心愿,也应当感谢世纪文景决策者的慧眼。此前,《鸟》《海》出过节译本,我也曾写过一篇序言:《灵魂的礼赞》。文中写道:米什莱一颗忧戚的心,走出了野蛮的黑夜,走出了历史的阴影,回到大自然的光天化日之下,感到自然万物是那么丰美和旺盛,要在新的感觉中再生……思想的变化往往是隐秘而神奇的。从国家转向大自然,他猛地憬悟,感到大解脱,大释然了。比起自然界来,人类历史的风风雨雨又算得了什么,不仅渺小而荒谬,而且在永恒的宇宙中不过是一瞬间……作者在这些书中,并不想把人的精神赋予大自然,而是要力图悟透大自然的精神,叩问每个生灵的小小灵魂的秘密……法语中的灵魂一词"Ame",既指人也指一切生灵,并非人类专有。在这一点上,古代人出于本能和天性,认识得更为清楚,因而对万物万灵始终怀有敬畏,古代的图腾便是明证。反之,现代人长了知识,却昧了心性,狂妄悖谬到了极点,竟然以世界主宰自居,向鸟类开战,残害各种动物,严重破坏大自然和谐的生态环境,现在开始自食恶果了……这几本书一出版,就取得罕见的成功,效仿者纷纷转向大自然的题材,出炉了许多专著,好几家出版社还计划组织出版大自然的百科全书和丛书。在众多同类书籍中,米什莱的这几本书仍是佼佼者,堪称法国文学史上的散文佳作。书虽小,却显示出作者的恢宏大气、出众才智和诗人气质。他在历史著作中所体现的民主主义的社会思想、人道主义的博爱精神,又进一步发扬光大,扩展到自然科学领域了。早在一百五十年前,米什莱就代表人类,向大自然的灵魂举行了第一次礼赞。这些书今天读来,我们仍然感到深深的震撼,尤其为当代人的所作所为感到羞惭。我们应当记住米什莱的声音……

在这里复述这几段,译者只为重申对作者的无限敬意。

以上写于 2011 年 4 月,《山》《海》《鸟》《虫》在我国首发的初版之际,七年多时间过去了。初版到期,两年前,一家文化公司和一家出版社前来签订了出版合同,准备再版这四本书。米什莱是我偏爱的法国作家之一。相隔两三个月,签订两份合同,以防变故,也是力推好书的一种措施。果然,两年倏忽而逝,还不见书面世,想必各自有无奈的原因。我对图书市场的风云变幻早已习惯,催问无益,正欲另作打算。忽然中央编译出版社责编报来好消息,四本书清样出来,要我过目。

图书再版,是提高质量的好时机。中央编译出版社肯花工夫重点打造,修正了初版的疏漏,不放过一处疑有问题的地方。我感念初版的决策者的见识,也敬重再版的编辑人员提高质量的意愿,因此不敢怠慢,尽量不留下一点遗憾。

米什莱这样一位大家,想了解的读者找不到顺手的资料,只有柳鸣九先生编写的《法国文学史》有专论米什莱的一章,高度评价了米什莱的这些散文作品,但是一般读者很难找到。有鉴于此,我就与责编商定,专门为这套新版的四本书编译一份作者的生平与创作年表,附在每本书的后面,以备读者查阅。

李玉民

2018 年 8 月于大连金石滩

前言

I

我们看着鸟儿在空中,在阳光下自由地翱翔,但是,我们离开的大地却并没有离开我们。鸟儿世界的喜兴并未阻碍我们聆听昆虫在那无尽的暗黑世界中的窃窃私语,它们虽然没有言语,但是它们却在用众多的"语言"起劲儿地诉说着。

从整个大自然,从地下深处,从水底世界,从各种植物中间,甚至从我们所呼吸的空气中,同时向我们传来昆虫们的种种倾诉。

那是昆虫世界的神奇艺术的雄壮有力的倾诉,是它们通过自己的翼翅和色彩,通过它所在黑夜中闪闪发出的光亮,强烈地在表达它的爱情,在向我们倾诉着。

这些倾诉者数量众多,倾诉之声洪亮而惊人。与它们相比,飞鸟和爬行动物简直是不值一提,可以说是完全不可同日而语。我们把世界放在一边,先来看看这个昆虫的世界——这个世界颇具优势。

我们收集了近十万种标本,但是,联想到每一种植物至少能养活三种昆虫,所以根据目前已知的植物数量,可以推算出能有36万种昆虫。——不要忘了,每一种昆虫的繁殖能力又都是超强的。

现在，我们还得记住，任何一种生物，都是在其表面，在其坚实的外壳里面，在其汁液和血液中，养活着其他一些生物的。每一种昆虫都是一个小小的世界，里面居住着一些昆虫。而这些昆虫又包含着其他的一些昆虫。

这就是昆虫的全部情况吗？不是的。有人告诉我们说，我们曾经以为是矿物和无机物的物体中，有着一些"动物"，数亿只聚在一起也只不过有拇指一般大小，它们会让我们看到昆虫的端倪，它们有权利说自己是一些原始的昆虫。——这些昆虫的数量到底有多大？它们中的一种的尸体就能堆积成亚平宁山脉，而将它们摞起来的话，就能把我们称为"安第斯山脉"的美洲的巨大山脊变得更加高大。

说到这儿，我们觉得这幅图景算是描绘好了。但是还请大家少安毋躁。软体的动物在南部海域筑造了许许多多的岛屿（最近的几次调查可以为证），连绵1200法里[1]，把我们与美洲隔离开来；这些软件动物被许多博物学家誉为"胚胎昆虫"，以至于它们丰富的族类如同那高级种族的一种附属，可以说是一些与昆虫并驾齐驱的族类。

这是很了不起的。然而，这却令我颇为怀念鸟儿的那个小小的世界，怀念那些用它们的翅膀驮着我的可爱的伙伴们；我怀念的并不是它们的和谐协作，甚至也不是它们那轻盈而高尚的生命的壮景，而是它们曾经了解我！……

1　1法里合4公里。——译者注（下略）

我们心灵相通，我们彼此相亲相爱，我们能够交流。我替它们说话，它们为我歌唱。

我从天空坠落到黑暗王国的边缘，面对着无声而神秘的黑夜之子，可我又能创造出何种语言，何种聪明的字义来与之交流呢？我又能找到什么办法去接近它们？我的声音、我的动作，只能把它们给吓跑了。我看不清它们的眼神；我从它们那毫无表情的脸上看不出任何的意思来。它们有甲胄包裹着，拒人以千里之外。它们的心脏（因为它们是有心脏的）同我的心脏一样地在跳动吗？它们的感官非常灵敏，但是它们的感官与我们的感官相像吗？它们似乎有着一些特殊的、不为我们所知的、尚未命名的感官。

我们对它们不甚了解；大自然造就了它们，而对于我们人来说，它们始终是个未解之谜。如果说大自然的爱闪现了一下，让它们展示出来的话，它却又将它们在黑暗的大地深处或者橡树的秘密之处藏匿了多年。它们被发现，被捉住，被开肠破肚，被解剖，被置于显微镜下观察，但对我们而言，它们却仍旧是个谜。

这是一个令我们忐忑不安的谜，这个谜之怪异几乎让我十分反感，因为它让我们思绪混乱，心神不宁。我们如何看待一个用身体的一侧呼吸的生物？它们是一种反常的步行者，与其他各种生物大相径庭，它们背朝地，腹朝天。在许多方面，昆虫都让我们感觉是一种十分别扭的生物。

另外，昆虫因其小而让人产生误解，它们的器官让我们觉得十分怪诞，十分吓人，因为我们的肉眼难以看清它们，对它们的构造与功能难以弄清。但凡看不清楚的东西都会让人忐忑不安的。因此，人们见到它们时干脆将它们踩死算了。它们是微不足道的，那么的微不足道，以致人们对它们也就不去考虑公平与不公平的问题了。

分类方法我们有的是。我们自觉自愿地接受了一位德国梦想家所做出的那个决断，他只用了一句话便了断了这件公案："上帝创造了世界，但魔鬼创造了昆虫。"

但此人并不认为自己被打败了。对于哲学家的那些体系以及孩子们的恐惧（哲学家与孩子也许是一回事），他做出了如下的回答。

他首先说道，正义是普遍存在着的，个头的大小与法律毫不相干；而如果人们认为可以假定权利是相等的，普遍之爱可以使天平倾斜的话，那么爱则是倾向微小者的。

他认为，以相貌去判断昆虫，去谴责它们的一些我们并不了解其功能的器官，那是荒谬的，它们的大部分器官都是一些专门的工具，是多达数百种功用的工具；昆虫既是一个大的破坏者，又是一个大的制造者，它们是杰出的工业家，是生命的积极的工匠。

最后，他说道（也许出于高傲自大、自命不凡），根据明显的表象来判断其业绩与成果，昆虫是所有生物中最具有爱心者。爱使它生出了翼翅，让它通体色彩鲜艳，甚至是金光闪烁的。爱对于它来说，就是瞬间的或迫近的死亡，它以母性的惊人的"第二视觉"对自己的孤儿继续进行着一种神奇的保护。最后，这种母爱的天性传播甚远，惠及飞鸟和四足动物，它让昆虫创造了一个个"国家"和"城市"。

这是令我十分赞赏的很有分量的辩护词。昆虫呀，如果你在劳作，如果你在爱，无论你相貌如何，我都不会远离你。我们彼此颇有点亲缘关系。如果我不是一个劳动者的话，那我又算是什么呢？在这个世界上，我能够有什么比"劳动者"更好的头衔呢？

这种行动与命运的共同之处将敞开我的心扉，将赋予我一种新的感官去聆听你的寂静。爱，是神奇的力量，它作用于所有的生物，并造就它们的共同的灵魂，爱，对于它们来说，是一个"代言人"，通过它，所有的生物都在交流，而且，都能不言而相知。

II

通过对博物学家们和旅行家们的大量著作的阅读，我们曾了解了鸟类，我们像一个孤独的女人那样颇有耐心地去研读，并因此掌握了许多的事实、细节，使得我们看到了昆虫的多种多样的面貌。与鸟类相比，昆虫总是让我们不断地觉得它们忽而和谐一致，忽而又彼此对立，不过，经常出现的是它们的一个侧面，如同被遗弃的一个生物。

我置身于十六世纪，而在将近三年的对历史的潜心研究中，通过阅读节选以及每晚的交谈，我了解了所有这一切。我通过一个对大自然的一切事物都温情有加，并对所有极其微小的生物富有极大爱心的人，收到了关于这一重大研究的各种各样的材料。这份富有耐心和忠贞的爱无限地延展着好奇心,可以说是通过蚂蚁搬家的方法,像积攒大量沙粒一般地积累种种材料,这些材料在重要著作中并不多见,而在无数的回忆录和零星论著中却比比皆是。

　　长久地、不知疲倦地、始终如一地去热爱,就能让弱者变成强者。如果你一旦想要走出书本,转而观察,对生活进行长期而细致的研究的话,你就必须永远保持这种兴趣与爱好。朱丽娜小姐在她父亲对蜜蜂的研究中做出的巨大贡献,以及梅里安夫人的卓有成效的长途旅行给我们留下了很有价值而且又非常精美的圭亚那的昆虫图像,令我惊叹不已,崇敬有加。女人们目光敏锐,心灵手巧,善做女红,极适合做这类细腻的工作。她们对微小生物更加地尊重,更加地爱护,更加地珍惜。她们并不是诗人,却极富诗情画意,而且对任何事物都充满着爱心。但是,她们对微小的生物并不是十分喜爱的,她们只是容忍它们,并不那么关注它们,往往看到它们时还颇为不屑。不过,她们却颇有耐心,她们能够成为卓越的观察者,成为一些小雷奥米尔[1]。

　　通过显微镜观察微小生物,特别需要女性的气质。必须具有一点女性的意味才能观察成功。显微镜第一眼看去是挺有意思的,但是,作为一项认真的工作的话,就必须要灵巧,耐心,必须花费大量的时间,而且是整段的时间,去进行重

---

[1] 雷奥米尔(René Réaumur,1683—1757):法国物理学家和博物学家。

复的、不间断的同样的观察，日复一日地去观察同样的东西，无论是在清晨那清晰的光线下，还是在中午那激烈的阳光里，有时甚至是在傍晚那微弱的光线中。有一些必须放在一起观察的，用普通的放大镜进行观察效果更佳，而另有一些观察物比较透明，在显微镜下观察则更清晰。有一些昆虫，白天看上去微不足道，或者毫无意义，但是，到了晚上，当镜头把光聚拢来之后，却显得妙不可言。最后，一言以蔽之，这些研究在今天已经很容易进行，只要对这些微小的、看不清的小生命怀有虔诚的心、不倦的爱就可以了。它们是某种纯洁无瑕的母亲。

把我深深地吸引住了的这可怕的十六世纪，直到1856年春天才把我释放了出来。《鸟》也早已出版了。我想喘口气，于是便在克拉朗附近的日内瓦湖畔定居下来。然而，这个地方虽然非常美，让我强烈地感到回到大自然之中，但没能让我静下心来。我仍然对那血腥的故事感到过分的激动。我心中有一团火，什么都无法将它扑灭。我带着我的杉木杯，沿着一条条公路走，品尝着一处处泉水的甘甜。它们全都那么清新爽口，那么纯净清凉，我一边心中还在思忖，它们中是否有哪一座清泉有能力清除过去与现在的那么多的痛苦事，有哪一座清泉对我来说将会是"忘河"[1]之水。

最后，在吕西那，在一处离城有半法里的地方，我发现

---

[1] 神话中的地狱河流，亡灵饮其水，遂忘却了过去。

了一种我不知道是什么样的修道院，如今它已经变成了客栈，于是，我把我的工作室当作了"会客厅"。那是一间宽敞的房间，有七扇大窗户，朝向山峦、湖泊和城市，房间三面采光，让我整天都拥有美好的阳光。从早晨到晚上，太阳总照耀着我，围着我放在房间中央的显微镜移动着。我面对着并且环绕着我的那座美丽的湖名叫"雨丽湖"，此刻尚不狭窄、粗犷，也不波涛汹涌。不过，遍地的冷杉林在给景色添光增彩，但你可千万别以为自己置身于四季如春的地方，实际上，这是一处寒冷的地界。严寒影响到很多的生物。寒风正是从南方吹过来的。在我对面的湖岸上，墨绿的比拉特山与我为伴，它好似刀削斧劈一般，在它那墨黑的山脊上，"白色的处女峰"和"银峰"（亦即冉弗洛峰和希尔贝波恩峰）正在十法里外注视着我。

七月骄阳似火，可这儿却十分的美，非常凉爽，但是，到了九月份，往往就很冷了。你会感到在自己的上方，在自己的身后，在很高很高的地方，有一个大海的海水悬于你的头顶上。那是一个巨大的"水库"，欧洲的一条条大河均发源于此；圣戈塔尔高原方圆有十法里，它的一端倾向罗讷河，而另一侧则倾于莱茵河，北面向着勒斯河，南面则朝向特桑河。那"水库"是看不见的，顶多也只能瞥见它的一个侧影，但你却能感觉到它。你需要水吗？那就来这儿吧。你就痛痛快快地喝吧，它是最最巨大的"水杯"，它在浇灌着人类。

我开始觉得不怎么渴了。盛夏时节，夜晚却很冷，清晨与晚间则很凉爽。我贪婪地、久久地凝视着那一座座雪峰，它们似乎在让我心灵清新，让那漫漫长路，那灰尘扑面，那风吹日晒，变得艰难但崇高，不过，有时候也泥泞遍地，只不过史上的那一次次的革命也为之一扫。我在世事的变迁与永久的史诗之间恢复了些许的平衡。

有什么比那阿尔卑斯山更加神圣的？我有时会称它为"欧洲的共同祭坛"。为什么这么说呢？这并非因为它的高耸，稍微高一点或者稍微矮一点，我们都并没离天穹更近一些或更远一些，而是因为它那巨大的和谐，在别处很模糊，而在这儿却是能够感觉得到的。生命的休戚与共，大自然的循环往复，它的各种自然力的亲切的相互共济，它的每一座山脉都从它的冰川中显露出来，展现的是它那可望而不可即的地区。一条激流向一座大湖流去，流速渐渐变缓，静静地在流淌，在净化，变成为一种纯净的水、一种清澈的水，随后，变成一条大河，雄伟壮观地将阿尔卑斯山的灵魂带向四方。从这无数的水流中将升腾起一片雾气，笼罩着一座座山峦，那雾气将使得它的冰川宝物变得更加新颖奇异。

一切都是那么和谐，而景色又是那么美，以致湖泊和它们的河流都在犹豫或观望，不想远离它们源自的那高山峻岭、厚厚的积雪以及伟大的处女地。

它们在互相对视、互相交流、互相协作、互相爱护。它们是多么朴实无华！它们都是强者，是强者与强者在"携手并进"！它们凝重而流畅，迅捷而永恒。如茵绿草的上方是终年的积雪。自夏季开始，冬季已经来临。

从那儿显现出的是一种审慎的大自然，一种普遍的朴实无华，甚至在事物之中也是如此。你边看边享受着。尽管你不会长久地去看它，但你的心却依然被这个极其严肃而又极其纯洁的世界所触动。它让你瞬间便被吸引住，被它的严谨所折服。从雪山到湖泊，从树林和河流到青翠碧绿的草地，有一种圣洁的童贞在笼罩着这片地区。

此处适合于各种年龄的人。年长者在这儿变得坚强，与大自然结合在一起，向从山峦投下的阴影致敬而又不感到忧伤。而年轻的生命在这儿感受到的只是黎明和晨曦，他们心扉敞开，流露出一种虔敬的可爱的温情：这是一种对世界灵魂的柔情蜜意。

我们最偏爱的地点以及我们的研究室则位于湖泊上方，西布尔格岩后的一片较高的小杉树林里。有两条大路可以通向那里，光线极其充足。朝着吕塞那望去，景色秀美，无与伦比；朝着一眼望不到边的圣女塔尔和层层叠叠的山峦望去，景色又是那么的壮严、凝重、无可比拟。但是，当我们踏进我们的冷杉林中，这份令人心旷神怡的美景便顿然消失了。我们还以为是走到世界尽头了；光线变暗，声音似乎变得又轻又小，甚至生命好像都缺失了。

乍一看，这类树林都很一般，但是，细细看去，全都变了。冷杉笼罩着、压抑着想在其树荫下生长的其他各类植物，却让树林显得挺豁亮；而且，当你的眼睛习惯了这种类似黄昏暮色的光线时，你就会更加清晰地看到远处，看清一切，比在普通树林里的那番让你举步维艰的杂乱无章之中观察得更加清楚。

首先在它的似乎雄伟、阴森的神殿似的立柱下，呈现给我们的是一种死亡的景象，但是，那是一种毫无忧伤气氛的死亡，是一种经过矫饰、装扮而且丰富多彩的死亡，如同大自然赋予它的植物的死亡一样。每走一步，都可以看到一些根部尚在的枯木桩，仿佛穿着一件密不透风的绿色丝绒服，摸上去好似滑溜溜的苔藓一般，而且色泽多变，令人赏心悦目。

可是，动物又在哪里呢？我们的耳朵已经习惯于辨别它们，猜测它们。我并不是说山雀的鸣叫以及明显是林中之尊的啄木鸟的怪叫声。我想到的是另一个"族群"，一个鸟类与之战斗的"族群"。突然，一阵嗡嗡声响起，那声响高过溪水的潺潺声：我们知道胡蜂飞进了树林。我们已经看到它们成群结队地飞了过来，其中有一些胡蜂还围着我们飞转，对我们的行径颇为警觉，似乎很不友好。

即使在胡蜂很少光顾的地方，好像也有一些轻微的、沉闷的、内在的噪声从树林中传出来。是林中的守护神吗？是林中仙子吗？不，恰恰相反，是树木的神秘敌人，是黑暗中的巨大的"族群"，它们顺着树干的纹理，不停地啃啮，啃出一条条小沟和小道，啃出无数的"长槽"。棘胫小蠹（这是它们的大名）有时候在一棵树上竟然高达十万只。罹患疾病的冷杉在它们的"利齿"的啃啮之下，久而久之，便构成了一个"镂空花边"了。然而，树皮却安然无恙，完好无损，只不过冷杉树却变成了一个空架子了。

树木又如何自卫呢？有时候，它通过它的液汁来进行自卫，它的液汁颇具杀伤力，可以使其敌人窒息身亡。更经常的是，树木外部有一位朋友前来相助——是一位"医生"，是一只啄木鸟。啄木鸟仔细地"诊断"树木，用它的那只如榔头般的喙去探测和敲击，并且热情不减，持之以恒地监视着、追逐着蠹虫大军。

这场植物与动物两种生命之间的内部斗争真的能够和解吗？对此我们无法确定。我们有时会觉得自己上当受骗了。

在这个并非寂静的寂静世界里，我不知道是谁在告诉我们说死寂的森林其实是很活泼的，它正准备说话。我们走进其中，充满着希望，深信能够发现点什么。我们清晰地感觉到一个巨大的多种多样的灵魂正要回应我们那好奇的心灵。我虽然因长途跋涉，加之身体欠佳，颇觉疲惫，但是对在这阴暗的森林中进行的这种探索却兴趣盎然，劲头十足。我喜欢在其中看到面前的一个激动不已的人，他醉心于探索这个神秘莫测的世界。他手里拿着小棒，在那如影如幻的落暮黄昏中探究那阴暗的森林，仿佛在寻找那金树枝一般。

我都有点要打退堂鼓了，我在一片林间空地上坐了下来，可正在这个时候，我又用小棒探了探，巧得很，在一段与其他树干相仿的老树干里，我戳到一个"世界"，真是个意外的发现！

这段树干在离地有一尺[1]的地方断裂了。在其顶端，我们

---

1 尺，原文为"pied"，可译为"法尺"（325 毫米）或"英尺"（305 毫米），因无法确定原文所指，兹译为"尺"，下同。——编者注

可以清楚地看到它先前的"居民"——那些蠹虫或其他啃啮类小蠕虫所干的活计，它们把目标集中在树木的边材上。不过，这一切毕竟是先前的故事；现在的结果是另一回事。这些可恶的小蠹虫早已死亡，像它们寄生其中的那棵大树一样，遭受了一种巨大的化学变化的能量袭击，这种能量能够消灭一切生命。

戏剧性的变化是很剧烈的；这种孜孜不倦的探索取得了成效。一种从未曾有过的强烈的喜悦在操纵着我那只激动不已的手，让它有了惊人的发现，而随着洞口的扩大，我简直是惊呆了，一阵阵的头晕目眩：它们简直是太伟大了。"城墙"破开，"城市"内部显现出来，一条条"走廊"，一间间挤得满满的"大厅"暴露了出来：一般都是长约四五寸[1]，高约半寸。这一高度足够了，而且，就这座"宫殿"的"公民们"的身材而言，可以说是够雄伟壮观的了。

这是一座真正的宫殿，或者可以说是一座宽广而恢宏的城市。它的宽度受到限制，但是，它却能伸入地下很深很深的地方！据说，有人见到过这些小虫在坚持不懈地挖掘，一直挖了七百层。希腊的古底比斯城和伊拉克的古尼尼微城与之相比简直是小巫见大巫了，只有古巴比伦和巴别塔在它们的大胆地增加高度的过程中逐渐在扩大。

---

[1] 寸，原文为"pouce"，可译为"法寸"（27.07毫米）或"英寸"（25.39毫米），因无法确定原文所指，兹译为"寸"，下同。——编者注

但是，比它的高大更加让人惊奇的是它的"居住区"内部的状况。它的外面十分潮湿，覆盖着苔藓，一些小的隐花植物一直浸在水中，都发霉了。而在其内部，却是异常干燥，而且极其洁净；所有的"墙壁"全都软软的，十分严实，仿佛由一层棉绒毯保护着，既柔软又隔音。这层棉绒毯黑漆漆的，非常软和，是由被强烈改变的树木本身造成的，或者是由一层极其微小的"蘑菇"形成的，这些"小蘑菇"可能就生长在树木中，当树木还很潮湿的时候，它也许还没有受到它的那些坚强不屈的"改造者"的侵袭吧？"改造者"现身了；每一个独立的"套间"，近前去闻一下，都有一般钾酸的刺鼻气味。这个"族群"用钾酸来将它们的居所进行巨大的改变，把它烧毁，用"火"将它清洁一番，用这种有用的毒素将它干燥和清毒。

无疑，也是这种钾酸在加速、在协助这个巨大无比的"工程"，为这些只有其牙齿为锯子的不知疲倦的"雕塑家们"打通它们的啃啮之路。然而，即使如此，它们也不得不花费很多的时间。它们很可能花费了几代人的时间，前赴后继，矢志不移地按照同样的计划和同样的方向苦干着。设计好的企盼着的城市，为自己建造一座坚固的堡垒、一座雄伟壮观而坚不可摧的"雅典卫城"等美好愿望在长年累月地激励着这些坚强不屈的"公民们"。嗯！如果一个人只为自己在干活儿的话，那还叫什么生活呀？让我们展望未来吧。先驱者们肯定是将自己的生命交给这棵大树了，而从它们那逐渐消耗殆尽的黑色小躯体中流出的液体将大树侵蚀，可是它们却未能享受到一个适合自己居住的住所,它们考虑的是未来的"公民们",它们想着惠及自己的子孙后代。

唉!这纯属幻想之中的美好愿望,我很担心它们的希望会落空的。并非孩子们的小棒棒,也不是年轻女子的纤纤玉手伸进这样的一个深入地下的杰作之中,而是那防范雨水渗入的设施无法保护那居所;雨水会将它冲刷掉,让它不复存在。眼看秋天来临,里吉约河、比拉特河以及众河之父的圣哥达河的河水暴涨,似瀑布一般呼啸而来,将一个个内部居所统统淹没。有什么顽强的生命,有什么巨大的力量可以与这不停冲刷着的大水相抗衡?这些居所还能安然无恙,让小虫们安居其中吗?

我面对着一棵冷杉坐了下来,我在观察,我在幻想。我已经对一个个共和国和一个个帝国的衰落司空见惯了,然而,小虫们的这次衰落却让我思绪万千。我心中浮起一阵又一阵的愁绪。荷马的那句诗句又不由自主地从我的口中流出:

特洛伊也将遭此厄运!

对于这个被破坏了的世界,对于这个几乎毁灭殆尽的城市,我又能如何呢?对于这个伟大的、勤劳的、让人称羡的"族群",我又能如何呢?它们被所有的动物族群追逐着,或被吞噬,或被唾弃,然而,它们却向我们大家展示出它们无私的爱,它们忠于集体以及强烈的社会意识的伟大精神……只有一件事是我可以做的:了解它们,如果有可能的话,就去介绍它们，让它们为大家所知晓，让大家正确地理解它们。

我们浮想联翩地回来了，我们虽不交谈，但大家都心中有数了。在这之前，那还是一种乐趣、一种好奇、一种研究，但自此之后，将要写成一本书的。

III

如果我们昆虫世界的伟大先驱斯瓦默丹[1]在显微镜下得以观察到这个昆虫世界的时刻，被吓得直往后退缩的话，我并不感到惊奇的。

它们的名字就叫"无尽的世界"。

两百年来，人们一方面在简化，另一方面又在复杂化地工作着，人们在这一课题上撰写的那些卓越的著作在多种分散的光芒中留下了一束让人炫目的光亮。这就是这一研究所给予我们的印象。

我是否应该因为比我的前辈们所做的更趋简单化而沾沾自喜呢？绝对不是。我只是通过与吕塞纳，以及后来与其他一些人的接触得知，我们的激动的和同情的无知也许会更深地了解那些微小的生命，而分类学家们往往不会去这么做的。

这年冬天，我们在继续研究着，但是我无法在巴黎验证我的任何实验；只是在枫丹白露，我才找到了方法，至少是

1　斯瓦默丹（Jan Swammerdam, 1637—1680）：荷兰博物学家。著
有许多有关昆虫的著述，后成为昆虫解剖学的创建者。

简单的方法,大家将会看到的,而且我在这一课题上心灵也平静了下来。

时间、地点以及我的心理状态都对我十分有益。尽管事情繁杂,让我不胜其烦,但我反而注意力更加地集中了,我们完全单独地存在着。我们的房间对于我们来说,就是整个城市。我周边只是一圈树林,走一圈也花不了多少时间,很小很小的。

这圈树林也有点让我感到憋闷。阳光照射在砂岩上,闪闪发亮,热烘烘的。但是,在这种干热之下,我的思维并未减弱。我无法继续连贯地、坚持不懈地去挖掘自己的思想,但是,我的思想和感情却有着一种巨大的和谐一致——这可是人生中罕见之事——我根本不想扩大自己的思维所及,而是想要使之深化。

中午,我独自外出,我在阴凉而寂静的树林中走上一会儿,脚踩在沙土地上,静静的,无声无息。我带着我的课题,我觉得自己在那儿,在被无数的树叶遮盖着的无尽的沙土中,找到了我的答案。不过,那小虫的世界,那我本想走进去的看不见的小虫的深渊,是多么的宽广啊!

对于一个没有一种定见的浮想联翩的人来说,塞南古尔所说的有关枫丹白露的一切是非常正确的。是的,景色"一般来说是不值一提的,是阴郁的,是孤寂的,是低级的,但并不是蛮荒的"。那儿动物稀少:除了黄鹿而外,别无其他。那儿的鸟类也为数不多。可见的泉水很少,几乎没有。这种明显的缺水状况尤其让从阿尔卑斯山来的那个人感到伤怀,他仍然感觉到那儿无数的泉水的清凉,而且,在他的眼里,依然闪现着阿尔卑斯的光亮,那些可爱的而且是宏伟的镜子般的闪光。在那儿,一切都那么明亮,水和雪让人眼花缭乱。可是这儿,一切都是黑漆漆的。这小小的一隅,位于法国的一个偏僻之处,至今仍是个谜。它让你看到的是那一块块的砂岩,死气沉沉,没有生命的迹象;尤其是在今天,它向你展现的是那些人们刚刚栽种的松树,而在那些松树的阴影之下,是不会有任何的活物的,你必须拥有能探洞览穴的工具——榛树棒[1]。你转动榛树棒,就能有所发现。这是一种什么样的小棒?它是一种研究或一种爱,一种照亮这个内部世界的激情。

这个地方之所以具有吸引力,那绝不是因为它具有历史性,也不是它拥有艺术。[*]

这座城堡因经历过各个时代,具有丰富的回忆,因此在森林中凸显出来。但它并未因此而让人印象更加深刻。真正的仙子是大自然,是这个奇特的阴暗、幻化和贫瘠的土地。

请注意,但凡森林面积越来越大,或者因为其一眼望不到边,或者因为树木参天,那么这个地方就像任何地方的森林一样,没有其独特之处。下布雷奥的山毛榉尽管茁壮挺拔,

---

1 迷信者认为可以用来探知水源、矿藏、珍宝等的榛树枝。

* 但是,它却拥有三件东西:一个是绝妙的——亨利二世的客厅;另一个是漂亮的——弗朗索瓦一世的小画廊;还有一个是宏伟的——四个大立柱,有粗陶土制雕刻,系仅存的已遗失的艺术。——原注(下略)

高耸入云，树木光滑，枝干笔直，但我仍然觉得它与人们在别处所见到的一模一样。这个地方的独特之处在于它地势低，阴暗，多砂岩，多扭曲的树木，多坚韧的榆树或顽强的橡树，它们总在互相争斗，各不相让。

很多人到了这儿便留了下来，不再离去。他们来此本想待上一个月的，可是却一直待到老死。他们对这个仙女之地用情郎对情人的话语说道："让我活在你心中，让我死在你身旁！"

奇怪的是，每个人都在这儿找到了自己所爱的东西。圣路易在这儿找到了他梦寐以求的荒僻的隐居地。亨利四世在这儿见到的全都是快乐，他说道："我可怜的荒漠。"可怜的神秘流放者柯斯奇科在这儿感受到了立陶宛的森林的魅力，在此扎下根来。一个与砂岩和石头打交道的布列塔尼人莫迪伊斯在这儿见到了他的布列塔尼，用石头拟就了他关于枫丹白露的最新颖独特的一本书。

这个地方具有威力；待在这儿你不会不受到伤害的。有几位在这儿精神失常；有的则在这儿身体发生变化，回到温莎森林时，耳朵长长了。温莎森林有她的情人和诽谤者；有人在诅咒她，可又有人在祝福她。一个疯狂的幻想者在内穆尔附近的一块岩石上给她写信："我得占有你，恶女子！"可是，她的情人、老兵德纳库尔却将他在世上所拥有的一切全都献给了她，并称呼她："我的宝贝！"

有人对我说："是不是像莎士比亚笔下的薇奥拉，相貌不佳却总是十分可爱，一会儿是小姐，一会儿又是骑士？她的年轻侍从罗沙兰德变成了一个爱笑的姑娘了?"——不,反差太大了。

这儿的仙子我不知道她有多少张面孔。她有着阿尔卑斯山的寒带植物,而且她在某种僻静处可以遮掩住最怕寒的花草。冬季或早春,她会用她在秋季以"红叶大会"遮住的裸露的秃岩吓跑你。为了在一天之中变化不定,她的飘逸的薄纱细绸(朗塔拉在其画作中没少给她披上这种薄纱裙)可资利用。她从她的森林圈中,从四面八方定住大树顶端的薄雾,高兴地让它们变成纱巾、披肩和腰带,我真的不知道她想要如何打扮自己。她的那些沉甸甸的砂岩,你看了会以为它们是永无变化的,但是,它们却不断地在变化表面的色泽——我想说的是,它们每时每刻都在改变形状。比如大家称之为"阿翁岩"的小岩石层,早晨,它在欧石楠的芳香中,在清晨最欢快的光线里,向我们问好,用它那朝霞般的光芒将砂岩映红;一切似乎都在微笑,都在与一颗充满诗情画意的虔敬的心灵的天真无邪的探究和谐一致。到了晚上,我们到了这里,但是那位性格怪癖的仙女却换了一副面孔。那些曾经用它们的薄薄的阳伞迎接我们的松树,突然之间,变得十分的凶蛮,发出一些奇怪的声响,一些凶兆般的悲叹。那些清晨时分还在殷勤地邀请"白色薄纱细绸"停下脚步,采摘浆果或花朵的小灌木,现在却将自己的面孔藏匿在它们那不知是什么的一种凶恶的窃贼的或女巫的袭服里了。最大的变化是那些曾经迎接我们并让我们坐在身上的岩石。是不是暮色苍茫的缘故?是否即将来临的暴风雨让它们改变了?这我并不知道；但是，它们现在已经变成了斯芬克斯，变成了卧倒在地上的大象、猛犸和其他现已不存在了的古代猛兽了……它们坐在那儿，这倒不假；但是，它们若是马上站起来呢？……不管怎么说，时间已晚，咱们走吧……于是，大家便急匆匆地离开了。

这座森林与它那喜剧性的名称——"喜悦森林"——名副其实吗？

毫不相符。不过，也应该替它说句公道话：这种变化万千，这些亲眼可见的所有变幻全都是外部的。它们在森林的树叶和轻雾中是活灵活现的，在随着流沙的变化而变化，然而，这座森林有着一种很深的根基，这是其他任何一座森林所不具备的，而且它还具有一种坚实的稳固性，它与心灵相通，它敦促人们坚强不屈、持之以恒地去挖掘，去寻找它所包含的不变的东西。你可千万别在那些幻化不定的偶然性面前过分地停止不前。"外部"在说：喜悦森林；而"内部"却在说：永恒森林。

这是一种真正的美，是一种心灵之美，既忠实又温柔，它的风韵始终不变，而且每天每日都能够说出夏尔·德·奥尔良的那两句诗句：

谁会厌弃她？
她的美貌日见亮丽。

有一天，当我坐在雨希山上，望着枫丹白露的时候，这些想法便一下子涌入了我的脑海。我明白了，在这片狭窄而平凡的空间，在这片砂岩、树木、岩石的混杂之中，有着一种比较中规中矩的形态，它大概在心中隐藏着一个乍看上去谁都无法剖析的秘密。

整体看来，这几乎是一片森林与山丘构成的圈，表面的一切全都很干燥，但是，它的那些砂岩却有着很强的渗透性，而它的沙土地却很坚实，并不透水。而且，一些看不见的水流从四面八方汇集到一个很大的占据其底部的"水库"之中。

这儿经常有雷雨，但并非说来就来。几乎总是眼看雷雨将至，却不见雨水掉落下来，因为森林将雨水吸住了，止住了它，将这悬于空中的宝贵雨水存储起来了，只是通过树叶、树木以及下面的沙地过滤之后，让雨水滴落到地下深处去。这一切都是在下面进行的，我们是看不见的。

挖吧。只要挖下去，你就能找得到的。

那儿是极乐世界，是当地守护神的生命源泉。

"守护神"一词太固定了，而"仙子"一词却又过于变幻不定。谁将能解开这个隐藏着很深的"盆地"的秘密呢？这种天真烂漫的"障眼法"让人见到的是一片干旱，但是，在其下面却坚贞不渝地蓄着它的宝贵的水源。

一位伟大的意大利艺术家在亨利二世大厅展出的他的绘画中反映了这一景况。该画作名为《林中仙子》，林中仙子双手捧着无数的野花，在一块粗糙的岩石后面，多愁善感，浮想联翩，眼里满含着泪水。

在那项繁重的工作中，我多次怀有这种感受，特别是在细雨绵绵的那些日子里。在我们的周围,似乎有着一种对大自然的崇敬之情。在这种万籁俱寂之中,我们听见的只是自己的心跳、钟摆的嘀嗒,有时候还听到从我们头顶上方飞过的一只燕子的鸣叫声。

我们心宁神静,却并不是在困倦打盹儿,而是头脑更加地清醒,眼睛更加地明亮。我们又往黑暗的地下世界深入了一步,以便探清它,特别是要寻找到这个无声世界的爱,看清它的真实面貌,了解它的语言,知晓它的雄辩的声音,以告诉上面的世界。

IV

森林即使在它最寂静无声的时刻,不时也会有一些声音、一些杂音或窃窃私语之声,让你想到有生命存在着。有时候,勤劳的啄木鸟在它那艰难地敲啄橡树的劳作中,会发出一声奇特的叫声。采石工的沉重的铁锤不停地敲击着砂岩时,往往在很远的地方都能听见那沉闷的声响。总之,你如果侧耳细听的话,就能捕捉到一些颇能说明问题的声响,而且你可以看到在你的脚下有许许多多的"居民",此处真正的"居民"——一群群的蚂蚁在树叶上爬过,发出窸窸窣窣的声音。

许许多多的坚韧不拔的劳作情景与幻想景象融合在一起,给人留下了深刻的印象。它们各自在用自己的方法不停地挖掘着。你也一样,继续你的工作吧,挖掘你的思想,探究你的思绪。

这是一处绝佳之地，让你消除日间的劳累和烦躁，让你心气平静，百病皆除。这儿的气候也非常宜人。有人则浅尝即止，自以为如愿以偿。他们谈论着他们的那些十分虚假的想法，认为在一切事物之中，表面和上面是最好的，只要稍许试一试就可以了。可是表面往往是一种论述；生命之水其实是藏匿在深处，在地下的。必须往下深入，自觉自愿地、习以为常地参与到事物中去，才能找到和谐，而幸福与力量正是存在于和谐之中的。不幸，精神上的痛苦，是精神的分散。

我喜爱这片土地，它让我思想集中，思维缜密。在这里，在这个狭窄的山丘圈内，变化是外部的，而且是纯光学式的。因为有着许许多多的隐避处，风自然也就少有变化了。大气的稳定给人以一种精神上的稳定。我不知道思想在这儿是否非常的活跃，不过，只要你头脑清楚，你就能让自己的思维长期保持着清醒状态，你就能浮想联翩，集中注意力，感受到外界的种种变化以及内部的种种秘密。你将在这儿扎下根来，并将发现真正的意义，生命的美妙含义不是追逐表面，而是研究、探索、享受深层。

这个地方让人产生思想。一些在移动的树叶下面的固定不变的砂岩在它们的寂静中告诉了我们许多的事情。它们自何时开始便立在了那儿？它们已经存在了很久很久，因为尽管它们十分坚硬，但是，雨水仍然能够侵蚀它们！其他任何力量对它们都无能为力。它们以前是这样，现在依然是这样。它们的目光在对心灵说："持之以恒，坚韧不拔。"

它们似乎应该驱逐植物的生命，但是英勇的橡树却并未让它们得逞。橡树既然在这儿扎下了根，它们就要坚持到底，绝不退让。由于它们的扭曲的根部，由于它们那紧紧地抓住岩石的强有力的"爪子"，它们也用自己的方式雄辩地在说："持之以恒，坚韧不拔。"不可战胜的树木越是坚持不懈，越是受到阻遏，但是，它们仍然具有其自由的一面，它们深入地下，汲取无尽的力量。它们中有一棵非常巨大，被誉为"查理大帝"，经过好几万年，又遭到那么多的磨难、雷击之后，已经很老很老，可怜兮兮，树干已被蛀空，几乎已成朽木，但它依然顽强地威风凛凛地挺立着，光是它的一根树枝就像一棵大橡树一样地在伸展着。

在这些砂岩和橡树之间有许多可资利用的东西。如果你看见一个人在那儿干活儿的话，那他一定是很了不起的。我经常遇见那些了不起的采石工，他们在用他们的大锤对付着岩石；他们所使用的大锤似乎并不是为人手所制作的，我不由自主地会觉得他们具有着无穷的力量去对付砂岩和橡树。对于心灵与意志而言，这无疑是真真切切的。但是，人的身体毕竟不是铁打的。他们中的大部分人活不过四十岁，而首先死去的恰恰是最优秀的、最卖力干活的那些人。

采石工与蚂蚁就是森林的全部生命。以前，人们还将蜜蜂也包括进去。蜜蜂为数众多，现在也仍然可以见到，特别是在靠近弗朗夏尔的地方。自从栽种了许多的松树和耐寒的树种之后，蜜蜂的数量大概减少了不少，在这些树木的树荫下面，许多地方的欧石楠和其他花儿也生长不了了。反之，更喜欢以松针和松果为建筑材料的浅褐色蚂蚁好像在那儿繁殖得很快，非常兴旺。似乎没有哪座森林的蚂蚁种类多过这儿的。

它们是荒漠中真正的"居民"，它们是荒漠的灵魂；蚂蚁在对付沙漠，采石工则在对付砂岩。二者都是能工巧匠，"蚂蚁人"在地面工作，而几乎与人一样的蚂蚁则在地下干活儿。

我赞赏它们二者命运之相似，赞赏它们的勤奋努力和坚韧不拔。砂岩是一种十分倔强的、叛逆的材质，往往很难破开，给这帮可怜的采石工匠们制造了极大的麻烦。特别是那些经过一个漫长的冬季，在恶劣天气结束之前被召回的采石工，它们感到这些大岩石（极其坚硬，但又极易渗水）潮湿至极，几乎冻结了起来。因此，许多的石板被凿削不好，成了废料。但是，它们并不气馁，毫无怨言地重新开始它们艰巨的工作。

蚂蚁干活儿时也具有着同样的耐心。养鸟人、养野鸡者总在践踏、损毁它们花费了好几个月才完成的巨大杰作。然而，它们依然怀着一种英勇不屈的精神重新开始。

我们随时去看它们，而且与它们越来越亲近。它们耐心工作的方式、它们的积极而虔敬的生活其实更像劳动者的生活，而不像此前我们一直关注的鸟儿的飞翔生活。那白昼的自由的拥有者、那大自然的宠儿，高高地飞翔在人的头顶上方！……我能将我长期的劳动生活与什么相比较呀？我有时清楚地看见了天空，有时清晰地听见了天空中传来的歌唱，在我的整个生活中，我不知疲倦地工作着，一心想着自己的事业，它让我仿佛是同蜜蜂、蚂蚁一样地在辛勤地劳动着。

它们的同伴们——那些采石工匠们——的劳动,乍看起来,简直不值一提。有那么多采下的石材不合规格,成了废材,或碎片,或灰尘,或碎屑:这样的工作不吸引人。你以为看到的是一片废墟。但是,大自然对此有何感想?如果我以植物想要占领沙地,与之浑为一体,使之变成为其所用的土地的那份急切心情加以判断的话,我会觉得大自然会高兴地看到所有这些生物,几千年来一直被留在沙、岩中,并未流动,并看到它们返回到大千世界的静止之中。人跟岩石的这种斗争最终赢得了那种长期的愉悦。草木感受到了快乐;树木感受到了欢愉;动物也感受到了喜悦。整个这片沙土、岩石最终将归于其中,它将可以渗透至一个广阔的地下世界的活动中去。

没有任何东西让我更加浮想联翩,没有任何情景能让我更加回归自我。长期以来,我也不知道因为何种贫乏或懒散而好似这倔强的砂岩一般;对于这种砂岩,往往没有什么可以奈何它的,它只能供给你一些不成形状的、不规则的、毫无用处的碎块。只有历史这巨大的有力的铁锤才能将我从我自身摆脱出来,排除掉我的种种障碍,将我击碎,把我解放。

这是一种严峻的解放。为了塑造未来这伟大的工程而凿出的那几块石料,我自己还有什么没有贡献出来的呢?有时候,我受到现今与往昔的双重撞击,感到自己已经粉身碎骨了;我是说我已经成了碎屑、灰尘了;可是,我时不时地还看到(如同我现在看到那深深的采石场一样)全都是沙土和碎片。

然而威力无穷的大自然正是以这些元素通过我不知道藏匿于石头内部的什么元气，让我获得了重生。大自然用一点点草和欧石楠，在把历史和世界曾经碾碎了的东西黏合起来的同时，微笑地说道："你们这些人，你们是时间，而我则是永恒的大自然。"

因此，这是艰险的采石场，满是碎片，成年累月均如此，但是它却在让大地变成绿色，继续在生产，并以它从未有过的那么多绿叶覆盖着自己。"冬季的野生植物呢？墨绿色的冷杉呢？凄凉的桦树呢？……"但是，在这萧索的景象中，可以看到山楂树已经在开花了。

我长期以来像个冷峻的石块，像个石头人，一直在默默地寻思，在企盼的那些东西，就是液汁的流畅，就是它的渗透效力。我的青年时代来得很迟，所以我要更多更长地延展我的心愿。昨天，我献出了《鸟》，让我的心敞亮了。今天，同样的力量却将我引入地下，同你们一起乘船在变幻莫测的、生机勃发的大海——神秘的黑暗世界——航行。然而，这个世界却充满着最具穿透力的光芒，它照向心灵的两个最珍贵的宝贝：恒定和爱。

1857 年 9 月 8 日，于枫丹白露

第一卷 蜕变

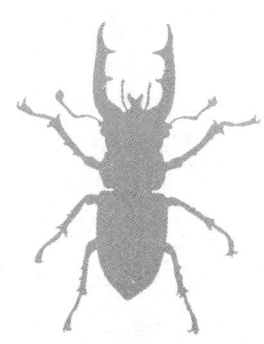

一

一个小女孩的恐惧与厌恶*

  自从父亲离开家去了路易斯安那再没归来之后,冬天已经过去,夏季和几乎日日晴朗的天气已经到来。我家的乡间房舍空置着。母亲因为脑子里满是不祥的预感和恐惧,不敢前去,便打发我和弟弟们一起去那儿采摘些果子来。

  我去了,我承认,我心中还是怀着一丝幻想,觉得怎么也会在父亲的祖屋前碰到熟人伸出双臂来欢迎我的。

  我激动不已,穿过庄园的第一道门,三步两跨地来到屋门前。从前,我们每次来时,父亲总是面带慈祥的微笑迎接我们,那笑容至今仍历历在目。

  我是个孩子,但已是个大姑娘了。这个年龄的女孩脑海里总是充满着强烈的幻想,总认为父亲会突然出现在我的面前。我忐忑不安地在门前等了片刻。我的坚强信念本该战胜那悲哀的现实的……但是,屋门仍旧关着……

---

* 该篇系一本家庭日记的篇章,起先是为了放在《鸟》中的。

于是，我用颤抖着的手将门推开，心中仍想着至少能见到父亲的影子。他的影子早已消失了。屋里一片漆黑，不见一丝光亮。我的心一下子揪了起来。

他留下的那张黑漆漆的小书桌、他书房的那些书架，在老鼠的利齿下不时地发出咔咔的声响。这间房间俨然已是一间古屋了。一些大个儿的蜘蛛像此屋的守护者似的，在屋角里吐丝结网。鼠妇[1]、蜈蚣在屋里跑来窜去，爬来爬去，想在墙裙下找到一处避难之所。

冷不丁地看见这些虫子，我浑身发毛，难受至极，一下子便精神崩溃了。我满面泪水地呼喊着："啊，爸爸呀，您在哪儿呀？……"

自这时起，我对这个地方就只有失望了。院子里，园子里，我到处见到的只是取我们而代之的默然无语的新主人。

夕阳西下，暮霭初起，成群的蜗牛因为湿热，从已经覆盖满小径的树叶下爬了出来。它们缓慢地却是笃定地去吃掉落在地上的果子。成群的胡蜂在肆无忌惮地抢掠着，把我们的漂亮的梨子和葡萄吃得坑坑洼洼的。

我们的苹果树，一向果实累累，而今，满树的毛虫网，叶子全都发黄了。不到一年工夫，它们全都成了"垂暮老人"了。

1　甲壳虫类昆虫。

我从未与眼前的这个世界接触过，有父亲的精心守护，再加上鸟儿们相帮，这番可怕景象未曾出现过。因此，由于未曾亲身经历过，再者，心中因见家园已成废墟而不胜唏嘘，我诅咒了不该诅咒的那些昆虫，因为所有的生物皆源自于上帝。

后来，不过已是很久以后了，我明白了上帝的道理。人不在，昆虫就应该取人的位置而代之，以便让所有一切都接受考验，再生或净化。

这就是孩子的本能的恐惧与反感。但是我们全都是孩子，即使是哲学家，胸怀对全世界的同情的意志，也免不了会产生这样的感觉。昆虫常常具有的那种武器对人而言似乎是一种威胁。

生活在一个争斗的世界里，昆虫非常需要生下来就全副武装。尤其是热带地区，昆虫的形象往往都是让人看着浑身发毛的。

然而，那些让我们望而生畏的武器中的大部分，比如夹子、钳子、锯子、扦子、钻子、切割器、轧延器和锯齿等等，这个大武器库，看上去是为了奔赴战场之所需，但是，仔细看来，往往是一些用于和平目的的工具，是昆虫们用来维持生存的工具，是它们的劳动工具。昆虫这种工匠一切工具应有尽有。它们既是工匠又是工场。如果昆虫们或爬或走的时候，把它们的钢铁一般的工具全都竖立起来，那会成什么个样子？它们会让我们觉得怪诞、凶猛，让我们不寒而栗。

我们在后面将会看到，昆虫是因为形势所迫，因为自卫和食欲的需要才好斗的，但一般情况下，它首先而且尤其是一个劳动者。没有哪一种昆虫是我们无法根据其技能分类，并将它归于一面"技术合作"的旗帜下的。

这种技能的努力，或者甚至用我们古老行会的行话来说，这种证明这个工匠是一位大师的杰作，就是摇篮。在昆虫家族中，母亲通常在生下自己的孩子之后就会死去，所以母亲的重大责任就是在自己死去之前，先建造起一个奇妙的避护所，来充当母亲，以保护并养活自己的孤儿。这么一项艰难的工程就必须拥有让我们觉得难以理解的那些工具。你可能会将之比作中世纪的匕首，比作意大利的凶手们的精密而残忍的武器的那些工具，恰恰相反，是爱情与生育的工具。

毕竟，大自然根本就不赞同我们的偏见、我们的厌恶以及我们的那些孩童般的恐惧，它似乎在精心地照料并保护那些损害我们的小的作物的啮齿目的昆虫，其实这类昆虫是有助于保持物种的平衡，有助于抑制某些气候条件下疯长的植物的。大自然还专门在保护那些我们在消灭的毛虫。大自然特别注意保护橡树毛虫的卵，为毛虫卵上釉，以便它能在干树叶下，不受风雨的损伤，安然过冬。列队前行的毛虫身披厚实的毛皮，让其敌人望而生畏，直到它们变成尺蛾，在夜幕的保护下幸福而自由地飞翔。

对于有些昆虫来说，应该更加地小心保护。它们无疑是生命更替的重要代表，所以必须比其他的昆虫保护的时间要长，以保证其种属不致灭绝。

比如胎生的和卵生的蚜虫，夏季生下来，可以更快地参加劳动，而到了秋天，它就变成了卵，这时树叶飘落，汁液不流，它就能更好地抵御冬季的严寒了。最后，它们的慷慨大度的母亲便为这个喜爱的种属保留了那只有一分钟工夫的爱情将给予它们的那份珍贵的礼物——保证四十代的生育厚礼！

这么享有特权的一些种属显然是有某种事情要做的，那是一种巨大的、重要的使命，致使它们不可或缺，并使得它们成为世界和谐的重要零件。阳光是必不可少的，但小飞虫也同样是不可缺少的。银河中，星辰排列是有一定之规的，但是蜂箱中的排列次序也同样是不能乱的。谁知道星辰的寿命是不是短暂的呢？我就看见过星星流失，而上帝对此无动于衷。没有任何一种昆虫是无足轻重的。如果少了一种蚂蚁，事情可能非常严重，在整个生物链中就会出现一个危险的缺隙。

二

怜惜

画家格罗[1]有一天看见他的一个学生走进他的画室。此人系一位英俊潇洒、凡事都不在乎的年轻人，帽子上夹着一只他刚捕捉到的仍在挣扎的漂亮蝴蝶，他觉得挺得意的。画家见状，怒不可遏，大声呵斥道："怎么！你这个混球，你就这样对待美好的事物！你发现了一个美丽的生命，却不知如何爱护，竟然让它忍受酷刑，残忍地将它置于死地！……你给我滚出去，永远别再进我的屋！永远别在我的面前出现！"

但凡了解这位大艺术家的善良心地，了解他对美的崇敬的人，对他说出这样的愤怒话语是不会感到惊讶的。更加了不起的是一位解剖学家，一位整天与解剖刀打交道的人。此人名叫利奥内，对美好事物的态度与格罗如出一辙。如大家所知，这位心灵手巧、细致耐心的学者，通过他在柳树毛虫的研究方面的巨大劳动为科学打开了一条全新的道路，他让人们得知毛虫的肌肉同高级动物的肌肉是相同的。利奥内庆幸自己完成如此伟大的艰难工作竟然只解剖了他想要描写的

1　格罗（Antoine-Jean Gros，1771—1835）：男爵，法国画家。

八九只毛虫。

　　这真可谓是研究领域中的一个伟大的成果。他在研究过程中，尽量地延长"受害者"的生命，心中对它充满了怜惜与同情。对这只小而又小的生命的仔细的研究让他看到了大自然到处掩藏着的激越的情感源泉。他在最低等的小昆虫身上找回了这种怜惜的情感，从而对任何的生命都保持着尊重的态度。

◇ ◆ ◇

　　我们因为自己的无知而对昆虫感到厌恶，感到不安，有时甚至感到恐惧。然而，特别是在我国的气候条件下，几乎所有的昆虫都不袭击人的。可我们对不认识的昆虫总是心存疑虑，我们几乎对它们总是干脆弄死了之。

　　我记得六月里的一天，凌晨四点，太阳已经老高了，我仍然很累很困地躺在床上，但突然间，我被惊醒了。我当时是在乡间，住的房间既无百叶窗又无窗帘，又是大清早，太阳已经晒到我的床上了。不知怎么回事，一只漂亮的熊蜂跑到我的房间里来了，在阳光下，欢快地飞舞着，嗡嗡直响，吵得我心烦。我起身下床，以为它想出去，便替它把窗子打开来。可是它根本就没有飞出去的意思。清晨，尽管很晴朗，但毕竟很清凉、很潮湿，它宁可待在房间里，温暖舒适，将身上的湿气晾干。外面是清晨四点，而屋内则如晌午时分。它的行动完全同我一样：待在屋子里，不出去。我想给它一点时间；我让窗户大开着，然后我又躺在了床上。但是我怎么也睡不着了。外面的凉气袭来，它也更往房间里面飞去。这位顽固的、讨厌的不速之客让我有点不悦。我起身下床，决定以武力赶它出去。我的武器就是一方手帕，但想必是我不太会挥舞手帕：我把它给打晕了，把它吓坏了，它头晕目眩地在打转，更加不想飞出屋去了。我越来越不耐烦；我下手更重，想必是太重了……它掉在了窗台上，再没能飞起来。

　　它是死了还是晕过去了？我并没有将窗户关上，心想，在这种情况下，清新的空气可能会让它苏醒，然后它便可以飞走了。不管怎么说，这是它自己的错：它当时为何不飞出去呢？这是我给予自己的第一个理由。但随即，我一考虑，就开始责怪自己了，责怪自己没有耐心。这是人的残暴性的表现：人什么都不能容忍。人这个目空一切的国王，同所有的国王一样，非常的暴烈，稍不遂意，便大发雷霆，怒不可遏，杀机顿起。

　　早晨清新晴朗，和风习习，但已经渐渐地热起来了。这不冷不热的气候与这片非常温和的土地和一年中的这一时刻相得益彰：这是诺曼底地区的六月天。这个月份的特点以及它完全有别于其他月份的地方就是所有以植物为生的无害种属全都诞生了，而以捕捉活物为生的嗜杀性动物还没到出生的时刻。飞虫满天飞舞，蜘蛛尚未出现。死亡尚未到来，有的只是爱情。所有这些思索全都涌进了我的脑海，却并未让我感到欣慰。在这万物无忧无虑地生活的幸福而神圣的时刻，我却在杀戮。只有人在破坏上帝创造的安宁。想到此，我心中好不悲苦！无论受害者是小动物还是大动物，这都无关紧要，反正死了始终是不能复生的。而且，我是在并未遇到什么挑衅、什么危险的情况之下，破坏了春天的这种温馨的和谐，毁坏了这美好的田园诗。

我一边在作如是想，一边不时地从床上往窗户看去，看看那只熊蜂还动弹不动弹，看看它是否真的死了。但是，大失所望，熊蜂已一动不动了。

这种状况持续了有半个钟头或者三刻钟。然后，突然间，在没有任何先兆的情况下，我看见我的那只熊蜂腾地飞起，坚定不移，毫不犹豫，仿佛什么事也没发生过似的。它飞到园子里，那儿已经是阳光灿烂、温暖舒适了。

说实在的，这对于我来说，是一种幸福，是一种宽慰。但是，对于它而言，它并未作如是想。我看见它小心翼翼地在想，它是不是有什么不慎之处，让它的刽子手发现它没死，而要结果了它？它装死装得逼真，等待着自己体力完全恢复，喘息平稳，翼翅干了，浑身暖和过来，准备好飞翔的时刻的到来。此刻一到，它腾地飞起，似乎并未向我道别就飞走了。

是在去瑞士的旅行中，在哈勒[1]、于贝尔[2]和伯纳特[3]的家

1　哈勒（Albrecht von Haller，1708—1777）：瑞士学者、作家、植物学和外科医学教授。
2　于贝尔（Pierre Huber，1777—1840）：瑞士昆虫学家。
3　伯纳特（Charles Bonnet，1720—1793）：瑞士博物学家和哲学家。

乡，我们开始认真地研究起昆虫来，因为我们不满足于收集标本，标本反映的只是外表，而我们决心要通过解剖刀和显微镜深入到昆虫的内部器官中去。于是，我们便被迫犯下了我们最初的罪恶。

不用说，这种忧心，这种激动比大家所能想象的更加地悲壮，使我们的这次旅行背上了罪名。上述地区非常的美丽、崇高、端庄，却没有给我们留下美好的印象，因为，生活，痛苦的生活（而且还必须让别人忍受的痛苦生活）使原本美好的印象变了味。田园诗或庄严的史诗般的伟大崇高的美景几乎敌不过我们那无限小的悲剧。一只飞虫就能遮挡住阿尔卑斯山。一只鞘翅目昆虫十天的垂死挣扎把我们眼前的勃朗峰[1]遮挡住了；解剖一只蚂蚁竟然让我们把少女峰[2]给忘到了脑后。

不管怎么说，谁能说清楚何为大何为小？在大自然的怀抱中，在全宇宙之爱中，所有一切都是伟大的，都是重要的，都是平等的。在我们目不转睛地注视着昆虫小世界的无尽的工作中，难道不是非常感人的吗？抬眼仰望高山，俯首低看这些昆虫，这是同一回事。

七月二十日，炎热的一天。但是，从奇隆和克拉朗之间的湖面上吹来的习习凉风却使空气变得清新而凉爽。

---

1 阿尔卑斯山的最高峰。
2 瑞士的一座山峰名。

我独自一人在漫步；我丈夫待在屋子里写作。从沃州山谷间斜射过来的阳光把萨乌瓦对面的群山映照得青光闪闪。被照亮的湖水映照出群山突兀的尖顶，牧草青青的山脚使其周围显现出一片盎然生机。

稍后，阳光转向，情况陡变。热辣辣的一束阳光从奇隆另一边，沿着瓦莱的山间隘路照亮了米迪峰[1]的突兀尖峰，而且还朦朦胧胧地将远处的圣贝尔纳的顶峰映得红彤彤的。但是我对我们那清晨处于阴凉之中的蒙特勒城的喜爱要胜过这阳光灿烂的景象。对于蒙特勒城来说，这一时刻是人们祈祷的时刻，它的小教堂建在半山腰的平台上，背靠陡坡，坡上树木葱茏，墨黑朦胧，山间晶莹的清流浇灌着山下的饥渴的葡萄园。平台下方，有一个长满青苔的漂亮的洞穴，钟乳石吊挂，空气清凉，沁人心脾。平台上的小教堂，林木喜人。一间图书室（另一个小教堂）存放着不少书籍，葡萄种植者们常来借阅，然后便是那个美丽的泉水。凡此种种，组成一个美妙的小的整体，庄严而可爱。尤其是在早晨，在预示着炎热的一天开始到来的薄雾的缭绕之中，这个美丽的地方透着一种宗教的思想，自我反省着，然而，又从它所拥抱着的那幅巨大的画卷中伸展开，去赞赏，去祝福。

我经常来这儿，爬上群山那独立的、两边鲜花盛开

1　瑞士瓦莱地区的阿尔卑斯山峰，高 3260 米。

的第一道坡。我来时总要带上一本书，可我并不怎么看它。景色实在太诱人了：远处，湖水水面平展，面对萨乌瓦，麦伊里的美景（森林、草地、激流）尽入眼帘，而在我们的近旁，克拉朗山巅之高大建筑和奇隆的低矮钟楼清晰可见。最后，我的目光回到了我们的医生和教会友人那带绿色外板窗的漂亮房屋。我丈夫就在我们的朋友家工作。* 我处于半梦幻的状态之中，我的内心尽管激动不已，但仍感觉到一种神圣和谐的温馨。

但很快，我便发现自己并非完全是孤独一人。一些蜜蜂或熊蜂也早早地醒来，已经开始在忙碌，在花间寻找露水下渗出来的花蜜，它们钻进风铃草深处，或者灵巧地溜进美丽的马蹄莲的神秘花冠中去。一些亮闪闪的虎岬开始在捕捉飞虫，而一窝窝的漆黑的食粪虫则在草丛中寻找着自己的食粮。

那一天，七月二十日，我的眼睛暂时地从那太过光亮的图景移过，歇息片刻，机械地望了望我的脚下。我惊奇地看到一个场景，与这美丽喜人的地方大相径庭。那是一场残酷的战争。人们称之为鹿角锹甲的昆虫，我们这一带气候条件下生长的最大的昆虫之一，半月形的

---

* 我们很荣幸地待在世上最美丽的地方——蒙特勒，住在一位非凡的人的家里，如果我不知道他是日内瓦人的话，而且不知道他是日内瓦教堂热情而博学的史学家的话，我会认为他是意大利人或西班牙人的。他是一个普普通通的人，是一位挨家挨户为人看病的伟大医生，尤其难能可贵的是，他对大自然的事物十分精通。

大夹子长在黑亮闪闪的大身子上，抓住了一只体形极小的鞘翅目昆虫，正在撕咬。不过，这两个敌人都带有极佳的防御性武器，如同我们从前的骑士所穿戴的紧身胸甲、臂铠和护腿甲一般。双方的争斗又漫长又激烈。它们都是以小昆虫为食的嗜杀昆虫，都是习惯于撕咬其下属的大王爷。无论决斗中的受害者是谁，弱小的昆虫肯定是感到欢欣鼓舞的。然而，出于见此情景而油然而生的那种盲目的本能的驱使，我便用我的阳伞尖小心翼翼而又灵巧地，不伤任何一方地努力将它俩分开。我不得不将那两个决斗士中更凶猛的一个摁住。

被捉了回来的这个"俘虏"，未经任何审讯，被判定接受我们的观察，以示对它的凶残成性的惩罚。不过，我的原则是绝不将昆虫用大头针钉住，这是对昆虫的没完没了的酷刑，是令人伤心的场面。一个多月之后，这些被钉住的可怜的受刑者仍在挣扎着。乙醚一般来说是可以让它们迅速而安然地死去的。于是，我们便用不少乙醚来对我们的俘虏施以麻醉。霎时间，它在打转儿，然后摔倒在地，我们以为它完了。一两个小时之后，它又活了过来，爪子颤动不已地站了起来，试图往前爬，却又跌倒在地，接着又挣扎着站起来。不过，说实在的，它爬行的样子恰似一个醉汉。要是旁边有个小孩在的话，他看了一定会哈哈大笑的。我们压根儿就不想笑，因为我们还不得不再对它进行麻醉。我们用了更大的剂量。但是无效，它又苏醒过来了。奇怪的是，似乎这种使之软弱无力,几乎损害其所有的运动功能的醉醺醺的状态,更加刺激了它的神经,刺激了人们称为爱情本能的东西。它竭力地运用摇摇晃晃的、拼足最后的力量的爬行方法,旨在与我们发现已死去的、现正放在桌子上的一只同类雌性相会合。它用它的爪子和颤抖的臂膀在轻轻拍打着那死去的雌性。它成功地将后者翻转过来,触摸着它(它很有可能眼睛已经看不见了),以确认后者是否还活着。我敢发誓,它虽已濒临死亡,但仍在竭尽全力想要让死者复活。对于任何真心相信大自然是一视同仁的人来说,这是个奇特的、悲哀的,但也是感人的场面。我们看了非常的伤心,试图加大乙醚的剂量,以结束这一悲惨的情景,将这个罗密欧与那个朱丽叶分开来。但是,这只雄性昆虫却并不在乎大剂量的乙醚。它凄惨地拖拖沓沓地爬动着。我们将它放进一只大盒子里,直到我们加入了更大剂量的乙醚,又拖了很久之后,它才死去。它整整用了十五天的工夫才结束了自己的生命。读者诸君,你们能够说出你们可以忍受住酷刑多久吗?

这个坚强、坚韧、生命之火不熄的生命使我们浮想联翩。在死亡的第一步,大自然想要向我们以主宰之手展示它赋予生命的奇特的而且是不可屈服的韧性。"爱与死一般坚强。"此话是谁说的?是圣经上说的。是的,这也是永恒的圣经。可是,什么会比爱情更能奉献生命,使生命变得更加动人,更加受到尊敬,更加神圣?有什么能比在任何生物都受之于上帝这一神圣时刻却被腰斩生命更加悲伤的呢?

这只昆虫在黑夜中生活了六年,长了翅膀之后在空中飞舞顶多只有两个月,有足够的时间繁殖后代了。我们只剥夺了它很少的时光,六七年中的一个月!可我们之所以作如是想只是聊以自慰罢了。是呀,只是一个月的时间,但是,这一个月却是它一生中最紧张的时期。在这之前,它一直在默默无闻地生活着,但是,它那可是真正地在生活着,威严地生活着,坚强,幸福。它一直是只昆虫,可是,到了这一时刻,它几乎变成了飞鸟了,变成鲜花盛开、阳光明媚的大地之子了。我们的行为如同帕尔卡[1],总是在别人正值幸福的时刻,故意将红线剪断。

---

1 掌管生、死、命运的三女神之一。

三

地球的看不见的建设者

我们未能料到,在我们的这个世界下面,还有一个世界,上下周围地存在着。

有时候,我们能隐隐约约地听见这个世界在窃窃私语,在大声嚷叫,对此,我们只是说:"这没什么,不值一提。"但是,这个没什么的小事却是无限大的。

这是看不见的生命的无限,是寂静的生命的无限,是黑夜的世界,地底深处的世界,黑漆漆的大洋的边界,是我们呼吸的空气的那些看不见的生命,它们融混在我们的液体中,在我们的体内流动着而又不为我们所发现。

这是一个我们不甚了了的强大的世界,它有时会在我们毫无知觉之际,突然以某种方式大显身手,让我们为之惊恐万状。

比如,航海家在夜色苍茫中看见海洋亮光闪烁,看见光亮像火圈似的在跳动,他起先会被此场景所迷惑。他航行了十法里:那火圈根据波峰的起伏,在越拉越长,在跳跃,在扭曲,在结成球。它好似一条巨蟒,一直在伸长着,一直伸长到三十法里,四十法里。而这一切只不过是一些看不见的微小生物的一种舞动。它们到底数量有多大?对这个问题,人们怎么也想象不出来。它们出现在那儿，显示出一种无穷无尽的力量的本性，显示出一种惊人的富有的本性，与另一个世界，与高级生命的有规律的、在某种方面是节俭的本质关系不大。

  我们在谈论昆虫、软体动物时，不能不提及这些微小生物，它们似乎是前者的"毛坯"，尽管机体非常之简单，但已经在反映昆虫等生物了，已经在为后者做好准备，预示后者的诞生了。在高倍显微镜下，我们可以看见昆虫的这些缩影已经在模拟昆虫的组织结构，并按照昆虫的动作在运动了。当我们成功地区别出团藻来的时候，我们从它们的聚合上，从它们嘴部的触须上，可以辨别出一些小的真蛸来。原生动物的根足虫尽管几乎无法看见，可它毕竟长着坚硬而良好的背甲，这种背甲像软体动物、牡蛎、蜗牛等的大介壳一样起到保护作用。显微镜下的熊虫类已经像昆虫模样了。

  这些小之又小的微小生物究竟是什么？它们就是我们生存的地球的建设者。它们用它们的身体、它们的杂物为我们制造了我们脚下踩着的土地。无论是它们遗留的甲壳还是已经变成白垩的甲壳，都是我们大地中的广大部分的基础。从巴黎到图尔的一条白垩带就有五十法里长。另外一条，很宽很宽，在整个香槟省伸展开来。人们随处可见的西班牙纯净的或白色的白垩，纯粹是成为粉状的介壳形成的。

  最微小的造就了最巨大的。肉眼难以发现的原生动物根足虫类自己建造起一座有别于埃及金字塔的大建筑物，不亚于意大利中部的一大部分亚平宁山脉。但这仍算不了什么：

智利的最主要部分，那神奇的安第斯山脉，高耸入云，世界被它踩在了脚下，它就是这种看不见的生物的墓碑，它埋葬着这种生物的无尽的"骸骨"。

深藏在现在这个世界之下，在这个高级世界下面的有无数的事物可以叙述，如果上帝让这个无名世界开口的话，如果上帝让它回忆它所做的和正在做的事的话。那些低等植物，那些初始的微小生物，它们用它们的灰尘给我们建造了地球肥沃的表面，创建了生命这个美好的舞台，它们完全有理由向我们索取赔偿！蕨类植物会说："在你们仍在酣睡的时候，只有我们在改变，在净化当时尚无法吸入的空气，我们花了数千年的时间创建了大地，这才有谷物和鲜花的出现。我们在地下制造了大片的煤层，这才让你们的家园得以取暖，另外，我们还造就了上百法里的矿脉（从伦敦到纽卡斯尔），世界上的大炼铁炉才能炼得出铁来。"

那些看不见的微小生物，那些人类瞧不起的或忽略不计的不知名的微小生物会说："我们是你们的粮食、居所的准备者。并不是那些巨大的化石，比如犀牛或乳齿象的化石，用它们的骸骨造就了这地球的土壤，是我们的'骸骨'或者不如说是我们本身造就了这些土壤。你们的城镇，你们的卢浮宫，你们的朱庇特神殿，都是用我们的遗留物建成的。"

它们的索赔数目会很大，偿还是完全不可能的。无数的微小生物死亡之后，用它们的钙质生产出我们的食粮，使我们得以健康地成长。其他的东西也要向我们索赔。甚至石头，那种坚硬的燧石，它们是有生命的，并且营养着其他的生命。

当一位名叫埃伦贝格的柏林教授告诉我们说，特别粗糙、特别尖利、特别易碎的硅质石，能够打磨金属的硅藻土，就是微小生物的介壳。这种微小生物出奇地小，1亿8700万只才有一颗谷粒那么重。

这些看不见的地球建设者，学者们认为已经灭绝，但是旅行家们却在一些活的种属中发现了它们。即使在今天，尽管人们肉眼发现不了，或者它们表面上已不再活动，但是，在广袤大地上，它们仍在不停地工作着，而且其工作效率又非常之大，这从其工作成果中就足以判断出来。死亡对生命所做的事，生命本身正在叙述着。无数的动物通过它们现在的杰作成为它们逝去的先辈们的诠释者和史学家。

这些微小生物全都是以它们的劳动或尸体在大海中构建了岛屿，构建了巨大的珊瑚礁，这些珊瑚礁逐渐地连成一片，将变成新的陆地。无需跑太远，就在西西里岛，在其被地下火烧裂的海岸，覆盖着无数的石珊瑚，其中的蛇螺所干的活儿是我们人永远也不敢干的。它往前行进着，用一种石质外壳保护着它那柔软的身体，并往这外壳上不停地进行分泌。由于不停地分泌，外壳形成管状，继续在保护着它的柔软的身体，如此一来，它绝妙地将石珊瑚或珊瑚之间留下的孔隙填满了，渐渐地，在一个和另一个珊瑚之间建起一座桥梁，将两个珊瑚连在了一起，形成一条此前一直无法通行的通道。天长日久，这位建设者将完成一项宏伟大业：建成一条环岛人行道，周长180法里。

但是，这些建筑工程特别是在南海的广阔海域由石灰质真蛸、珊瑚和各种石珊瑚在大规模地继续开展着。我们可以将这种动物性植物生长与泥炭的苔藓的劳动相比较，后者是在其上部不停地生长着，而其下部却在改变并分解，变质。如同植物一样，这些真蛸，包括它们的劳动成果，以及绵软柔嫩的珊瑚，有时候都是鱼类和虫子的食粮，鱼类和虫子像我们的家畜一样，以它们为食，靠它们发育成长，将它们变成白垩，使人们见了不知它们曾经拥有过生命。最近，英国的水手们在大海深处发现了这个白垩制造厂，它不停地从有生命的状态过渡到无生命的状态。

尽管如此，真蛸们仍在不受任何干扰地继续着它们巨大的劳动，不停地让岛屿升高，让堤坝坚固，顽强地抵御着海洋的肆虐。它们按照种属在分配各自的活计。那些较为懒惰的，就在平静的水里干活，或者离阳光远一些，到深水中去劳作；另外一些，便在阳光下，甚至是在它们已经成为其主人的岩礁里工作着。

它们通过自己柔软的、胶状的、弹性的身体，粘附在其支撑物上，粘贴在多孔的大石头上，阻挡着一阵阵侵蚀花岗岩、击碎岩石的汹涌的波涛。

在信风占据主导地位的气候条件下，大海是平静的，其浪涛是规律的，除非遇上这些活物堤坝，迫使浪涛往后退去，分解为细浪，无可奈何。

海水拍击着这些活物堤坝，可这正是它们所需要的。浪涛非但伤害不了它们，反而在替它们工作。猛烈的浪涛损害不了它们，却在损害着防波堤，把它们赖以生存的并在建筑的堤上的石灰冲碎。这种石灰被它们吸收之后，变成活性的了，转化成百朵鲜艳的花朵，栩栩如生，那就是我们的真蛸本身，整个儿地铺满海底。

这些岛屿的周边通常像一只大环似的呈圆形，腐殖质土便在其上形成。这种土很快便变绿了，生长出唯一的一种能够承受海水的树——椰子树。这就是生命，这就是逐渐长大的生命。淡水因为植物的需要将会流到这儿来。

椰子树是一个很快将有人居住的世界的原型，它有它的昆虫。鸟儿将在树上栖息，它们将从树上采摘果子。海难者、漂浮的木头被海水推着，久而久之，将为这儿送来各种各样的居民。

这些岛屿中的这样的一座岛，宽广，变大，变坚实，其周长不足25法里。还有一些更大点的岛屿，它们更加肥沃，更加适合居住，岛民人数众多，比如马尔代夫群岛中的好几座岛屿就是如此。

似乎雄心勃勃的建筑师们可以满足于这么大的一个创造物了。但是，为了保证其坚固性，它们把岛屿面积扩大了。它们为在海底支撑其建筑而修建的扶垛在伸长，在增高，变成了一条条长长的路，将各个岛屿连接起来。在热情的生命线上，在热带地区，这些不知疲倦的建设者们大胆地将海水隔断，截住了水流，阻断了航海家们的通路。

新喀尼多尼亚现在已被一个一百四十五法里的珊瑚礁包围着。马尔代夫群岛链有四百八十英里。在荷兰东边，有一条长三百六十法里的真蛸带，其中有一百二十七法里是连绵不断的。最后，在太平洋，人称"危险群岛"的那个群岛大约长四百法里，宽有一百五十法里。

如果它们继续这么发展，一直将它们的劳动成果连接起来的话，它们就可能实现柯比先生的预言了。柯比先生已经从中看到了一个新世界的出现。这个新世界土地肥沃，人丁兴旺，经过几个世纪，将会逐渐地形成一条通道，一座巨大的桥梁，将美洲与亚洲连接在一起。

四
爱情与死亡

在这无穷尽的基本生命,这种几乎植物性的、其繁衍还只是一种萌芽状态的生命之上,一种明晰的、独立的和完整的生物就要开始出现,它身上高度集中的神经"电网"将依循行动与决定的快速能力起作用了。

不管这昆虫的出现似乎多么的不起眼,但是,它首先是独立于所有那些低级的、不动的、观望的生命。它摆脱了每个个体都受抑制、消失于群体之中的那种群体的宿命。它凭着自己的本性活动,跑来跑去,或前进或后退,想往哪儿去就往哪儿去,随时根据自己的需求、食欲个性而改变决定,改变方向。它自我满足;它能预见,能供给,能自卫,能应付各种突发情况。

这中间难道没有显示出个性的第一缕光芒吗?

个体出现了。它首先显示出自己令人钦羡地拥有一些工具,它们将帮助它维持并巩固自己的生存。它一诞生就很贪婪,具有吸收能力。而这种吸收能力正是大自然期待于它的。它的到来是为了清扫这个世界,为了消除那些有碍生命的、有病或死亡的生命,为了将那生命从过剩物质中拯救出来。

我们将会展示,没有哪一种生物能够像它那样具有在地球上发威的力量。谁都不具备它那样影响总体生存条件的巨大能力。但是，与这昆虫的身材、体重、大小不成比例的这种异乎寻常的力量是受到一种严酷的规律限制的：个体的快速、绝对、全面的（每一代）增长。

爱情带来的是死亡。生育，繁衍，就是死亡。新诞生者就是在杀害生养它者。

这是对所有的生物来说的一句共同的格言，但是它在昆虫身上比在其他生物身上更加严格地应验着。

首先，对于父亲来说，爱就是死。父亲必须付出，必须献出自己最好的东西，它必须自己死去，以便让它将再生精子交付给的那另一半更好地活下去。

而对于母亲而言，在大部分种属的昆虫中，死亡也是必然而至的。母亲爱过，生下孩子，很快它便因此而死亡。对于它来说，爱情将不会有其价值及补偿。它将见不到自己的孩子。它看不到自己在另一个生命里复活了，所以它死不瞑目。

在这位母亲与高级动物母亲之间存在着多么大多么残酷的区别啊！哺乳动物中的母亲，总的来说，自己守护着自己的宝贝。它用它的体温温暖自己的孩子，用它的爱去喂养它的孩子。如果昆虫母亲知道这种崇高的慈母的幸福的话，它会多么羡慕，多么嫉妒啊！昆虫母亲必须在冷漠的大自然中去寻找另一个生物——树、草、果子或者土地本身——替它继续给予它的孩子以母爱。这是严酷的，但并不是残忍的。我们严肃地审视一下这个问题吧。如果说死亡将母亲与孩子分开，那是因为母子双方被相悖的生活条件和营养条件所隔离，无法一起生活。孩子开始时是个微不足道的毛虫、蛹或蠕虫，一个卑微的小东西，在夜幕的掩护下的劳作者，不得不长时间地以粗草为生，有时甚至以败叶腐草为食。待它翅膀长好，蜕变完成之后，它便飞往高处，轻松愉快地在花丛中飞舞，采食花蜜，你叫它如何能够适应从前那种黑暗的、卑微的生活呢？对于这个地下的黑暗中生活的孩子来说的那种有益的、赖以生存的条件，对于已经习惯于在自由天地的温暖的阳光下的会飞的母亲来说就是致命的了。

为了让孩子好好地活下去，母亲必须为它准备好有三四层的临时性"摇篮"，里面放着幼小的它能够吃的柔软的食物，待它一醒转来就可以吃上。把一切准备好之后，母亲就将门关上，封闭好，自己便离开这个窝，永不再回来。它不得不将自己做母亲的权利交给大自然这个代替它的万物之母。

大家都能明白，都能理解，这个孩子极其舒适地在那儿生活着，而且它自己也能吐些丝铺在它那温暖的囚室里，最后，它变得壮实了，等天气转暖时，便从囚室里出来。我们对此感到惊叹但并不感到惊讶。然而，最令人惊讶的是，这个母亲（蝴蝶、金龟子等）经过如此的变化、蜕壳、假睡、蜕变之后，竟然又为它的孩子找到了它从前处于毛虫阶段后来长大离去的地点、食物。这真是奇妙至极，令人百思不得其解的事！……我们认为最愚笨的那些昆虫，比如飞虫、蝴蝶等，在爱情的曙光闪过之后，死亡逼近之时，它们会停下休息，在反思，好像在想点什么，在回忆点什么似的。然而，它们心知肚明，毅然决然地离去了。这儿就是它们的食物，它们的出生地，它们的故乡，它们的摇篮。它们会回到这儿，来保护自己的孩子。

它们完全显示出自己的谨慎、远见、灵巧机智。它们运用一些不为人所知的技巧，施展出一些不可思议的机智灵活。是怎么回事呢？有时候，它们的战斗武器转作其他的一些用途，成为做爱的工具。有时候，还会动用一些此前一直藏匿着的新工具，极其复杂的工具，只为这唯一的一次行为，只为这唯一的一天！

有人写了一本奇特的书，来介绍昆虫们为了完成做母亲的功能所具有的极其多种多样的工具。这些工具往往都很可爱，极其精确，极其精巧，极其细致。仅举雷奥米尔描述玫瑰树的飞虫一书的例子就足以证明了。他介绍了飞虫的那两个"刀片"，运用起来呈相反方向运动，上面还带有锯齿，齿齿皆尖利无比。

爱情的力量何其大也！也许是那位神圣的"工匠"为它们准备了这种小工具，也许是那"工匠"赋予它们这种工具以完成强烈的做母亲的欲望。你会看到它们会将这种工具从身上伸出来，以一种出其不意的方法及时地运作起来。

至少，对于那些劳作时能得到许多昆虫的援助和保护的群居昆虫来说，这个任务是简单的。但是，对于孤独的昆虫母亲来说，这项任务就非常的繁重而艰难，它没有助手，没有丈夫，没有朋友，从事的又是一些巨大的，甚至有时还是巨人方能完成的建设工作。胡蜂修筑的巢就是这样一种巨大的工程。这项工程费时费力，需要极大的耐心和意志力，实在是伟大至极。

在这种超负荷的劳动中，母亲干了几天就衰老了。可是，它却未能享受到自己的劳动成果，这个辛勤劳动的果实——摇篮——却为他人做了嫁衣裳了。一个抢掠者经常地前来抢夺，坐享其成，把自己的后代生在了那里，后者不仅要将合法主人的食粮消费掉，而且还把主人的孩子当作自己的盘中餐了。

对这么大的一项成果并不保险的工程，谁能不投去怜悯的目光呢？

在骄阳似火的七月天，当这座城镇（枫丹白露）的狭小的森林圈将热浪聚集在一起的时候，尽管我们人懒洋洋的，不想干活儿，可我们却惊奇地发现一只孤独的蜜蜂总是飞来飞去，在不停地忙着筑它的蜂巢。它总是不停地飞到几个茶花盆和欧洲夹竹桃盆旁边。我看见它很大很敏捷，一身美丽的褐颜色，夹杂着一些黑色，差不多每隔五分钟便夹带着一小片叶子（我猜想应该是欧洲夹竹桃叶）飞回来，把它弄进花盆的泥土深处的一个洞中：它在那儿筑了一个窝。

它热情不减地连续干了三日。看不出它在这个期间吃过什么。它一心扑在筑巢的大业上，似乎连自己的生命都全然不顾了。

它是那样的专心致志，行动又那样的急迫，你即使走近前去，它也不予理会。它什么都不怕。我们可以随意地待在花盆旁边，坐在那儿，像它对待自己的劳作一样耐心地观察着。

第四天早晨，我们发现洞口封上了，我们也就再没有看见这位辛勤的劳动者了。它的生命完结了。它已精疲力竭，但是非常高兴自己完成了任务。它想必是待在某个阴暗的角落，等待着生命的结束。

我们小心翼翼地把粘在花盆壁上的土扒开，以便检视一下它的劳动成果。

在花盆底部，有两个像两只顶针形状的摇篮，有两个孩子睡在里面。母亲总是这么精心，有几个孩子，就得建几个小屋。

每一个小屋都是由二十六片小叶片构成的。雷奥米尔曾经在一个相类似的巢中发现了十六个小屋。有六片小叶片被用来封住入口，全都是圆形的叶片。如果我们联想到母亲并无任何适合干这种活计的工具相帮，我们真的会为此而拍案叫绝的。没有冲头，可做出来的活儿却像有冲头一样的精巧，这怎能不让人叹为观止！

其他的那些小叶片，呈椭圆形，按照小巢的形状一片一片地整齐地重叠着，它们好似屋顶，是不知疲劳的母亲修建来抵御风寒、抵御雨水的。底部有一点蜜，是母亲特意留下给它永远抛下的孩子们的。

我们很高兴地看到孩子们在它们过冬的小屋中蠕动。如果将它们放在我们屋里要比待在花盆底部暖和得多。那样的话，它们母亲的心愿就完全了结了。我们将它们弄到屋里，细心照料，后来带到了巴黎。这些枫丹白露的"仙女"在春天的一个早晨，飞到我们的窗户上，这些小蜜蜂如果说不能采到枫丹白露的欧石楠的蜜的话，那它们至少可以采到巴黎卢森堡公园的花中蜜。

五

怕冷畏寒的孤女

我们说过了最容易、最温馨、最需要叙述的事情，那就是享受着特殊照顾的生物的故事，它的母亲为它想好了一切，安排好了一切，吃得好穿得暖。但是，大多数的昆虫一生下来就缺衣少食，一无所有。它们精赤条条地降生在这个广袤的天地之中。

穷困让它们大胆，生活窘迫让它们聪明机智，饥饿困苦激发着它们的器官，使之变得坚强有力，帮它们渡过一切难关。

都是些什么样的器官？伟大的斯瓦默丹，潜心研究昆虫的博物学家，第一个发现了这些器官。他用他那深邃的目光，在昆虫的这个密封的、不透明的卵上发现了生命的最初迹象，从中看到了昆虫秘密的决定性的和深刻的特征。

他看见了那个小家伙，身子软软的，在往前伸出一些上颚或下颚，这个器官已经很明显，清晰可辨，就长在它的嘴的前边，其作用明显是为这个还非常之弱小的身体觅食和保卫它。

在这个起着积极作用的工具后面，伟大的斯瓦默丹还看见它的两侧还有另一种被动的器官，是一系列的小嘴或器门，用于呼吸空气。

这种配备真是匠心独运。刚生下来的孤儿，精赤条条，独自来到这个世界上，没有任何保护，只身面对各种各样的艰难变化，因此只有一生下来，便贪婪地去吃，去吸收，去咀嚼。它得到处吃，一直吃，即使是在最不卫生的空气中，在最肮脏、致命的处所，亦当如此。唯其如此，大自然才赋予它循环缓慢、呼吸缓慢的本领，让它在即使是可怕的条件下也能够生存，而高级动物则不然，只能生活在洁净的空气里。这些高级动物同人一样，血液不停地与空气接触，以便使血液在其中得以净化。而昆虫则相反，守护在其旁边的那些气孔是一些保护性器官，是按照能够始终减少、过滤，必要的话还能排除侵入的空气的方式排列起来的。我们可以从中发现为了同一目的而具有的无穷无尽的排列组合变化，让人看了简直是惊愕不已。吸入又不吸入，呼又不呼，一种本应该是被动的功能却又掌握着主动权，投入又收敛，凡此种种，困难至极，但是，昆虫却找到了无数的解决办法。

它的循环就像在母亲肚子里的胚胎一样。但是，昆虫的条件可是差得太远了！胚胎是通过母亲这个温柔的中介与外界极其间接地接触的。没有母亲的胎儿不会像其他的胎儿那样，在大量的奶水中浮游，它是在严酷的生存环境中生活的，它想成长发育是要经受严重的考验，要克服种种艰难困苦，方能修成正果。现在的人承认昆虫是胎生的。但是，就这一点就足以使它毙命。这是多大的矛盾啊！一个胎儿生下来便要遇上种种考验：它可能成为鸟儿甚至昆虫的猎物！这个胎儿身上是配备着武器的，这倒是不假。看到软绵绵的毛虫竖起它的带有威胁性的大颚，而毫无任何防御的身子却全面地暴露在外，让人觉得好生奇怪。

遇上危险就逃，但生还的几率也很小。能最好地保护它们的只有夜色。因此，它们总是躲开光亮，尽可能地生活在地下、在树林中，至少是躲在树叶下面。如果这种情况对于幼虫、毛虫以及人们称之为蠕虫的所有虫子都属实的话，那么我们就可以说昆虫也是如此。因为它的最初阶段（幼虫阶段）持续很长时间，而蛹的阶段和最后的第三阶段一般来说都是比较短暂的。许多种属的昆虫（鳃角金龟、鹿角锹甲等）在地下的黑暗生活要经历三到六年，而在阳光下，只有三个月。

即使在阳光下生活得较长的那些昆虫，比如蜜蜂和蚂蚁，也非常喜欢在黑暗之中劳作，它们偏爱自己的蜂巢、自己的蚁穴。

可以这么说：昆虫是黑夜之子。

大部分昆虫都避开阳光。但是又怎么能避开空气呢！甚至在炎热的地区，多变的空气一旦接触到表皮尚未变硬的赤裸而又暴露在外的躯体也是伤害极大的。在我们的这种寒冷的气候条件之下，空气的每一个气流都会让这个赤裸而又暴露在外的躯体感到好似有千千万万的利箭或尖针刺了过来。上帝啊，如果我们人的可怜的胎儿，刚出生一两周，不在温暖的屋子里包裹得暖暖地待着，而是赤身裸体地暴露在冷空气之中，那会是个什么样的结果啊！昆虫的胚胎在很软、很弱，无处不受到伤害的时候，便会遭到寒冷、朔风以及其他种种的不利条件的折磨，其状可叹呀！

某些带毛的种属保护得就稍许好一些。有一些是"居住"在果实中的。还有一些，比如蜜蜂、蚂蚁，是群居的，所以有族群的保护。但是，对于绝大多数的昆虫来说，它们生下来就是孤单的、精赤条条的。

我们中有些读者，穿得暖暖和和，我敢肯定他们会说，严寒是一件大好事，能刺激食欲，使人更加健壮，云云。但是那些受过穷受过苦的人很明白这些人说的是怎么回事。而我自己，凭借对自己孩提时的回忆，我要说寒冷实实在在地让人难以忍受：没有谁能习惯于挨冻，即使挨冻惯了，也不会觉得这是件好事的。在严寒的冬天，天寒地冻的日子里，每当春暖花开，河流解冻，万物复苏之时，我心中是何等的喜悦啊！

不过，我并不否认寒冷是一剂强有力的强壮剂，它能极其强烈地激发人的意志，让人发奋图强，增强创造力。寒冷像饥饿一样，也许胜过于饥饿，是最强有力的艺术兴奋剂。饥饿让人萎靡不振，寒冷却让人坚韧不拔。

寒冷是无数的畏寒怕冷的昆虫种属中的小可怜们得力的启发者。这些小家伙们一生下来就首先在想尽一切办法将自己包裹起来，抵御严寒。食物不缺：大自然到处为它们准备好了盛宴。整个植物界以及动物界的大部分都在等候着它们。它们将懒散悠闲地生活着，如同婴儿舒舒服服地睡在母亲为他准备好的摇篮里一样。但是，寒气逼人，湿冷的空气令这些可怜的畏寒怕冷的孤女们难以忍受，冻得它们五脏六腑都像是凝固了一般。最后，阳光又将它们伤得不轻。它们如果弄不成一个避难之所的话，就根本无法休息。哪怕最柔弱的毛虫，即使再小，也都是艺术家，它们通过吐丝、编织、裁剪，很快就做成了一条裙子，像第二层皮似的披在它们柔嫩的皮肤上，减轻了赤身裸体所受的痛苦。但凡首先居住在一个已准备好的窝里，有一件热乎乎的毛线衣服保护着的孤儿，是最幸福的。起先，这件毛衣又宽又大，穿起来飘飘荡荡的，就像生活节俭的母亲那样，替孩子准备的衣服总是较长较大的，等到孩子长大一些时，穿着就再合适再贴身不过了。

那些生下来就与寒冷和绿叶，与冰凌接触的昆虫要更加聪明能干得多。它们技艺超群，令人惊叹不已。有一些竟然能够借助看不见的"缆线"，运用机械原理，把重物抬起，就像我们灵巧地将协和广场的方尖碑撬起，竖立起来一样。还有一些能够裁剪各种不同的图像，然后将它们完美地拼接在一起。

在这个小小的昆虫世界里，各种技艺就如此这般地组合在了一起：裁缝师傅、纺织工、制毡工、纺纱工、挖掘工，等等。而且，在每一个行当中，我们发现有一些种属的昆虫还具有独自的特长，通过不同的办法，成为自有一套的专家。

裁缝师傅裁剪衣服纸样。它们在一片叶子上剪下一块合适的衣料，然后，把它运到另一片叶子上去，把它绗住，再剪下第二块，放在第一块上面，将它们缝在一起。做完这道工序之后，它们就用它们那饰有鳞片的脑袋把叶脉刮平，如同裁缝师傅用熨斗熨平缝合线一样。随后，它们便使用最细的丝给这件衣服加上衬里，再把它运走。

还有一些昆虫在干镶嵌工的活儿，而另外一些则在做细木镶嵌，在做贴面。制好一条裙子之后，它们就将它掩藏起来，艺术地将它们周边的一些材料贴在上面。比如水生昆虫，它们会用苔藓、浮萍、贻贝或小蜗牛将它掩盖住。

挖掘工会在两片叶子之间挖掘一条条的通道，在其中爬来爬去，在进口与出口的地下居所养精蓄锐。

它们是伟大的劳动者。不过，在种属中间有一种令人敬佩的公正存在着。谁在孩童时就开始干活儿，成年后就少干活儿，反之亦然。幼虫时期的蜜蜂被其父母娇惯着，好吃好喝的，照顾得无微不至，但是，待它长大之后，就只好一生忙碌个不停。

相反，另有一种昆虫，毛虫时期就辛勤劳作，纺纱织布，忙个不停，长大之后，它就没什么事情要干的了，在花间树丛中飞来飞去，逍遥自在：这就是我们的蝴蝶先生。

对于大部分昆虫而言，小时候，也就是在它们处于幼虫或毛虫的阶段，都得干繁重的劳动。它们的劳动量非常之大，难度也不小。一方面，由于成长发育的需要，它们必须经常不断地、急不可耐地去寻找所需的食物，另一方面，它们还得让身体上所缺少的器官尽快地长出来，让旧的、退化的器官得以更新。

这些无娘的可怜孩子一生离不开两件事：劳作和在病痛中成长。

蜕壳期对它们来说也不是一件容易的事情。

在这一时期，小家伙到了更换新衣的痛苦时刻，那新衣深嵌在它的肉身上，它感到浑身难受，离开了它的叶片，萎靡不振地躲到一个孤立的地方去。看见它这么柔弱，这么毫无生气，这么干枯，这么漠然，你会说它看样子是活不成了。确实，有许多昆虫就是在这一时期夭折的。

　　它被动无奈地吊在一根树枝上，期盼着大自然助它一臂之力，而且更多的是运用其平生之力，让它的表皮从下面的第二层皮上脱落。

　　这时候，我们就会看见那件前不久还亮光闪闪的裙子变干了，变硬了，如同一个今后即将无用的物件随风飘去。

　　但是，万一蜕壳不成功，壳断掉了，那么蜕壳的昆虫无论多么虚弱，都得拼命挣扎，一个劲儿地扭动，拱起来，缩进去，用尽浑身力气，使出浑身解数，做出各种动作，挣脱出来。

　　最后，它成功了，旧皮囊裂开，我看见它从里面挣脱出来，浑身汗水淋漓。

　　此刻，绝不允许触碰它，稍微触及它一下，就会伤害到它。它感觉到了这一点，它一动不动。它浑身苍白，虚弱无力。它必须等着自己的皮肤不那么敏感，腿脚硬朗之后，再开始爬行。幸好，很快，食物使它恢复了体力。它食欲大开，力气很快就恢复了，使它还能够蜕变。这是它命中注定的。它被判定得一直这么蜕变下去，直到它最后一次蜕变的完成为止。

　　如果努力或痛苦能给予它一丝思维的话，它应该在每次蜕壳时心中暗想："我完事了！……我成功了，我将平安无事了，这是我的最后一次蜕变。"对此，大自然将回答道："还没有呐！还早着呐！你没有再生……你是谁？只不过是一个幼虫，一个脸盖将要掉落的幼虫。"

什么！一个脸盖将要掉落！它似乎有时比它应该突出来的还要大！在一张刚才还等待着晾干，等待着随风飘落的皮里，有这么多的机关这么多的奥妙！

不管怎么说，一天早晨，不知是什么东西激怒了它，似乎是一根神秘的刺，在促使它去做一项新的工作。好像在它的身上，有另外的一个"它"在活动，在躁动，在循着一个确定的目的前进，想变化成为……什么？它知道吗？我说不清楚，但是，最后你看见它在行动，在理智地行动着，像是它心中十分清楚似的。一阵困乏攫住了它，使它浑身乏力，让它软弱无力地呈现在它所有的敌人的面前，随即又让它突然间开始一种新的活动。"咱们好好地干活儿吧！咱们快快地干活儿吧！……啊，我马上就要好好地睡上一觉了！"

六

蜕变——干尸、蛹或蛹壳

让我们尊崇世界的童年时期吧。让我们谅解它童年时期从昆虫所代表的奇特变化中所获得的安慰和希冀，以及影响巨大的古埃及从中所汲取的那些恒定的思想吧。这一变化比卡诺波[1]的秘密和埃勒西斯[2]的节庆平静了更多人的心情，擦拭了更多人的泪水。

当穿着丧服的伊丽丝[3]一再地表现出同样的苦痛，拼命地从奥齐里斯[4]中挣扎出来的时候，她将自己的希望寄托在了圣金龟子的身上，她擦去了她的泪水。

什么是死？什么是生？什么是守夜或睡眠？……你们难道没有看见坟墓那无言的亲信，那小小的奇迹在向我们玩着命运的游戏吗？它睡在胚胎里，后来还要睡在蛹中。它诞生三次，又像幼虫、蛹和金龟子那样死上三次。在它的每一次生存状态中，它是蛹或脸盖，是一个生存的形象。它在自我

---

1 古埃及存放尸体内脏的白色瓦罐；罐为人头像或圣兽头像。
2 埃勒西斯系古希腊埃雷西斯城。
3 伊丽丝系古希腊神明，代表着彩虹和天上人间的通道。
4 奥齐里斯是古埃及似人形的神明，呈木乃伊状。

准备，在生长，在自我孵化。它从最令人恶心的坟墓中挣脱出来，浑身闪亮。它在灰土上闪闪发光。在埃及的正处于干旱时期的灰蒙蒙的平原上，它在发出耀眼的光芒，让一切都黯然失色。强烈的阳光在它那镶嵌着宝石的翅翼上闪烁着。

这之前，它在哪儿来着？在阴暗肮脏的地方，在黑夜之中，在死亡之中。是神明将它召唤了回来。神明将让这颗可爱的心灵变得更好！……温柔的曙光！……建立在公正上，在一切生命的创建者的全面的爱之上。

因此，那位寡妇在它丈夫身旁投下了光辉未来的保障，她大声地呼喊道："仁慈的上帝啊！为他和为我做您为昆虫所做的事吧，给予人，给予我那个亲爱的人儿以您给予那个飞虫兄弟同样的关爱吧。"

当代科学打破了这首古老的诗了吗？它是否完全地将奇迹带回给大自然了？

这门科学的创始者斯瓦默丹发现，毛虫已经包含着蛹了；不仅如此，蝴蝶也是一样的。在毛虫中，斯瓦默丹发现了这个未来的生命的粗糙的翅翼和吻管。

不仅如此，马尔比基[1]看到了处于酣睡中的蚕的蛹，说它"已经具有未来母亲的那些特征"，蕴藏着它将成为蛾子时要产下的大量的卵。

---

1 马尔比基（Marcello Malpighi, 1628—1694）：意大利医生和解剖学家。

不过，还不止于此。雷奥米尔在他的橡树毛虫一章中写道，他在"一个只有几个小时大的毛虫中，发现了未来蛾子的卵"。这也就是说，这个它本身也是毛虫阶段的昆虫只是一个活动的卵而已，这个孩子，这个卵，蕴含着一些孩子，一些卵。

这是真正的三个生命。看来没有中间的死亡，只有一个生命在继续。

一切难道不是很清楚吗？古代的神秘消失了吗？人看穿了事物的秘密了吗？

雷奥米尔并不这么认为。雷奥米尔亲自让我们看得很远很远。他似乎并不满足于将自己的观察结果报告出来，他承认"他的这些观察结果还很不完善"。

联想到一条毛虫开始时只有一根线那么粗细，然后逐渐蜕变、幻化，联想到它有三层皮，甚至八层皮，而且它的蛹还有一个厚皮囊，完全的蛾子蜷缩在一起，有一个大的管道系统可以呼吸，消化，有神经系统可以感觉，有肌肉可以运动，这确实让人匪夷所思，难以相信。神奇的解剖学！这是第一次完整地承继了利奥内的关于《柳树毛虫》(*Chenille du saule*)的那部巨著的精神。这种双重巨兽，拥有一个顽强的胃，啃啮了若许的硬树叶，不久，它就会生出一个轻巧而精密的器官，去亲吻花蜜。这只毛茸茸的动物内设一座完整的纺丝厂，很快就将工厂的这套复杂的工艺给简而化之了……

我们知道大自然会通过它的那些温和的安排让高级动物的幼仔从它的胎儿状态走向独立自主的生活，让它的旧有器官适宜于新的功能。但是，毛虫却并非如此。它并不是一个状态的简单改变，恰恰相反，反差极大。因此，必须拥有一些全新的生活工具，而原来的初始器械必须彻底地摒除，完全牺牲掉。

对于其他的那些类似的虫子来说，这种完全处于隐蔽状态的变革是赤裸裸的。有好些种毛虫的蜕变是在白昼进行的，它们用一根细丝将自己悬吊在一根树枝上，因此我们得以凑近前去仔细地观察这一壮举。

这一壮举既让人赞叹又让人怜悯！这个蛹，小小的，软软的，黏乎乎的，既无胳膊又无腿脚，只是这么巧一用力，便挣破了锁囊，从自身那沉重而坚固的囚笼中将腿脚胳膊以及脑袋伸了出来，而且内部的好些大的器官也全都出来了，这简直让人不知如何解说了！

这个小东西，就这样从自己那又长又重的脸盖中挣脱出来（这只脸盖刚才还靠着一种坚强的生命生活着呐），吊在那儿晾干，然后灵巧地攀上那根丝线，在丝线上，将新的蛹的"自我"固定住，而它那旧的"我"，被风儿吹得飘动着，很快便不知飘落到何处去了。

一切都在变，而且都将要变。腿还并不是腿。必须是一些完全轻巧灵活的腿才行。刚从毛虫蜕变为弱小的昆虫，连草尖上都站立不稳，身体上长着又短又粗的大腿，脚上还带着钩，肚腹上还有吸盘以及各种各样的器具，你让它在风中如何生存？

脑袋也将不是脑袋，至少，颌骨那个大家伙消失了，在它的后面是强健的肌肉在有力地牵动着。这些东西都随着脸盖一起被抛弃掉了。脸盖可是个大物件啊！咀嚼转变为吮吸。一根柔软的吻管出现了。

如果说毛虫体内有什么东西显得非常重要的话，那就是它的消化器官。可惜啊，它生命的这个根基不复存在了！能吸食的喉咙、强大的胃、贪婪的内脏，凡此种种，全都被取消了，或者是绝无仅有了。这个新生的生命，在某些蝴蝶种属中，不吃食物，虽说是有嘴，但只是一个装饰品而已，再说，它也没有排泄口，那它将怎么存活呢？它将毫无困难地抛开一个今后已不再有用的"物件"，靠着胃部的皮肤进行排泄。

这是很伟大很壮观的，没有什么场景可与之相提并论的！生命竟然能够达到如此大的改变，能够控制器官，以胜利者的姿态生存着，完全摆脱了从前的"我"！……对于那些向我们揭示这种神奇的蜕变的人，我从心底里要说一句："谢谢！"

这个小生命，它抛开了一切，毫不犹豫地将它的强大而坚固的存在撇在了那里，撇下了刚才的那个"它"的复杂的机构，撇下了它自身，它是怎么能够这么神奇、这么安然的呢？人们说是多亏了它的蛹，它的脸盖，可是，为什么呢？它的个性似乎至少是在坚强的毛虫阶段与在极其弱的蛾子阶段一样坚强的呀。毫无疑问，那是因为它本身的生命所致，它勇敢地让自己晾干、蜕变，然后变成什么呢？变成根本就很不保险的东西，变成一个短小的柔弱的东西，白乎乎的。在它吐丝之后，你将那只蛹破开，只能在其覆盖物中发现一种乳白色的液体，只有一点点不知为何物的轮廓，好似能看清却又未曾看清。有的时候，你用一根细针，可以分离这种不知为何物的东西，你就可以想象那是未来蛾子的肢体。差别何其大也！有一些时候（对于许多种属来说），"旧我"不再显现，"新我"尚未出现。当埃松[1]被肢解之后，为了让他复活，人们便将他放进锅里，你若在那里面搅动的话，就会找到他的肢体。但是，毛虫的情况却并非如此，你什么也发现不了的。

不过，这具"干尸"却信心十足，它的周围全是"裹尸布条"，它能顺从地接受黑夜、无力和受困状态。它感觉到自身有着一种力量，一种存在的道理，一种仍旧活着的原因。什么原因呢？什么道理呢？就是它先前聚集起来的那种生命力。它作为辛劳的毛虫所积攒起来的一切，就在阻碍着它的死亡，使它无法死去，这就促使它刚才不仅还活着，而且活得还十分轻松愉快，而这种轻松愉快又是与它先前所做出的努力成正比的。

真乃是令人称羡的补偿！……在深入观察研究生命的这种源头的同时，我觉得自己在其中看到了物质性的宿命。而且我从中发现了公正、不朽和希望。

是的，公正是有道理的，而且当代科学也是有道理的。这既是死亡，但又并非死亡，或者说这是部分的死亡。死还

---

[1] 古希腊的一位神秘的国王，后被其异母兄弟佩利亚斯夺去王位，并被杀死。

能是别的什么样子吗？它难道不是一种生吗？

随着时间的推移，我发现我每一天都在死也都在生。我经受了艰难的脱换、辛劳的蜕变。再多一个什么变化也不致让我惊愕。我经历了无数次的从蛹到毛虫到一个更完善的阶段，而这个完善的阶段过了一些时日之后，在其他的关系下，就又不完善了，使我又进入一个新的变化循环过程之中。

这一切的由我到我，而且也是从我到仍旧是我的所有的我，他们都爱我，要我，帮我，或者是我爱他们，我帮他们。他们也一样，他们曾经是或者将要是我的那些蜕变。有时候，我突然发现自己的一个声调、一个动作，我会发出惊叫："啊，这个，这是我父亲的一个动作！"我事先并未预料到这个声调或这个动作，如果预料到的话，也就不会有这个声调或这个动作了，反应也就全变了，但是，我并未预料到，所以就发生了。我心中有着一种温情的激动，一种神圣的冲动，我感觉到我父亲仍活在我的心中。我们是两个人吗？我们以前就是一个人吗？……啊！他就是我的"毛虫"。而且，我在为明天将要到来的那些人，我的儿子们或我思想上的儿子们，扮演同样的角色。我知道，我感觉到，除了我从父亲身上继承的实体之外，除了其他人从我这儿将继承艺术家和史学家的精神之外，胚芽在我身上一直存在着，它们根本就没有发育，变化。另一个人，也许更好一点的人，曾经存在于我的身上，但是并没有出现。为什么本会使之变得高大的高级胚芽，为什么我有时曾经感觉到的有力的翅膀，它们没有在生活中和行动中得以发育成长呢？

这些延期未能发育的胚芽仍留存在我身上。也许对我的这个生命来说是太迟了，但是，对于另外一个生命来说，也许就……谁知道？

　　一位睿智的哲学家说过，如果人的被囚于母亲腹中的胎儿能够思考的话，他也许会说："我看见我有着一些器官，但在这儿并没什么用处，有腿却不能行走，有胃有牙却不能吃。耐心点吧！这些器官告诉我，我的本性在别处呼唤着我；有一天，机会到来，我将有另一个去处、另一种生活，那时候，这些器官就全都派上用场了……它们现在在失业，它们还在等待着！……我只不过是一个人毛虫。"

七

凤凰涅槃

　　戏剧性变化是全面的。从灰色的或泛黑的"干尸"（它在变干、缩小），你看到了新的生命，看到了再生、涅槃、挣脱，并在青春的光华中闪闪发光。

　　而我们则是正好相反，自美好日月开始，起先就像是蝴蝶一般，然后就人老体衰。虫子却恰恰相反，始于艰难岁月，过着一种长期的黑暗生活，一下子就变得年轻力壮，并且在风光无限之中死去。

　　我们来看一看这个起点。春风和暖，唤醒植物，它的盛宴已经准备就绪。有许多的花儿在等待着它，让它采蜜。它在延宕着……这是因为今天，这个让它感到安全的无法穿透的包袱皮还是它一时的障碍。它十分虚弱，被一个巨大的变化弄得筋疲力尽，你让它如何能够穿透这几乎要让它窒息的过于结实的摇篮呢？

　　有一些种属，如蚂蚁，"被囚者"很难冲出牢笼，除非借用外力，从外面拼命地将它从牢笼中生拉硬扯出来，如同生养孩子一般地从这个囚禁着它的襁褓中拽出来。但这是一种幸福的困难，它在两代之间建立起了联系，将这位解救者与被解救的孩子结合在了一起,教育与群居生活便开始了。

但是,在大多数的昆虫中,解救者并非他人,而是大自然。这位大自然母亲心中充满着无限柔情和创造精神,它将神奇的钥匙送给了小家伙,这把金钥匙将打开栅栏,打破牢笼,把小家伙带到自由的天空之下。

"这是一把什么样的钥匙?……你倒是说说看,这个柔嫩、虚弱的生命将如何运用这把钥匙,去在一块坚硬密实的布料上啃啮,而且这块布料在凄风苦雨、寒冬腊月的时候,有时还会加厚,变成双层的?"

我们对此则一筹莫展,可大自然却有其高招。它只要略施小计,困难便迎刃而解,百难皆消。比如蚕蛾在其最艰难的时刻,会找到一把小锉刀。在哪儿呀?在它的眼睛里!这双多面镜的眼睛,有一个金刚钻似的细尖,能够将蚕蛾的丝质牢笼锉破,打开。

另一种昆虫(鳃角金龟),被囚于地下,到了关键的那一天,立刻就变成了一个出色的机械工。它用它的整个身子作为撬棍。它的尾端是一个十字镐,非常的尖锐。它能钻进土中,牢牢地钉在那儿,挺住不动。有了这一支撑点,鳃角金龟就有了巨大的力量,它就利用它的双肩,把那沉甸甸的土块顶起来,推开去,见到了天日。然后,它便利用它的翅翼和翅翼鞘这两种沉重的工具,飞了出去。

另外还有一种丑陋的矿工——蝼蛄。如果没有两只有力的手,或者说两把强有力的能开道的耙的话,它是无论如何也没法从地下转到地上来的。尽管长得奇丑无比,但是它仍然有春的悸动,有爱的需求。不过,它也有自知之明,总是在月色朦胧的时候才露出它的那张丑脸。它的悲叹之声,凄切哀婉,很能打动它所追求的雌性的芳心。雌性闻听此声,不禁芳心微动,出现在它的面前,不过,它们还是要在夜晚返回地下,让黑暗保护它们的后代得以存活。

还有一种水生的孱弱的昆虫——库蚊,在大白天里,竟然胆大包天地在水上游弋着。它蜕下的壳仍在为它效力:那是它的小船。它在船上或躺着,或立着,或伸开它刚长出来的翅翼作为船帆,随波漂荡,经常是安然无恙地驶抵岸边,将翅翼晾干,飞去捕猎,或寻欢作乐。也就一个钟头的工夫,它就掌握了它所有的新式工具了。它这叫无师自通。

爱神是长着翅膀的。神话说得完全有道理。这并非比喻,而是确实如此。在这么短暂的时间里,大自然证明了一种无穷的力量,一种急不可耐地飞向所爱的目标的伟大力量。它们凭借自己的双翼,全都高高地飞起,全都飞向光明,全都在寻求幸福。心中燃烧着的火焰在体外也表现出来:五颜六色的美丽色彩。个个都在打扮着,个个都想要取悦他人。

蝴蝶的翅膀上长着一些大大的眼睛,像是在盯着你看。各个种属的金龟子,都像是活的钻石一般,以它们的鲜亮的颜色,以它们的火一般的热力,令人惊讶不已。最后,在黑暗深处,它们精赤条条的,没了翅翼,像闪烁的星星似的,闪着爱情的火焰。

在这一时刻,它们显出的是一些奇异的模样,一些丑陋的脸盖,与其高贵的特质形成鲜明的反差。

沼泽地里的一个不起眼的蛹，慵懒无力，只是通过狡诈才得以存活，然后却变成了巾帼英雄，变成了人们称之为"小姐"（蜻蜓的俗称）的长着翅膀的身轻体健的女战士，在昆虫中，就像燕子在鸟类中一样，它是唯一能够完全自由地飞翔的种属。它能在草地上或在水上飞来飞去，动作千变万化，或打转或绕圈，蓝色、绿色的翅膀不停地振动着，看得人眼花缭乱，目不暇接。表面上看去，它飞起来非常随意，其实不然，它是在捕猎，是成千上万的昆虫的高雅而迅捷的毁灭者。你看着好像它是在玩耍，实际上，它是处在恋爱季节，需要大量的营养以滋补身子。

你可别以为它这么美丽聪明纯粹是美好气候的恩赐，别以为它为爱情和死亡而穿戴的美丽的舞衣纯粹是太阳的惠顾，是全能的装饰师用它的光辉在它的翅膀上彩釉着亮色，让我们看着赞叹不已。另外还有一个太阳，那个普照大地，直照到北极的冰天雪地的太阳，也就是爱情，在它们的美丽上有着更大的贡献。它激越了它们身上的内在的生命，激发了它们所有的力量，在特定的那一天，从它们身上绽放出那朵高贵美丽的花朵来。这些绚丽的色彩，那是它们可以看见的力量在变成能够说话的力量，而且是雄辩有力的。这是一个完整的生命的骄傲，它已达到了登峰造极的程度，在这个生命中展现出来，取得了胜利，而且还想要发扬光大；这是欲念的传承，是强烈的祈求，是对所钟情的目标的急迫的呼唤。

在气候条件很一般的情况下，你会觉得它们的被认为美丽的锦衣华服是热带气候条件下所特有的。有谁见到过我们气候条件变化不定的地区有斑蝥在闪闪发光？即使是在夏天很短暂，仿佛对太阳、对贫瘠光秃的土地嗤之以鼻的最阴沉的沙漠地区，爱情也在激发一些生物披上锦衣华饰，金光闪烁。凄凉的西伯利亚突然之间会见到一些"王公贵族"在昆虫群中悠然自得地漫步。俄罗斯虽然气候恶劣，但仍然无法阻止巨大的步行虫——这种比伊凡雷帝更加不可一世的残忍的"猎手"身着绿色、黑色、紫色或深蓝色的麂皮，闪烁着深蓝色宝石的光亮。甚至有的步行虫还披上沙皇们的旧披肩，闪着红彤彤的光亮。

在我们相邻的"西伯利亚"，我指的是我们的那些高山峻岭，比如在比利牛斯的冰川的冰雹袭击之下，仍然有一些高贵的昆虫，没有知难而退，而是穿着美丽的衣服，披着灰缎子大氅，上面点缀着黑色天鹅绒，在飞来飞去。

在阿尔卑斯高山上，在格兰德沃尔[1]，那条冰川就在我们面前，冷飕飕的，冻得人浑身发僵。我在那儿看见一个腼腆而感人的爱的展现，令我惊叹不已。在几棵干瘦的桦树中间，在这几棵永远受到严寒侵袭的桦树中间，有一株可怜的小植物，十分美丽纤细，顽强地绽放着花朵。那花朵是粉红色的，但近乎紫色，与这阴暗凄凉的地方十分相称，与这个植物相伴的是一只小小的昆虫，尽管十分的柔弱，但它却在往上爬着，只见它在勃朗峰顶浑然颤抖着。在那儿，你看到的就是天空和下面的广阔的白茫茫的大地。那只富有诗意的创造物

---

[1] 瑞士伯尔尼附近的一城镇名。

正好是这两种颜色：它的翅膀呈天蓝色，非常的美丽，似乎轻轻地扑上了一层白霜，闪亮闪亮的。暴风雪和雪崩能将巨石刮跑冲下，但这只小昆虫却毫无惧色。尽管狂风肆虐，尽管风雪交加，但它这个小家伙勇敢地飞翔着，好像在想，这长冬之王在犹豫着，不敢摧毁这长着翅膀的爱情的花朵，因为这个带翅膀的花朵在这位国王的死亡之都为他保留了一束天光。

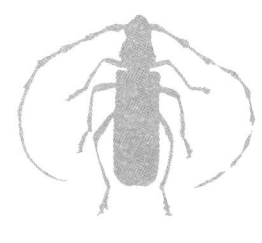

第二卷 昆虫的使命与技艺

一

斯瓦默丹

人们在1600年之前，对无限都知道点什么？什么都不知道。对无限大一无所知，对无限小也一无所知。帕斯卡尔有关这一主题被广泛引述的那个著名篇章，是极为年老和极为年轻的人类的天真的震撼，他们开始隐隐约约地看见自己的极大的无知，终于睁开双眼面对现实，在两个深渊之间苏醒了。

无人不知，1610年，伽利略从荷兰收到那个放大镜，制作了天文望远镜，将它举起，望着天空。但是大家很少知道斯瓦默丹，巧妙地利用粗制的显微镜往下看去，第一，隐约地看见了那个活的无限，那个微小的活的世界！他俩相互接替。在那个伟大的意大利人于1632年[1]去世之后，那个荷兰人、那个观察无限小的伽利略于1637年诞生了。

神奇的革命。生命的深渊在它的深处，连带着数百亿数千亿的不知名的生物和奇怪的组织一起出现了，人们甚至连想都不敢想的。但是，最了不起的是科学的方法也改变了！

---

1 伽利略卒于1642年，作者此处叙述有误。——编者注

在那之前，我们依靠的是我们的感官。最严肃的观察家强调的是证据，他们认为不可以以自己的主观臆断为准。即使是经验和感官也不一定是正确的，它们不仅对我们隐瞒了大量的情况，而且就在它们所展示的情况之中，也多有蒙骗。

观察一下那两次革命的始作俑者的完全相悖的印象是很有趣的。伽利略在面对一切都显得极其和谐、安排得又极其完美的无限的天空的时候，他的喜悦要大于他的惊讶。他以轻快兴奋的笔调向欧洲宣布他的发现。而斯瓦默丹在面对微小世界那无限小时，显得惶恐不安。他在充满战斗的相互残杀的大自然的深渊面前往后退缩。他心乱如麻，他似乎很担心自己所有的观点、所有的信仰因此而被动摇了。这种状态很怪异，很悲哀，加上他又顽强地在工作着，所以他的寿命被缩短了。我们就稍微多写几句这位科学的创始者同时也是科学的殉道者吧。

伟大的医生布尔哈弗[1]在斯瓦默丹百年之后发表了他的《大自然的圣经》，并且说了一句语惊四座令人遐想的话："他曾有过一种炽热的想象力，其中夹杂着一种激情满怀的悲伤，致使他登峰造极，无人能望其项背。"因此，这位对待微小生物时极耐心的大师中的大师，这位对最细微的细节的贪婪的观察者，一直在追寻着大自然，乃至大自然中的肉眼看不见的生物。这是一位充满诗情画意的人，是一个想象力极其

---

1 布尔哈弗（Herman Boerhaave，1668—1738）：荷兰医生兼化学家。

丰富的人,是那些忧心忡忡地探索无限的人中的一个,遗憾的是壮志未酬身先死。

他才华横溢,集多种才能于一身。乍看上去,他的这些才能似乎是相互抵触的:热爱无限大也恋着无限小,爱好多样,但对细微之处又能孜孜不倦地去研究,从不说什么研究透彻了之类的话。其实,在现实中,他的这些天赋难道真的是相悖的吗?绝对不是。但凡喜爱大自然的人都会说,这些天赋是相辅相成,相互促进的。无所谓大也无所谓小。只要是喜欢,哪怕只是一根普通的毛发,也能等同甚至超过一个世界。

他出生在一个自然史储藏室中(1637)。这就注定了他的命运。这间储藏室是他父亲搞起来的,里面堆得乱七八糟。他父亲是阿姆斯特丹的一位药剂师。小斯瓦默丹想把储藏室整理一番,弄个目录。这一小小的野心使他逐渐地一点一点地变成了他那个世纪最伟大的博物学家。

他父亲像当时人们在荷兰开始看到的那样,是那些热情洋溢的收藏家之一,是各种罕见之物的永不知满足的积攒者。他收藏的并非油画(尽管伦勃朗当时已经是一位享誉世界的大画家了),也不收藏这位大画家堆得满屋子都是的那些古玩。他收藏的是大船从东西印度运来的所有一切:奇特而罕见的矿物、植物、动物。他以高价购买这些东西,把它们堆积在屋里。这些来自风光秀丽、阳光明媚的热带地区的宝物,与天空阴沉沉、海水冷冰冰的荷兰的物件大相径庭,这便激起了年轻的荷兰人斯瓦默丹的强烈的好奇,使他对大自然充满了向往。

一位非常有名的荷兰画家曾经给年轻的格劳秀斯[1]画了一幅精美的油画像。格劳秀斯12岁时便已是世界性的学者了，对开本的书籍上、明信片上、地图上都印着他的这幅肖像。如果这位画家或者伦勃朗这位伟大的魔术师能够用画笔向我们展示出那间神秘的储藏室，展示出那种动物、植物、矿物三界的精彩纷呈的乱劲儿，展示出年轻的斯瓦默丹正在与那谜一般的世界打交道的情景的话，我将会如何崇敬和爱戴我们的这位伟大的画家啊！

阿姆斯特丹人流如潮，忙忙碌碌，这反而有利于他的闭门不出。这商业的巴比伦对于思想者而言却是荒凉的大沙漠。在商业活动频仍的人的汪洋之中，在那一条条静静的运河畔，他几乎像鲁滨逊在他的孤岛上一样地生活着。连家里人都不太理解他怎么这么孤独。他很少走出储藏室，也尽量不下楼到父亲的店铺里去。

他的全部消遣就是跑到荷兰那一点点没有河流海水的陆地上去寻找昆虫。荷兰的草地阴郁悲凉，一到夏季，湿热难耐，牛羊等到处皆是。**我们的这位年轻的漫步者一旦在草地上发现鹤、鹳、乌鸦这些在其他地方彼此为敌的动物**，真的是兴奋万分。在这里，食物丰盛，这些飞禽互不相扰地自由觅食，和平共处。这给这个地方平添了一种特殊的美。牲畜

1　格劳秀斯（Hugo Grotius，1583—1645）：荷兰法学家及外交家，被誉为"人权之父"。

在这儿也很悠然自得，这是在其他地方难以得见的。夏季很短，转眼便是秋天。人与大自然在这儿似乎在一种温馨的精神和彼此相敬的气氛中和睦地相处着。

尽管父亲是个热心的收藏家，但他看到自己的儿子年纪轻轻就这么生活，很是痛苦。他本想让儿子成为一名神职人员，口若悬河地去宣传教义，名扬天下。可是，儿子却好像越来越不爱说话了。伤心不已的父亲见儿子无法光宗耀祖，就降低了要求，希望他从事挣钱的行当。在这座金钱至上的狂热的病态的城市里，没有任何一种职业比医生更能赚钱的了。对此，斯瓦默丹倒是表示了赞同，真心实意地想要学习医学，但条件是必须对这种学习有所创新。可是，创新的医学尚未出现。因此，他就想着先从医学的根基——自然科学开始。不了解人的健康方面的问题又如何能医好病人呢？而要了解人，不先了解能反映人并说明人的情况的低等动物，那怎么可能呢？那些小昆虫用人的肉眼能看得明白吗？视觉神经这么弱，难道不会误导我们吗？严肃的科学就要求我们的感官有所变化，要求我们的视力得以更新。

这是伟大的变革。看看显微镜就明白了。这是一副普通的眼镜吗？斯瓦默丹给这个仪器的眼睛增加了两条胳膊，一条胳膊托住镜片，另一条胳膊托着观察物。他本人在谈到最困难的研究之一时说，他"曾经试图找一个人来帮助他，但是，找个人来会更加麻烦"。因此，他便装配好这个沉默的"铜人"，这个为他竭尽全力的谨慎的服务者。多亏了这个"铜人"，观察者拥有了补充的手以及不同度数的好几只眼睛。

如同鸟儿能让眼睛变大或变小，凸起或稍微凸起，以便大略地看清整体情况，或者以犀利的目光看透最微小的细部一样，斯瓦默丹创造了相继放大的方法，创造了运用不同量值和不同屈光度的技术，使人得以看到整体和研究每一个细部，最后，再重新看清全部，以使各个细部归回原位，重建整体的和谐。

就这些吗？不是的。为了观察死的生物，就需要时间，但是时间长了，有些东西就看不到了。死了的生物看似一动不动，可以更好地观察，其实不然，会产生误导。显微镜下的死生命，你观察到的是它的外表，其实它的内部已经在分解了。为解决这一难题，斯瓦默丹又有了新的创新。他不仅教人如何观察如何看清，而且还找到了一些办法让人们能够一直观察。他通过注射一些防腐剂，让被观察的那些短暂的生物稳定不变，逼使时间停滞，强迫死亡延缓。

这一切说起来轻而易举，但是做起来却是又难又长的！要做多少试验啊！要有多大的耐心，要多么的精细，多么的巧于安排啊！特别是观察的生物越来越小，手段的不足，愈发显得捉襟见肘。我们经常一不小心就把观察物给弄碎了。我们粗大的指头捏不住小小的观察物；粗大的手指会出现阴影，妨碍观察。对于观察这么微小的东西来说，我们的仪器设备显得太粗糙了。我们把仪器弄得精密了，但是，即使这样又怎么把一个看不见的尖头对准一个看不见的观察物呢？尖头和观察物就摆在我们的面前，可我们就是看不清……唯有激情，我说的是对生命与大自然的无法战胜的爱才能解决这一又题。我们的这位荷兰人热爱小生命。他生怕伤害了它们，所以他不用解剖刀，尽可能地避免动用钢刀，而用象牙质地的刀。象牙刀也非常坚硬，但极其柔韧！他用象牙极细极小的尖针放在显微镜下，让显微镜无法过快地动弹，迫使它慢慢地观察。

这种对大自然的尊重，这份柔情，得到了回报。莱顿大学的年轻而普通的大学生斯瓦默丹对最高与最低这两头都有很深的研究。对前者，他看到了，并且懂得人的母性和昆虫的母性。对这一极其微妙而又非常大的问题，他与他的莱顿大学的老师们看法有所不同。我先避开这一问题，让咱们看看第二个问题。他解剖、描述了蝴蝶的卵巢。他发现了所谓的"国王"体内的卵巢，并且指出所谓的"国王"其实是一位"王后"，或者说是一位母亲。他同样也对蚂蚁的母性进行了解释。这是一项重大的发现，它解开了高级昆虫的真正的秘密，让我们明白了这些昆虫社会的真实特点，它们并不是专制王国，而是母性的共和国和公众的摇篮，每一个群体都在其中养育着它的"百姓"。

昆虫生命的最普遍的事实、它们生存的最高法则，就是蜕变。在其他生物中，变化是灰暗的，可是在它们中间，变化却是辉煌的。昆虫的三个阶段好像是三种生物。谁敢说拖着一大堆消化器官和粗大而又毛茸茸的爪子的毛虫与一个长着翅膀的、轻盈的生命——蝴蝶是同一种昆虫？

斯瓦默丹就敢这么说，而且他还通过最最细心的解剖指出，毛虫、蛹和蝴蝶就是同一种昆虫的三个状态，就是它的生命的自然而合法的三部曲。

博学的欧洲将如何迎接这门有关蜕变的新科学呢？这可是一个大问题。年轻而无权威的斯瓦默丹，既无院士头衔又无大学教职，只是生活在他的储藏室里。在他活着的时候，他几乎没有发表过任何东西，即使在他去世后的五十年里，也没有谁发表过他的东西，他的发现只是在坊间流传，让大家得益，唯独没有给他带来任何的荣光。

荷兰对他很冷漠。莱顿大学的一些知名教授在反对他，觉得这个普普通通的大学生因为他的发现而与他们平起平坐或者位于他们之上，心中非常不悦。

父亲给他留下的艰难的生活也使得他在这个国家无法让人刮目相看。他的研究工作花费很大，主要是靠他的朋友们的慷慨相助。在莱顿，是他的解剖学老师在为他支付所有的费用。

有两个赫赫有名的科学院即将建立：伦敦皇家学会和法兰西科学院。但是，伦敦皇家学会特别受到哈佛的精英——帕多瓦[1]的那个学生——的启迪，眼睛盯着意大利，他把他的问卷寄给特别严谨的观察家马尔比基。马尔比基应其请求解答了蚕的解剖问题。我不明白这些英国人为什么把目光从荷兰移开，也不了解一下斯瓦默丹的才华。

斯瓦默丹只是在法国受到欢迎。他在这里，在巴黎附

1　帕多瓦系意大利的城市名。

近第一次公开地展示了他的发现。他的朋友，泰弗诺，著名的旅行家和游记出版者，在其伊西的家中聚集起各个门类的专家学者：语言学家、东方学家，特别是如当时人们所称的"大自然的爱好者"。这是我们法兰西科学院的源头。可以说，伟大的荷兰人斯瓦默丹的展示为法兰西科学院的摇篮揭了幕。

一位法国人曾经将伽利略的最后的手稿抢救了出来。又是一位法国人——泰弗诺——以自己的金钱与声誉支持了斯瓦默丹。他本想让斯瓦默丹定居在巴黎的。但是，托斯卡纳[1]的大公叫他去了佛罗伦萨。不过，这样也好，伽利略的命运就很说明问题了。即使在法国，也无安全的保障。神秘的莫兰就是在巴黎于1664年被火刑处死的，那一年正好是莫里哀的《伪君子》首演的时候。斯瓦默丹当年正在巴黎，亲眼目睹了这两场戏。

他是一个讲求实证的人，可是仍旧具有一些神秘主义的特别的倾向。越是往细节中追寻，他就越是想要回到爱情与生命的总的根源上来。无谓的努力耗尽了他的精力。刚迈进三十三岁的中年时期，过度的工作、忧愁烦恼、宗教的困惑就已经将他引向死亡了。他很早的时候就经常发烧（这种病在这个沼泽的国家非常普遍），可是他却不怎么在意。他每天早晨六点到中午，都在用显微镜观察着；余下的时间，就不停地写。在做这些观察的时候，他总喜欢夏天的大太阳，光

1　意大利地区名。

线充足。他光着脑袋在观察，免得戴着帽子会挡住光线，一干就干到"浑身湿透，大汗淋漓"。他的眼睛因为长时间地对着显微镜而疲劳不堪，视力减弱。

当他在他的第一篇评论中发表了昆虫蜕变原理的时候，那已是1669年的夏天了。他确信自己是不朽之人，但是到了快要饿死的地步。他父亲从此不再给予他任何的资助。斯瓦默丹通过自己的种种发现（淋巴管、疝等）直接地让医学往前迈了一大步，甚至连外科医学也向前发展了，但是，他却不是医生。他顺从地尝试着实践，却无法继续下去，并且因此而落下了病根。他甚至连家也没有了。他父亲把大门锁上，住到女婿那儿去了。父亲让儿子想法到别的地方去住。斯瓦默丹被父亲撵出家门后，只好去他的那位朋友那儿求援，并提及后者曾慷慨资助过他的事，但是后者说不记得有这事。

种种苦难全压在了他的身上。穷困潦倒，贫病交加，他踯躅在阿姆斯特丹街头，拖着一大堆的收藏，不知去何处落脚。除此之外，一个可怕的打击突然而至：祖国遭受蹂躏……他只觉得天塌地陷了。

那是悲惨的1672年，荷兰似乎在路易十四的铁蹄下毁于一旦。当然，这个国家，他的祖国，并没有宠爱过他。但是荷兰毕竟是他科学的故乡，他自由理性的故乡，是人文思想的避难所。但是，它却在法国军队的铁蹄下陷落了，被它自己召唤来救助的大洋吞没了。它只是通过自杀在幸存！但它幸存了吗？从此它将只是自身的影子罢了。

如此巨大的变化所引发的无限的忧伤在鲁伊斯达尔[1]的画作中有所反映。后者是斯瓦默丹的同时代人，生卒年月几乎相同。在卢浮宫欣赏博物馆拥有的他的那些无价的油画时，我就因他而联想到了斯瓦默丹。那个矮个子男人在暴风雨来临之际，走在沙丘的不成形的小道上，让我联想起我的那位昆虫猎手来。那伟大的海军舰队在血红的海水中，被打得一败涂地，被雷电击中的景象犹如那些精神风暴的悲剧性的表述，而可怜的斯瓦默丹在"流着泪水，抽抽泣泣地"撰写《蜉蝣》时正是处于这种精神风暴之中的。

蜉蝣是一种飞虫，刚生下来就死去，只经历了一个小时的爱情生活。

但是，斯瓦默丹却没有这一个小时的爱。他似乎在一种完全的孤独中度过了他短暂的一生。他在36岁时，已经接近其生命的终点了。他身上的那种想象的和普世的温情的本原无法被时间的激烈的争夺所滋润。在这种状况下，偶尔也会有一本不知何人写的书，一本女人的书，落在他的手上。书中的温馨的话语打动了他的心，给了他些许的慰藉。该书是一个小册子，出自当时非常著名的一个神秘女子——布里尼翁小姐——之手。

斯瓦默丹尽管穷困潦倒，但他还是毅然决然地前往那女子所在的德国去了，他在那里将要见到他的安慰者。他从中

1　鲁伊斯达尔（Jacob van Ruisdael，1628—1682）：荷兰画家。

得到了一种真真切切的援助，使他至少摆脱了与他的敌对的学者们的论战，忘掉了任何的竞争，并把自己的防卫与发现只交付给上帝。

他本想归隐山林，与世无争。为此，他就必须卖掉他所钟爱的宝贵的储藏室，他在其中消磨了自己的一生，把他的心全都搁进去了，它最后已经成为他本身了。这么宝贵的储藏室售价绝对不菲，足以满足他生活之所需，可是卖掉它，确实是不幸之事，让他与它分别，他办不到。无论在荷兰还是在法国，这个储藏室都找不到买主的。也许那些阔绰的业余爱好者们，他们只想着虚幻的荣光，在其中是找不到给予我们一种孩童般欢乐闪光的东西的。

1680年，斯瓦默丹已经长期患病，或者是因为虚弱无力，或者是对生活、对人都感到厌倦的缘故，他闭门不出，离群索居。他把自己的手稿留给了他唯一的朋友，那个他一生中的忠实的朋友，法国人泰弗诺。他在弥留之际称泰弗诺为"不可多得的朋友"。他死时只有四十三岁。

谁是真正的凶手？是他的科学杀死了他。这种突然地展示其发现让他承受不了，让他英年早逝。如果说帕斯卡尔在他旁边看见一个想象的深渊张开了大口的话，那么我们的这位荷兰"帕斯卡尔"却看见那个真正的深渊，以及那个意想不到的世界的见不到底的底部，他能怎么样呀！这里说的并不是一架由抽象的大或无机的微小的逐渐向下的梯子，而是连续不断的包络，是那些你中有我、我中有你的生物的神奇的运动。就我们从中所见到的那一丁点儿来说，每一个动物都是一个小行星，都是更小的那些动物所生活的世界，而这些动物的小世界又被其他一些更小的动物居住着。这是没有止境的，是连绵不断的，除非我们的感官反应迟钝，视觉很差，才会发现不了。

这个无限被斯瓦默丹之手微微打开来了，大家都在往它的深处探寻，不停地在其中进行挖掘。自这时起，欧洲人便带着他们的不同的意向在做这件事情。列文虎克急不可耐，率先投入，在其中发现并征服了一些世界。意大利的马尔比基也许是其中最大胆的人。他证实昆虫有一颗心脏！这颗心脏同我们人的心脏一样地跳动着……斯瓦默丹当时还活着，被这种看法吓坏了。他对这种倾向感到恐惧；他想进行驳斥，他对这种昆虫有一颗心脏的说法深表怀疑。

他觉得他开创的这门科学，在他的种种发现展示出来之后，在加速发展，将他引向某种大得可怕的东西，而这种东西是他本不想看到的。他就像一个在一条平静的大河上乘船前往的人，当这艘船就要从尼亚加拉大瀑布上冲下去时，他感觉到的是一种水的平静的流淌，但是，这种水的运动又是无法阻挡的，是巨大的。它将把他引向何方？……他不愿意去想，也不敢去想。

二

显微镜——昆虫是否有思维？

我在人类刚刚拥有了这第六感时，能够随心所欲地行走在一条或另一条道路上。是否沿着、达到并计算一些世界，与它们一起沿着它们的广阔的轨迹运动，这全在于我。可是，我却更加激烈地被引向另一个深渊，引向那个无限小的深渊。我在这些微小的东西里隐隐约约地看到一种极强的力量，它使我着迷，使我惊叹。我自己难道不是一个微小的生物吗？木星也好，天狼星也好，这些巨大的星球离我是那么的遥远，与我关系不大，它们是不会告诉我地上生物的秘密的。而地上的生物则恰恰相反，它们就在我的周围，在挤迫着我，在为我服务或损害我。如果说它们与我并不相像的话，那么它们却是我的合伙者。

命定的合伙者。我无法避开它们。有好多是在我呼吸的空气中飞翔的，我怎么办呢？它能活在我的心中。我想要了解它们。我的头等兴趣就是摆脱我那可叹可悲的无知，不想没有看到这个无限就离开这个世界。

由于我一门心思专注于此，我便向一位当时最经常地使用显微镜的人求教，而且他使用它的效果又极佳。他就是著名的罗宾医生。在他的指教之下，我便跑到著名的光学仪器商纳什店里买了一台精美的显微镜，一回到家里，便将它置于阳光充足的窗户前面。

我说过了，显微镜比眼镜可要强多了。它是一个有手的能代替你的双手的助手；它还有眼睛，活动的眼睛，能自由转动，使你能看清放大了无数倍的观察物，既可看到它的细部，又可看到它的整体。我知道它对我的吸引力有多大，无论我多么疲劳，我也要继续对着它观察。如大家所见，斯瓦默丹把他父亲气死了。这之后，有多少执着的人不是因此而送了命，至少，也将眼睛搞坏了。第一位受害者就是于贝尔，他很早就因此而双目失明。描述鳃角金龟的大作的著名作家斯特劳斯先生，也是因此而几乎成为盲人的。我们的面色苍白而热情洋溢的罗宾已经在这条路上往下滑了，但是他仍痴心不改，继续自己的事业。这种研究极富吸引力。只要隐约地看见了一次真相，谁还能够放弃呢？谁还能心甘情愿地回到我们所在的错误世界中去呢？宁可不再看到也不愿几乎总是看到虚假的东西。

我因此便同我的"小铜人"朝夕相处了。我不放弃任何一点时间地寻问它的权威性意见。下面就是它对我放上去观察的两个观察物所给出的生硬的回答：

一个是一只白皙的纤纤小手，是一只人的左手，是一个什么活儿都不干的闲着无用的手；

另一个是蜘蛛的一只爪子。

第一个观察物，用肉眼看时，还没什么不对劲儿的；可另一个，像一个黑不溜秋的小锉刀，脏兮兮的，看着让人恶心。

在显微镜下,情况则完全相反。那只蜘蛛爪,轻轻拨开它的几根茸毛之后,显现的好似一把精美的玳瑁梳子,它非但不是脏兮兮的,而且因为其顶端很光溜,是不可能沾上脏物的。什么东西落在上面立刻就滑落下去了。这个观察物似乎有两个功用:它是一只纤巧的"小手",蜘蛛依靠它在路上滑动,或上或下;另外,它也是一把梳子,让勤劳的"纺织女工"用来织它的网,它在劳作时,能够待在它所想要待着的位置,直到似云一般的纤细的丝线变得坚硬,被空气吹干,不再缠在它自己的身上为止。

至于那只人手,我把它放在显微镜下的那个点上,即使是用肉眼来看,它也像是个大东西,放大了看,模模糊糊的,难以看出是个什么玩意儿。即使是用一个放大十四五倍的放大镜来看,它也像是一块泛黄的布,而且还带点红兮兮的,又粗糙又干巴,没有张力,好似一种网状的塔夫绸,各个网眼不均匀地鼓胀着。

没有什么比这看着更让人感到羞辱的了。

这个不讲情面的"审判官",甚至对花儿都严厉得不得了,而对人则是更加地让人生畏。最鲜嫩最可爱的东西最好是不要拿去"受审"。否则它会不由自主地浑身发颤的。它的笑靥可能会是一些深渊。梨子的纤细的绒毛在它漂亮的皮肤上显出的是一丛丛粗糙的树丛,怎么说呢?简直就是一座原始森林。

关于这最初的观察,我感到这过于真实的判决不仅改变了我们对大的看法，而且也改变了我们对外观、形状的看法，使我们对任何事物的看法从谬误走向真实。

我们也不必伤心。无论这个真情实况的显示者对我们讲述些什么，我们都得感谢它，向它致敬，即使它是个洪水猛兽我也得如此。但是它并非洪水猛兽。如果说它以严厉的方式改变了我们对某种表面现象的看法的话，那它也是在向我们展示一些真正的无限的深度的美。普通眼光通过解剖看到的成百件的东西显得可怕至极，可是到了显微镜下面，就变得温馨动人，小巧可爱，富于诗意，达至崇高。这一点是毋庸置疑的。一滴普通的血，土红色的，肉眼看着很不舒服，凝固的，厚厚的，不透明的，但是，等它干了，你再放到显微镜下去看，它就像一朵绽开的玫瑰花，枝叶纤细，美轮美奂，美不胜言。

不过，我们还是专注于昆虫吧。咱们就举最讨厌的蛀虫的蛾子为例，它专门蛀我们的床单，这种蛾子一身脏兮兮的苍白颜色，就像是昆虫中最最低下的昆虫一般。我们只选择它的翅膀进行观察。不，用不着这么多，只挑出它翅膀上的一点点粉尘就可以了。它的这种粉尘像很轻很轻的面粉，覆盖在它的翅膀上。当你看到这个讨厌的东西自由自在地、不知疲倦地飞来飞去，从它的翅膀上撒下的不是粉尘，而是无数的小球的时候，你一定会觉得惊愕，弄不明白大自然为什么绞尽脑汁、费劲乏力地造出这么个玩意儿来。这无数的小球好像一个一个的降落伞，是非常合适的飞行工具，它打开来后，能够支撑小小的飞行员不知疲劳地满天飞舞。它或多或少地张开时,小小的飞行员就可以上升或下降,而折起来时,飞行员就可以休息。哪怕是最小最小的蛾子被这么支撑着,都能像蓝天中的头号飞禽一样具有无限的飞行能力。

我们对这些有趣的生物非常的感兴趣;这些生物超越于我们的技能。我们在观察它们奇特而惊人的运动方式,就像是有人将它们从另一个星球神奇地带到这儿来似的。但是,我们最想看到的,我们急于弄清楚的是,它们体内的某种"光芒",某种类似于思想的东西。它们有思维吗?如果我们能够以它们的杰作来加以判断的话,我能从它们的怪诞面孔下面看到某种与我们的聪颖极其相似的才智吗?狗类以及其他那些与我相近的动物眼睛中那种让我的心有所触动的表情,能使我从中发现在蜜蜂中,在蚂蚁中,在那些能做一些狗类所无法做的事情的聪明的、有创造力的生物中的某些东西吗?

有一位智者对我说:"孩子,我对昆虫极其好奇,我在寻找毛虫,并收集毛虫。我尤其好奇的是想看到它们的脸,但是,我却始终没能办到。我从中看到的是混淆不清、阴沉忧伤的模样。这使我非常丧气,所以我也就不再收集了。"

我在这门新的学问中也是个孩子。我的意思是我是白纸一张,非常的好奇。我最大的兴趣就是探询这个无声的小世界的昆虫的面孔是什么样的,由于它们不出声,我就想发现它们的静默的思维。思维?至少是梦,晦涩的、飘忽不定的本能。

我研究了蚂蚁。

蚂蚁在形态和颜色上都是低级生物，却具有非常高的群体本能和教育意识。我说的是它们强烈的源泉精神、即时性的精神，使它们得以面对各种危险、各种艰难、各种偶然情况。

我捉了一只最普通种属的蚂蚁，一只中性的蚂蚁，它属于那些不再有爱情的"女工"，为了劳作，它们的性器官萎缩了，而本能却得到了很大的发展。这些"女工"在这个小"城"中，干着各种行当：供应者、保姆、建筑师、各种各样东西的创造者。

我选定了一个大晴天，风和日丽，阳光明媚，但又不是夏日炎炎的大太阳天，而是一种秋高气爽的日子（1856年9月1日）。我独自一人，独处在一种难得多见的憩息和寂静之中，独处在那种完全忘记周围世界的情境之中。经过过去的和现在的那么多的激荡之后，我的心有了片刻的安宁了。

我从未有过像现在这样专心致志地在听那些默然的、从来就传不到我的耳朵里的声音，在以一种平静而善良的情绪深入到从各个方面包围着我们的那个小世界的秘密之中去，这个小世界迄今为止并未与我们沟通，与我们相距甚远。

我拿着一只放大十二倍的放大镜，低头观察着我的那只蚂蚁。我把它小心翼翼地放在了一张又大又干净的几乎覆盖着我的桌子的白纸上。

用显微镜来观察，我只能看到一部分，而看不到它的整体。用高倍的放大镜看到的是一些较为次要的细部，比如蚂蚁身上的很少的一些毛，这也是我不愿意的。再说，蚂蚁是不会老实待着的,它会爬来爬去,你也无法将它固定在显微镜下。而一般的放大镜,像蚂蚁一样可以随意地移动,因此,可以跟着爬来爬去的蚂蚁。

不过,这也不是不费劲儿的事。蚂蚁很活泛,也很敏捷,又惶恐不安,急于离开那里。我刚刚还见它在纸的中央,可不一会儿它就几乎逃到纸边上去了。我不得不用乙醚麻醉它一下,让它昏睡,不要动弹。

它看上去十分干净,身上油光光的。尽管是个中性,而不是雌性,但它的肚腹却挺大。它的肚子通过两个突起部分与前胸相连。它的脑袋很大,几乎呈圆形,清晰而明显地从前胸上伸了出来。

这个脑袋,整体看去,就像鸟的脑袋。但它没有喙。在鸟喙的位置,是一个拉长的圆圈,里面有一种专注的目光,使我看到两个小半月形的聚合,尖端连接在一起。这是它的牙齿或者上颚,那牙不像我们人的牙齿,为上下两排,而是平行的,并且是靠边的。蚂蚁的上颚具有各种不同的功用,它不仅仅是武器和咀嚼工具,而且是用作各种技能的工具,部分地代替了手的功能,可以砌设、雕凿、破坏,可以抱起小东西,有时甚至能够抱起又大又重的东西。

它拥有这种多功能装备实在是大有好处。乙醚难以过多地进入其体内,滴在它身上就会滑落下去,所以顶多只能致它以昏睡状态而已。一动不动地待上一会儿之后,它便会半苏醒过来,稍许动弹几下,如同一个醉汉或严重的偏头疼患者一样。它似乎在问:"我这是在哪儿呀?"于是,它便竭力地想认清它爬过的地方——那张大白纸。它东倒西歪地爬行了几步，几乎忽而倒在了左边，忽而又向右边倒去。它向前伸出两件工具，我起先还以为那是它的爪子，但是，仔细一看，它们大小完全不同。

这两件工具生在眼睛旁边，它们如同眼睛一样明显的是观察工具。如同人们所称呼的那样，这两根"天线"很坚硬，很纤细，稍微一碰便颤抖，它们是肉乎乎的，有二十来个活动零件，互相关联着。这是一种极其适合触摸、探查的工具。不过，它们还具有其他的一些功用。通过这两根天线，蚂蚁之间可以在一秒钟之内将较为复杂的意见看法传递出去，或改变行进方向，或向后倒退，或突然爬到另一条路上去。这明显的是一种语言，就像电报一样。这种极其美妙的触觉器官极有可能是一种听觉，它活动自如，空气的微微的颤动就会引起它的颤抖，让它感觉到各种声波。

这些颤动、这种精细微妙的触觉工具、这种电报似的器官，总之，这颗脑袋似乎在思维。它的举动、它的探摸、它为了弄清情况而做出的努力，正是在展示它的反应，如同我们人遇到类似情况所做出的反应一样。莎士比亚的玛伯王后坐在她的核桃壳战车里的情景浮现在我的脑海里了。休伯的故事，激动人心并且几乎是令人恐惧的故事，让人相信这些生物在善和恶两方面都是超前的。

它固执地背对着我，仿佛是害怕看到迫害它的人似的。它大概把我视作一个可怕的巨人，尽管处于醉醺醺的状态，但仍在不断地挣扎着，以便躲开我，逃到安全的地方去。我轻轻地、小心翼翼地把它弄回原地。但是，我却无法让它的脸冲着我。无疑，它的逆反心理、它的恐惧非常的厉害。于是，我决定用一把小镊子将它夹住，尽量轻而又轻地使它背朝下地仰躺着。我尽管镊得非常的轻，但还是把它两侧的小气孔给堵住了，致使它痛苦不堪，在拼命地挣扎着。它用它爪子上的小指甲，用它上颚上的小指甲紧紧地捏住我的镊子，听得见它的指甲每用一下力空气就会微微地颤动起来。我赶忙抓住它被我夹住的机会看看它的"面孔"。

最容易让人产生误解的，最让它有一种奇异的外观的主要是位于它的嘴外边的牙齿或上颚一个从右边长出，另一个从左边长出，平行地排列，最后又聚合在一起，而我们人的牙齿是垂直的。这些向前伸出的牙齿好像在威胁敌人，好像在准备战斗。但是，我们已经说过了，它们具有的只是一些和平功用，是被当作手来使用的。

在这些牙齿的后面，在嘴的开启处，出现的是一些细线或触须。其实它们就像是嘴的手，对它们所弄到的东西或触摸，或握住，或翻转。

从额头上伸出天线——另一种手，但是，从外面看，它们的顶端是活动的，非常之灵敏，是一些电动手。

在脑后，前胸那儿，开始伸出爪子，起先是两只，非常之灵巧，柯比先生非常正确地将它们称为胳膊。这么复杂的一件工具，又长在身体的前部，势必遮挡住它的面目，使之模糊不清。如果我们人从眼睛边上，从嘴边上长出六只手来，再从肩头长出一些手来，在下面一点又长出四只手来，那我们会是个什么德性呀?

  这一切都是因行动和防御之所需而生出来的。蚂蚁显现出来的面部是它的那颗坚硬的脑壳,是它的那个骨质的"盒子",它是无法活动的。它将眼睛框住、镶嵌住、固定住,使眼睛也无法转动。但是它的眼睛长在外面,又是多种多样的,所以也就无需转动了。蚂蚁的眼睛被分成五十个面,所以将它前面和身后的一切尽收眼底。因此蚂蚁的视力是极佳的。但它又没有一点目光,没有任何外部肌肉在调动它的脸盖,所以可以说它根本就没有面貌。

  为弥补这一不足,它的表意动作却是极其丰富的,我甚至想说是极其感人的。当它发现自己太不坚强,太不能爬行时,它就会像我们谨慎而精明的人那样行事:它会努力地用我们人所使用的办法做出反应。它会在全身上下做一个有板有眼的按摩。它像一只猴子似的坐着,把胳膊或前爪灵巧地伸进嘴里去,再转动它们,摩擦它的背部和腰部。它还不时地回到头部,用双手捧着脑袋,似乎想要晃动它,并且使之摆脱这种无法向对方致意的该死的醉醺醺的状态。看上去它好像在询问自己,在再次思考自己的想法,并且像我们在说梦话时一样地自言自语道:"这是真的?还是假的?……可怜的脑袋呀!……唉!它这是怎么了?"

  此刻我便感到我们是生活在两个世界里。我们是根本无法沟通的。我用什么样的语言去安慰它,让它放心呢?我有的是嗓子,而它有的却是天线。我的任何一句话语都无法传到它那作为听觉的电报里去的。

这个一直包裹着它的身子的骨质的盒子把我们同它隔离开来，把它在我们面前深藏了起来。它拥有一颗心脏，同我们的心脏跳动得一样好，但是，我们是看不见它的心脏在厚厚的"盔甲"下面跳动的。在许许多多的沉默的生物中令我们感动的那无言的语言，蚂蚁是没有的。它完全被神秘与沉默包裹住了。

它在呼吸，或者说是通过侧面而不是通过正面或头部接受空气。我们感觉不到它的气息，感觉不到它的呼吸的急促。那它将怎么说话，怎么叹息呢？它根本就没有我们的语言。它有的是声响，而没有嗓子。

这个固定的、一动不动的脸盖被判定不能说话。那它是不是一个怪物或一个幽灵呢？不是的。根据它的运动以及那么多有反应色彩的行动，根据它那些超过大动物的技能，我们可以认为，它的这颗脑袋里有点玩意儿。而从生命的阶梯的最高点到最低点，我感到蚂蚁也是有心灵的。

三

昆虫在死亡与生命的加速中成为大自然的代理者

昆虫没有我们人的语言。它既不通过嗓子也不通过表情来说话。那么，它是通过什么来进行表达的呢？

它是通过它的能量来表达的：

一、通过它对大自然，对它急促地使之消失的过于缓慢或濒死的大量生命的巨大的毁灭行动来表达。

二、它还通过它的可见的力在"说话"，特别是在它交配的时候，通过它的颜色、它的激情、它的毒药（其中有好几种是人所服的药）来表达。

三、最后，它通过它的技能来表达；这些技能能够增进我们人的技能。

这就是本书的"第二卷"的整个主题。

我们首先从它对我们伤害最大的主题开始讲述吧。它似乎是死亡的帮手，是死亡的最庞大、最热情、最不知疲倦的毁灭者。我们得从它的历史去看待它，从其起源去研究它。

为了回驳我们对这些生物的那种卑劣想法、狭隘偏见、恐惧担忧、偏狭判断、自私评论等等，就必须回溯大自然的那些大的必需的反应。

　　大自然的步伐并非持续性的，而是常有回复、倒退的，这使它得以协调起来。我们是弱视的，有时会停留在那些表面上的倒退运动上，所以就会惊惶、恐惧，不能全面地看问题。

　　是无尽的爱的特性始终在创造，对它创造的每一个创造物，它都要将它带至无限。但是，就是在这种无限之中，它激起了一种对抗性的创造，将把第一个创造物毁灭。如果我们看到它在创造一些庞大的毁灭者的话，我们就应该相信这些毁灭者是像药物和镇压者一样地前来止住一些猛兽的繁衍的。

　　食草昆虫就曾经是初始世界大量疯长的植物的毁灭者。

　　但是，这些食草昆虫大量繁殖，肆无忌惮地蜂拥而至，将食虫昆虫给毁灭了。

　　这些健壮而可怕的生物暴君，既拥有武器又长着翅膀，如果不是长着更大翅膀的更大暴君——鸟类——的出现，它们本可以成为征服者的征服者，本可以将最弱小的种属消灭殆尽。蜻蜓这个骄傲的公主就是燕子的盘中餐。

　　通过这些相继的毁灭，生物的繁衍并未减少，而是坚持了下来，而且种属也保持了平衡。因此，大家都在继续生存下去。一个种属越是遭到清洗，它的繁殖力就越强。它会繁殖过度吗？不会的，因为一旦它繁殖得太多，它的毁灭者吃得也会增多的。

　　晚些时候，人类出现了。人生长在那些小小的田园中，生活在人们称之为精耕细作、精心伺弄的田园里，我请你们拓展一下自己的思路，努力想象一下有别于你们的这些小圈圈的其他事物吧，假如你们还想弄懂一点地球的初始力量，弄懂一点大地的富饶和富庶的话。现在的地球的最炎热的地区，仍然在展示着这种富饶和富庶，但是已经是在走下坡路了。非洲的大部分地区水土流失，干旱严重，只是在保护得最好的那些地区还保留着当年的美好回忆。绿草茵茵，草地茂盛，林木葱茏，猴面包树随处可见。圭亚那和巴西的原始森林，野草疯长，高大壮硕，甚至将大树都缠绕起来了，使之窒息，枯死，埋没在野草堆中，这就是古代的混乱不堪的悲惨状况。那些唯一的不法的生物尚能呼吸这些不洁的空气，吸进那些死亡的气息，比如大肚腹的爬行动物、笨重的蟾蜍、绿皮凯门鳄以及蛇类。而它们本来会成为大地的居民的。但是，大地在这种可怕的窒息中也无法产生那种让我们人类得以生存的纯洁的空气。

这个时候，猛禽从高处俯冲而下，直达深渊底部，抓住原始森林尖端的几个这类"猛兽"，直冲云霄。但是，如果不是地下的几十亿只啃啮类动物不停地清理，不停地将杂草吃掉，让土地显露出来，接受阳光的沐浴的话，飞禽自天而降的始终不渝的战斗总归是敌不过这些物种的可怕的疯长的。最卑微的昆虫在干着最伟大的工程，使得大地可以居住，它们把混乱给"吞噬"了。

你将会说："小手段，大成果！这些小东西是怎么消灭一个无限的呢？"一天早晨，当蚕从蛹中爬出来，饥饿难耐地拼命地吃着桑叶，你若看见过哪怕一次，你就不会产生这种疑问了。它们的主人以为给蚕宝宝放了一大堆的桑叶就可以满足它们的需要了。但那是远远不够的。你即使给它搬来一座桑树林，它们也不会觉得够的。你在离它们二十多步远的地方就能听见它们的那种奇特的、不停的咀嚼声，仿佛一条小溪在不停地潺潺流淌着。可是，你并未感觉错了，这就是一条小溪，一个激流，一条各种活物组成的长河，不停地发出声响，或大声或喃喃或回荡，从植物生命过渡到昆虫生命，然后缓缓地、不可阻挡地融入到动物的生命中去。从初始时期开始，最可怕的毁灭者，最坚定不移、不屈不挠的啃啮者，将乱七八糟的林中腐殖质穿透，慢慢地从高处将大树从它的寄生物的缠绕下解救出来，最后，把树枝一根一根地解去"锁链"。它们是未来种属的大救星。它们从不中断的不屈不挠的清除工作把大自然在其中已无能为力的植物的疯狂吞食给制止住了。大自然只顾创造，但它们则在征服，它们在树林里开辟了宽敞的林间空地，从其大量繁殖的深渊中跑出来的那些"猛兽"，越来越丧失其繁殖能力；有了宽阔的林间空地，阳光充沛，成群的鸟儿飞了进来。

　　鸟儿是阳光之子，它们与它们的敌对者、黑夜之子——昆虫相互配合，相得益彰。昆虫为鸟儿打开了深渊之门，把深渊中的敌人贡献给了鸟儿。还得补充一下，随着昆虫有了好的食物吃，身体强壮之后，它的血液沸腾了，一种莫名的贪婪便油然而生，其中有一些大胆的种属已不再有兴趣去啃啮"猛兽们"的藏身处，它们开始直接攻击"猛兽"本身了。锥、钻、吸盘、利齿、夹子等尚无名称的陌生的武器库出现了，而且武器在逐渐变大变长，变得锐利，以便攻击活的生物。这是必需的。切开初生世界的恶心的脓包的是利刀。脓包滋养着一些昏然麻木的蠕虫，滋养着一些白乎乎的蛆虫，它们生命苍白，还处于畸形状态，但已经通过这些脓包在侵蚀高级的昆虫了。

我不知道地上还有什么能比这些身披犀牛铠甲的小东西更强大、更坚定、更持久、更可怕的了。步行虫、象鼻虫、鹿角锹甲等身披着胜过中世纪的那些种属的铠甲，行动仍然敏捷异常，只是它们的个头很小，才不致引起我们的担心。但是，它们的力量相对而言还是很大的。如果你按比例让它们变成人的话，那么这个人肯定能用双臂将一块巨石抱将起来。

这些集中在这些昆虫身上的巨大内力在阳光之下会幻化成强烈的色彩。在某些生命力表现得最强的种属中，接续这种强烈色彩的是精神的力量。金龟子这种高级的野蛮英雄，被那些"平民百姓"，比如蚂蚁和蜜蜂的协调之美给抹杀了。

这就是昆虫的整个历史。但是，无论这些昆虫将把我们带到多么高的地方，我们都绝不能蔑视初始的那些有用的啃啮者和那些"矿工"，它们的劳动为地球的形成创造了条件。

它们的劳作终止了吗？绝对没有。可以说还有大片大片的土地仍处于原始的蛮荒时代，还在忍受着可怕的、不洁的侵害。

在美洲中部，那些最繁茂的森林仍然不能进入，人进去必死无疑。人一旦进去，即会染上热病，高烧不退，四肢无力，无法捡拾林中的宝物。如果有一棵大树倒下，横在路中间,漫不经心的人就根本无法逾越。他会绕过横倒下的大树,你就会看见旁边疯长的野草中有一个踏过的半圆形。幸好,白蚁见到倒下的大树是不会退却的。如果它们爬到这棵大树面前,它们根本就不会绕过去。它们绝不避开它,而只会向它发动正面攻击,要多少兵力,就会投入多少兵力,几十万几百万都可以,不用两三个小时,大树就会被啃断,道路也就畅通无阻力了。

大自然的最高原则——拯救原则,在这些地方,就是快速地毁灭所有一切颓败的、慵懒的、呆滞的,也就是有害的东西,通过生命的"坩埚"进行激烈的净化。而这只坩埚就是昆虫。不要谴责昆虫的吸收能力。有谁会去谴责火呢?火只有在燃烧不起来的时候才会受到诅咒。同样,昆虫这种活的"火"生来就是为了吞噬的。它必须是猛烈的、残忍的、盲目的,必须具有一种永不满足的食欲。让它节制、忍让、怜悯是根本不可能的!人和那些高级动物的所有道德对它都是毫无意义的。你能设想一只昆虫会具有狗的情感和温情吗?有哪个昆虫能像河狸那样伤心落泪?有哪个昆虫能像夜莺那样充满感情,尽情歌唱?有哪个昆虫能像人一样具有怜悯之心?……要真有这样的昆虫的话,那它一定是一只无能的很不适宜于它的解剖、肢解和毁灭的行当的。说得婉转一些,它不配做一个大自然的普遍的代理者;这个代理者在消灭慵懒者,加速其死亡,以便让生命得以发扬光大。大自然通过它这个潇洒而敏捷的代理者,以一种野性的快乐说道:"不容许衰老存在!不允许疾病存在!不允许任何衰退存在!……向永葆青春者致敬!……让活了一天多的死掉!"

必须指出,似乎是死亡的代理者的一些带翅昆虫的这种愤怒往往是生命存在的理由。它们对患病的、因湿热而萎靡不振的羊群的迫害其实是对后者的一种拯救。否则,这些羊群就会愚蠢地乐天安命,逐渐地变得没有力气动弹,被炎热弄得无精打采,再也站不起来了。狠狠地刺激它们一下,就能让它们站立起来;它们会双腿颤抖着逃之夭夭;而昆虫则不放过它们,追逐它们,让它们鲜血淋漓地逃到土地干燥、河水流淌的洁净的地方。在这种地方,它们的无情的迫害者感到无可奈何,只好放开它们,回到其死亡王国——湿热不洁之地。

在非洲的苏丹国,有一种小昆虫,名叫纳姆蝇,能迫使羊群迁徙。天旱地裂之时,它们猖狂地袭击骆驼,它们还大胆地钻进大象的耳朵里去。这些大动物,无可奈何地被这些带翅的"小牧人"驱赶着,逃离南方的赤日炎炎,急匆匆地去寻找北方的和风。可是牛却相反,在其阿拉伯主人的看护下,未受到纳姆蝇的骚扰,平静地待在了南方。

昆虫中最可怕的当属圭亚那的大蚂蚁,其啃啮能力天生极强。没有它们,你就没有任何办法彻底地清理掉居住区内的害虫,这些讨厌的家伙在黑暗中,在地板里,在梁木上,在细小的缝隙里大量地繁殖着。对于这些害虫,屋主无可奈何,只有退缩、躲避,把房子让给它们,一边还不停地谦让着:"请进,女士们,来吧,进来吧,甭客气,就像在自己家里一样……"屋主们如果坚持待在屋里,是没有什么安全可言的。因为这些不速之客的原则是，凡是经过的地方，绝不放过任何活物。首先，所有的昆虫都得死，无论是多大的昆虫，看不见的昆虫，甚至掩藏得非常好的昆虫卵，都逃不脱死亡的命运。接着便轮到小动物，如蟾蜍、水蛇、田鼠等，无一得以幸免。一切都被清理得一干二净，不留一点渣子。

安的列斯群岛的大蜘蛛并不因自己能够进行一种极其可怕的完全的清理而自鸣得意，它们完美无缺地将房屋清理得干干净净。没有任何一个讨厌的昆虫会被它们放过。这些大蜘蛛是很好的女佣，比奴仆干得还要好。因此，人们很赞赏它们，人们甚至将它们买回来作为不可或缺的仆人。在一些市场里，有人专门做贩卖"蜘蛛奴隶"的生意。

在西伯利亚，蜘蛛享有它在各地所应有的各种头衔的美誉。西伯利亚这个北方地区，夏季非常短，却仍然免不了遭受库蚊、蚊蚋等的困扰，可就在今年，他们看见蜘蛛这种益虫对害虫的追杀，造福了当地的人们。它们的谨慎、它们极高的灵活性以及它们预知环境和气候的变化的能力，使得西伯利亚人对它们的评价甚高，赞不绝口，有的西伯利亚人甚至把蜘蛛捧为世界的创造者。

四
昆虫，人类的帮手

一位捕捉小鸟的猎手，在一篇学术论文里写下了这样的一句悖论："它们最近的大量繁殖是造成葡萄、土豆等发病的原因之所在。"这是怎么回事呢？论文作者说：这种病第一次爆发是在1845年9月，源自于微小动物和昆虫在此前毁灭的寄生植物。但是，那些保护农业的昆虫可能在1844年被鸟类啄死或吞食了。1844年制定的保护鸟类的致命的法律使得鸟类大量繁殖，致使昆虫被它们追杀和吞食，无法继续对我们的农作物提供援助，驱逐那些看不见的敌人。

这一思想独到、充满睿智的假设似乎有事实为依据，而且时间地点也很明确。它集中在一点上，如果这一点站不住脚的话，假设也就不成立了。

根据这一假设，鸟类是受到法律有效保护的，而且十二年来，它们得以大量繁殖，成为了当地的主人、暴君以及各种益虫的歼灭者，而最后，非常不幸，这些昆虫几乎全部消失殆尽了。

对此，有以下三个回答：

一、鸟类根本没有大量繁殖。我们不能光看法律汇编，应该问问捕鸟人，问问猎手。那么，他们就会回答道："自从颁布保护鸟类的法律,在某些地区,捕鸟简直是不可能的了,因为没有什么鸟儿可以捕捉的了,人们早已将鸟儿捕杀殆尽了。"

在普罗旺斯,甚至是在库蚊猖獗的地方(因此,在这些地方鸟儿更是弥足珍贵的了),在加马尔格,因为没了可食的鸟类,猎手们现在都在捕杀燕子了。他们埋伏在燕子成群飞舞着的地方,一枪能打下好几只燕子。

二、昆虫根本就没有被鸟类吃光。你可以问一问农夫,有哪一属的昆虫灭绝了。农夫们无论如何寻找,也没有发现有任何一属的昆虫在减少。恰恰相反,人们看见它们即使在人们所谈到的那几年,也在繁殖、增长,没有什么可以阻止它们随心所欲地向那些看不见的微小动物开战的。

没有任何一属的昆虫消失了,但是,与之相反,一些杰出的观察家在他们的捕猎日记或自然史的书籍中告诉我们,有好几个种属的鸟类却很快就要不见其踪影了。

三、鸟类并不像那位撰写名为《聪明的杀手》的论文的作者所说的那样。它们其实并不是特别喜欢追杀对我们来说最讨厌的那些昆虫。它们向这些昆虫进行大肆捕杀的时期,正是它们需要捕捉昆虫来喂小鸟的时期。它们这么做的结果又如何呢?它们捕捉的食虫类昆虫少之又少,因为后者身披"铠甲",包裹严实,比如步行虫、鹿角锹甲,它们裹着金属般厚实的玳瑁壳,装备着夹子和钩子,生命力极强,对于莺的幼鸟来说,简直是无从下嘴。小鸟见到这样的食物,早就逃得远远的了。具有判断力的母鸟是不会捕捉这种食物去喂养它的小宝宝的。母鸟们寻找的是身子软绵绵、含乳汁的昆虫，是一些肥胖的多汁的蛹，是一些很肥胖很柔嫩的毛虫，它们都是食草类、食果实类、食蔬菜类的昆虫，全都是危害我们的园子和田野的昆虫。

因此，鸟儿捕捉昆虫的劳动正好是与农夫们的劳动配合一致的。

另外，我们并不像那篇论文的作者说的那样，我们其实根本就没有说鸟类是生物的唯一的清洗者。只有双目失明者和过于愚蠢的人才会看不出鸟类是与昆虫分担这一角色的。鸟类的这一追逐活的微小生物的作用远大于能在鸟类看不见的黑暗的世界中大显身手的昆虫。另外，鸟类在需要目力甚远、能够飞翔的劳动中，是主要的清理者，它们能够捕杀在空中飞舞的成群的小飞虫，这是昆虫所无法比拟的。

总的说来，物种的平衡还是令人向往的。所有的种属都是有用的。我们赞同那篇论文的作者的心愿，他希望人们分别清楚，区别对待，特别是要善待那些能够毁灭一些更小的昆虫的昆虫。农夫们对昆虫的态度是一律赶尽杀绝，包括蜻蜓也在捕杀之列，但是，他们不知道，蜻蜓这种优秀杀手，一天之内能够杀灭成百上千只昆虫，不知道蜻蜓是在帮助他们，是他们的助手，杀了蜻蜓，高兴的是被蜻蜓追杀的昆虫们。可怕的虎甲虫尽管飞不太高，但拥有交叉的匕首（那是它的上颚），能够迅捷而勇猛地虐杀昆虫。应该对它手下留情，应该尊敬它。千万不可听从被它的漂亮翅膀吸引住了的孩子们的话，别为了让孩子高兴，就用大头针把这个昆虫的捕杀者、农夫们劳动的有效助手给钉在墙上。

步行虫是一些由武装到牙齿的勇士们组成的庞大氏族，它们身披铠甲，活动力极强，斗志极其旺盛。它们是真正的田野守望者，不分昼夜地、无休无眠地在保护着你们的田野。它们对庄稼秋毫无犯，一心扑在消灭"偷盗者"上，既不要薪酬，甚至连"偷盗者"的尸体也不稀罕。

另有一些昆虫是生活在地下的。无怨无悔的蚯蚓钻破土壤，搅动它，让不透气的黏土变得适合于庄稼的生长。还有一些在鼹鼠的配合下，在深处追杀农业的残酷敌人，追杀那些贪得无厌、破坏性极大的鳃角金龟的蛹；这种害虫三年工夫就能将植物的地下根啃断。

那些具有明显的保护人类的食虫类昆虫，彼此之间是结成同盟的。但是，即使是在食草的昆虫中，也有一些卓越的消灭有害植物的勇士。荨麻是一种无用的、扎人的、从各个方面来看都不怎么样的植物，它却受到四足动物的尊重，几乎没有什么四足动物敢于触碰它，而且得有五十种不同种属的昆虫的齐心协力才能帮助我们摆脱这种植物。

有一种很棒的昆虫纲，其中的一些昆虫衣饰美妙绚丽，另一些则聪明睿智，那就是埋葬虫，它们能够帮助我们将土壤中的一切死亡的东西全都清除掉。它们对大自然十分有用，而大自然也真的将它们视作宠儿，让它们充满智慧，在劳作中充分地发掘自己的聪明才智。它们干自己的这种可怖的行当并不觉得厌烦，反而是孜孜不倦、十分出色，在必要的时候，它们还能团结在一起，齐心协力地共同完成任务。它们懂得如何聚集它们的力量，协调行动，一起上阵。总之，这些运尸工在昆虫世界里是一些显赫的贵族。

当然，大自然并没有像我们这样去看待问题。它偏爱着最有用的那些昆虫，无论它们具有什么样的作用。比如食粪虫，它们专门消除粪便，作为奖励，大自然让它们穿上了金光闪烁的漂亮衣裳。埃及有名的食粪虫——大柏天蚕，是坟墓的神圣清洁工，有着一个祖母绿的光环。

有谁会感激这些清道夫的辛劳呢？人们对它们并不太公平。四月的一天，当我想要把在果园里待了一冬天的大丽花移种到花园里的时候，我突然发现由于南特的气候潮湿，土壤板结，墒情被破坏，块茎全都烂了。有无数的昆虫聚集在那儿，齐心协力地忙于把这块该死的土地疏松。可是，我的园丁见此情况，不禁勃然大怒，厉声咒骂这些努力地在让土地由坏变好的勇士们。

潮湿花园的死敌——蜗牛被一只名为"德里鲁斯"的昆虫追逐着，不一会儿它便爬到了蜗牛身上，让后者驮着，准备瞅准时机下手。蜗牛发现情况不妙，赶忙缩进壳里，将身子藏了起来。一只蜗牛能够存活十五天。于是，我们的这只昆虫便转移目标，追逐另一只更肥实的蜗牛，然后又转向第三只蜗牛。遇到了这第三只，由于它马上就要化蛹为蝶，它就开始清理住所，住得舒适，便侵占上了喂养它的敌人的牢固的房屋。

没有什么是比让农夫们认清对农业有益的昆虫与对农业有害的昆虫的原则更加必要的事情了。在这一方面，组建鲁昂博物馆的那位卓越的博物学家是功不可没的。他的所有的学生都以感激的心情在缅怀他们的这位导师。我曾因为他的一位学生而得到了一篇有关可食性昆虫的原始本的复件：

"由于一种令人遗憾的偏见、一种可笑的讲究所致，我们西方人与一种最富有营养、最美味的食物源泉失之交臂。爱吃那些贮藏到有点变质的野味的人，吃那些没掏掉内脏的有点发臭的飞禽的人，爱吃牡蛎这种黏糊糊的软体动物的人，他们有什么权利排斥人家吃昆虫呢？

"勃艮第地区的人倒是颇有见地，他们毫无厌恶之情地享用着当地葡萄园中比比皆是的美味的软体动物，我说的是蜗牛。他们将黄油和细碎菜叶抹在蜗牛的胸部，吃起来特别爽口，容易让胃吸收。

"有一位名叫拉旺德的学者，更是大胆地向前迈了一大步，竟然敢于吃毛虫，对反击偏见又上了一层楼。多亏了这位学者，我们才知道毛虫味若杏子，而蜘蛛则味若玉米，他更偏爱蜘蛛，觉得蜘蛛的味道更美。"我完全相信他所说的。不管从哪一方面来看，蜘蛛都是一种高级生物。

有好些昆虫都很美味，肉乎乎的，十分馋人，因此，特别为女士们所推崇，认为吃了它们能够永葆青春，增强生命力，能够美容。古罗马帝国的女人们因为用了檞蛾，变得丰腴了。东方的苏丹后妃们，那些以体态丰满为美的后妃们，悠闲无聊，在浪花四溅的河流里，捉水中的富于营养的昆虫来吃，以永葆青春。

在巴西，在树木开花时，葡萄牙女子从竹子里提取一种物质，制作成一种可以食用的新鲜黄油，而且还像吃糖果一样吞食长了翅膀像爱神似的在空中飞舞的蚂蚁。

但是，一般来说，昆虫除了它的实用价值之外，都是村民们扑杀的对象，因为它毁坏了村民们的庄稼。它把村民的食粮糟蹋了，那么村民们只好吃它了。蝗虫是一种可怕的昆虫，它们大量地繁殖着，曾经无数次地祸害东方，它们也是东方人所追杀并食用的昆虫。有人说哈里发[1]奥马尔在他的餐桌上看见落下一只蝗虫，翅膀上写着："我们产下了九十九只卵，如果我们产下一百只卵的话，我们就将毁灭世界。"

幸好，蝗虫是亚洲人的吗哪[2]，谁不知道先知们在卡尔梅勒山洞中并不吃其他东西？伊斯兰教的先知们遵循着这同样的节食原则。有一天，有人问奥马尔说："您对蝗虫有何看法？"——"我希望有满满一篮子蝗虫。"有一天，他没见到蝗虫。一位仆人费了九牛二虎之力才替他找来一只，奥马尔见了，感激涕零，开心不已，大呼道："真主伟大！"

今天仍然如此，在整个东方，都有人在售卖蝗虫，人们像吃饭后甜食一样地边喝咖啡边吃蝗虫。人们用船装运蝗虫，将它们放在大木桶里，走私贩运。

1　哈里发为穆罕默德的继承人，伊斯兰国家领袖的称谓。
2　系指《圣经》中所说的古以色列人在旷野中所获得的神赐之物。

我们这儿有一些昆虫,特别肥美,极富营养。谁能阻止我们去吃呢?我们为什么要死乞白赖地讨厌它们呢?

论文作者在讲到此处时,发现听众席中有大量的诺曼底农民,全都在全神贯注地听他宣讲,像是在美国的众议院中听见的呼喊"听呀!听呀!"一样。

他早已预料到这一时刻了,因为他在自己的讲台上放了几只最有害于农业的昆虫,他随手将它们拿起来,放进嘴里,一边认真地咀嚼,一边大声地说着:"它们吃我们的庄稼……那我们就吃它们吧!"

五

颜色和光线的幻影

如果说昆虫不跟我们说话，也不想跟我们说话的话，那是不是说它就不想表露它内心中的那份强有力的生命力呢？

没有任何一种生物像它们那样想要表露自己的了，不过那只是昆虫对昆虫之间的一种表露。它们生活在它们之间，那是一个封闭的世界，外面的人是一点也看不出来的，这个世界只是对自身在表露着。

在日常的交往中，它们的"天线"中存在着一个"发报机"。但是，最重要的、最雄辩的"话语"是在它们的生命即将终止的时候说出来的。的确，那是一个短暂的时刻，是宣布其死亡，宣布其做爱的短暂时刻。

它们通过它们身着的美丽服饰，通过翅膀、飞舞和轻快的生命在说话。它们通过它们的五彩缤纷的象形文字般的色彩、奇异的图案以及奇特的梳妆打扮的娇媚在说话。它们甚至通过光线在说话，而且有几种种属的昆虫还通过一种可见的火焰在揭示它们内心的火焰。

近日来，它们在大量地、无节制地奉献。它们明天即将死去，为什么硬要它们节制呢？让光辉的生命绽放吧！让金子和祖母绿，让蓝宝石和红宝石闪闪发光吧！让它那炽热的热情，那生命的激流，那洒在共同的急速的河流中的光的激流奔腾不息吧！

我们的一座座博物馆空间都太小，无法展示大自然慈母般地让昆虫在婚礼上穿戴的奇妙的、无穷无尽的多种色彩与服饰。一位有名的业余昆虫爱好者极有耐心地、分门别类地、逐纲逐目地向我展示他收集的各种各样的昆虫，我看过之后，简直是两眼发直，目瞪口呆，为大自然的无穷的创造力而惊叹、折服。我屈服了，我闭上了双眼，我求饶了，因为我的脑子里装得太满了，眼睛看花了，脑子发木了。可是昆虫却并没觉得厌烦，它们在继续向我灌输，让我继续看到一些美丽的生物，奇异的生物，令人惊叹的"猛兽"，长着火一般的翅膀，披着祖母绿的铠甲，穿着上百种彩釉衣裳，装备着奇特的既漂亮又吓人的武器，有的武器是发暗的钢铁质地，另外一些则是一簇簇的如丝一般的簇发，衬着黑色的天鹅绒。有的在桃花心木般的底色上装备着丝光闪闪的细细的小夹子。有的身上穿着点缀着金色斑点的石榴红色天鹅绒，有的则是闪光蓝色，上面突着一些绒绒的点点，从未有人见过或听说过，身上其他地方有一些金属般的线条，交替着一些发暗光的丝绒线条。

有一些昆虫似乎在说："我们全都是独特性格的。如果性格消亡了，我们将模仿所有生物的性格。如果你想要看裘皮服装，我们就戴上女用毛皮领，这种毛皮领连俄国女沙皇都未戴过；如果你想看羽饰，我们就会全身长出羽毛，与蜂鸟一比高低；如果你喜欢看叶饰，我们就会全身披上树叶，以假乱真。甚至树木,以及各种实体,没有我们不能模仿的。请你抓住这根树枝,抓好了……其实,那是一只昆虫。"

这时候,我真的是晕了。我只能对这个可怕的族群钦佩得五体投地了。我脑子里乱哄哄的,那神奇的洞穴让我久久不能平静,仍觉得洞中的生物一直在跳动着,旋转着,追逐着我,继续在我的视网膜里疯狂地跳着舞。

可是我却看见它们被僵硬地钉在镜框中和盒子里,没有了在大自然中的那份热烈和闹忙。它们身轻体健时,十分活泼可爱,特别是在炎热的季节,它们大量地繁殖,一切都与它们和谐一致,空气、水、花儿使它们身强力壮,与大动物发情时的狂热难分伯仲,这种生动活泼的情景与我看见的镜框和盒子里的它们两相比较,怎不叫人扼腕痛惜呢?

巴西和圭亚那的南美洲大森林是可怕的魔窟,生物在那儿不停地大交替。植物界的奇异的仙境与动物界的仙境协调一致。参加大合唱的并不是歌声,而是野性的、尖锐的或悲叹的声音。在树林中,在大草原上,一些鸟儿的怪异的鸣叫此起彼伏,声音震颤、沙哑,却有一定之规,仿佛在准确地报时。它们是荒野上的时钟。有一些是在白天叫,有一些则是在夜晚叫,准确无误地按照早、中、晚三个时辰报时。它们在模仿我们的声音或喊声,听着叫人害怕;它们像是在嘲笑、讽刺人类。有的在叫喊,有的在吹口哨,有的则在叹息。有的像是在撞钟,有的像是在抢锤,有的像是在吹风笛。巴西高原上的广袤大草原上回荡着南美鹤的嘹亮歌声。而蛇类的征服者的尖厉高亢的声音回荡在沼泽地里,连野人听了都会浑身发颤，不寒而栗，还以为是听鬼魂飘过似的。

入夜，蝉鸣、蛙叫、猫头鹰喊、吸血蝙蝠的悲叹与猴群的尖叫声混杂在一起，响成一片。但是，一声像是从肺部迸发而出的凄厉叫声恐怖至极，众生物无不惊骇，鸦雀无声。这凄厉的叫声表明长着利爪、行动敏捷的美洲豹在游荡着。

另外，在这里，没什么是安全的。这片绿色的水，平静至极，不时地从中发出几声沉闷的叹息，如果你将脚踩上去，你会惊愕地发现这水竟然是坚实的。其实，你踩着的是凯门鳄的背脊，绿油油的，宛如青苔或水草，它们覆盖在水面上。只要是有一个活物出现，这些凯门鳄全都会抬起头来，全都会发出咕噜咕噜的声响，随即你就会惊骇不已地看到它们一个个全都浮出了水面。水里只有凯门鳄吗？……凯门鳄的下面还有可怕的动物——食人鱼，其游动速度极快，牙齿尖利，凯门鳄虽凶猛，却笨重，还没等它转过头来，食人鱼就把它的尾巴咬断，拖走了。凯门鳄几乎总是这样被咬掉尾巴，如果它的铠甲无法阻止其敌人肢解它的话，它就会被咬死。这个可怕的"解剖学家"，只需将它的"手术刀"一挥，任何掠过水面的鸟儿就会被它凌空切去一块。被人捕捉到的许多水鸟都是这么肢体不全的残废鸟。四足动物又怎么样呢？最壮实的四足动物也会遭到灭顶之灾的。在这片深水区域中，一种可怕的战斗在不停息地进行着。这是一片活水，里面满是生命，却充满着死亡，大自然的疯狂而急速的自杀在这里一丝不苟地进行着，生物在互相厮杀、吞食、再生。

昆虫达到疯狂与美丽的最高境界。牛虻、蚊虫通过嗜血所表现出来的生命活力，在其他一些种属中则是通过绚丽的色彩、怪异的图案、形体的独特，让人看了或惊讶或恐惧而表现出来的。威严的象虫一身绿色铠甲，上面点缀着金粉斑点，显得十分的高傲，似乎穿过了地下的金属矿藏，一路上将身子沾满了金子，金光闪闪。绿中泛黄的吉丁像是一颗颗生气勃勃的宝石，滚过来爬过去的。圭亚那的一种名为"阿勒甘"的昆虫，活脱一部巨大的割草机，长着超常的触须和长长的腿，能够跳跃着越过无数的高大的深草，它的黄黄的底色上点缀着一些黑点和奇异的古埃及的象形文字。这是一种奇特又奇特的昆虫，是谜一般的昆虫。这种昆虫让人不禁想起印度布料上的图案，为了让不协调的颜色变得和谐，艺术家便在布料上加上一些碎线条，呈波浪形，使图案不致单调，显得生动活泼。

温和的蝴蝶喜欢群集，河岸边满是它们那长着翅膀的身影，把整个草原变成了美丽的花地毯。蝴蝶中的精品——巴西的神奇蝴蝶，纯蓝耀眼，在炎热的响午时分，轻捷地在花团锦簇的河岸边飞舞着。它是一种温和的、美丽的昆虫，似乎是这个强大的大自然的纯洁的国王。其他一些也很漂亮的蝴蝶在跟着它们一起飞舞，在这之后，总是有另外的蝴蝶随之而来，随风飘动。

这就是爱情的语言。各种绚丽色彩的虹色光环不是别的，就是语言。这是爱情的不同的表达。

在我们那儿，胆怯的黄萤，一动不动地待在灌木丛中，亮着它的那盏小小的灯笼，在黑夜中为情郎指路，将它带到它的情人那儿去。在意大利，黄萤非常活跃，它的灯笼长上了翅膀。从皮埃蒙特到那到处弥漫着硫磺味的阿基的赤热的河边，随处都可见到它们的美丽身影，让我感到震惊。那亮光的疯狂舞动像是被地下火刺激着似的。在巴西，一些树叶甚至都充满着磷光。你看看，昆虫若举办婚礼，还会缺少喜庆的光亮吗？在热带地区，这种奇观随处可见，使万物生机勃发。我知道大自然将光亮赋予二百种这类昆虫来表达诗意的功能，并以这种诗一般的光亮来欢庆盛大的节日。

　　一位移居到这些炎热地区的美丽的德国女子，名叫梅里安小姐，她天真地向我们讲述了她见到这番奇异美景的惊讶状况。她的爷爷和父亲都是著名而勤劳的雕刻家，她自己也是艺术家，文化修养极高，她用拉丁文、荷兰文和法文，撰写了一部有关苏里南的昆虫的富于诗情画意的大作。这位博学的女人一生多有不幸，却是道德楷模，她平生只有一种癖好（谁没有自己的癖好？）：热爱大自然。她为了收集欧美两个大陆的宝物，离开了德国，前往荷兰。然后，她觉得荷兰也满足不了她的收藏爱好，便跑到了圭亚那，在那儿作画多年。她在同一幅画中（绝妙的方法），将昆虫、昆虫赖以生存的植物、吃昆虫的爬行动物放在一起。她一向做事认真，到处寻找她的那些可怕的"模特儿"，其实她是很害怕它们的。有一次，野蛮的印第安人给她拿来一篮子昆虫，她因工作劳累，当时已经睡着了。但是一个奇特的梦让她睡得很不安稳。她似乎听到里尔琴声，听到一首爱情歌曲。然后，这首曲子突然变化，着起火来，那并不是一首歌曲，而是一场大火。

整个房间成了一片火海……她猛然惊醒，回到了现实中来。但是，篮子就是里尔琴，篮子就是火山。她很快便高兴地看到这座火山是死火山。篮中物为昆虫——龙眼鸡，它们的歌声是婚礼进行曲，而它们的火光则是爱情之火。

在这赤热炎炎的地方，人们往往夜间出门，以逃避热浪。但是，如果没有黄萤一类的发光的昆虫引路，人们是不敢在黑夜里闯进密林中去的。夜行者会看见这些昆虫在远处闪闪发光，在舞动，在跳跃。在近处，夜行者看到它们停留在他近旁的灌木丛上。他把它们捉住，好陪伴他一路走去。他将它们固定在他的鞋子上，这样他就可以看清脚下的路，而且还可以吓跑蛇类。但是，待到晨曦微露时，他便把它们放在一棵灌木上，让它们自由自在地谈情说爱。有一句印第安谚语说："带着萤火虫走，不过得将它们放回原处。"

看到这种光亮，谁能不心生怜爱？这火光跟着生命运动，它随着我们的呼吸而忽明忽暗、忽强忽弱。

这到底是什么？是明显的欲望，是取悦别人和被别人所爱的努力，这种努力通过光亮中的语言以上百种不同的方式表达出来。一种是无可比拟的蓝色，在红宝石的头顶上，闪着蓝色的光芒，盖过了似红炭一般的红颜色。另一种是色泽比较黯淡的颜色，藏匿于一种暗红的颜色之中。还有一种颜色由火焰般的黄色，逐渐变白，转而变成绿色，似乎在表达慵懒倦怠、颓丧失落或南方激烈爱情的暴风雨。

西班牙的激情女子，在美洲的天空下变得粗暴激烈，将她的纤纤玉手放在发光的昆虫身上，将它视为一种护身符，视之为她的珍宝和她的牺牲品。她将这只热乎乎的发光昆虫贴在她那热乎乎的乳房上：它应该在那儿死去。

女人们拿它们没有任何用处。她们大胆、爱俏，用丝绸将它们拴起，做成一串发光的链圈，围在腰间，好似一条发光的腰带。她们像穿金戴银的王后似的出现在舞会上，别人都在看着她们的这种"珠宝"或闪亮或黯淡（是因为爱情？是因为痛苦？）。这种装饰既辉煌又悲惨，戴着它的女人的风采因一种死亡的情结而增长。她们在跳舞，不太闪烁的火焰发出柔和的光，一只黑眼珠的底部的忧伤似乎减轻了一些。她们没有理由地、没完没了地跳着舞，既不怜惜也不记挂在她们怀中逐渐熄灭的爱情的火焰。这爱情的火焰无言无声，却在表示说："把我放回你捕捉我的地方去吧。"

六
丝

一位南方人（一位很有灵性的制造商）对我说，人类在纺织中对技艺的理想，人类在追寻的理想，就是女人的美丽秀发。啊！最柔软的毛线、最精细的棉花也无法与它相提并论！我们所有的一切科学技术进步留给我们的和将要留给我们的，与这种发丝相比，相差何其大矣！我们只能望其项背，在它的身后蹒跚爬行，我们只能嫉羡地望着大自然每天每日一边玩耍一边实践的这种崇高无比的完美杰作。

这种发丝细软、坚韧，能发出一种轻柔的声响，一直传达到我们心间，而且，它还非常柔和、温暖、光亮，手感很强……它是人类之花中的鲜花。

对它的颜色的争论是毫无意义的。那能怎么样呀？闪亮的黑色蕴藏着并迸发出火焰。金黄色让它有着金羊毛的光辉。太阳光下闪烁着的褐色与阳光协调一致，它利用阳光，把阳光融入它的幻化之中，飘动着，荡漾着，在波光粼粼中千变万化，时而因阳光洒满而欢笑，时而又是愁容满面，让人捉摸不定，但是，无论别人说它什么，它都会给你一个可爱的更正。

人类通过技艺的不间断的重大努力，得以组合起各种办法，以提高棉花的品质。孚日山脉与莱茵河之间[1]的罕见的资本、机器、设计工艺以及化学科学的结合，使两国生产出阿尔萨斯的印花棉花，连英国也不得不对此感到钦佩，花钱购买。唉！这一切还无法掩饰人们花费了那么大的精力装饰的那种不讨喜的布料的原先的可怜相。如果爱慕虚荣的女人穿戴上丝织物而以为自己美丽非凡，穿完之后却又用我们最好的棉布将丝织物包裹起来收好的话，那会怎么样呢？那这件丝绸衣裳还不大受其辱呀！

先生，必须承认，只有唯一的一样东西可以与这"女人的发丝"相比拟。只有唯一的一位制造商可以与之相抗争。这位制造商就是昆虫，就是小小的蚕宝宝。

这种蚕宝宝在吐丝作茧，不停地忙碌着。它让它周围的一切变得高贵。在我们的那些最崎岖不平的地区，在我们阿尔代什省的山谷，遍地岩石，桑树、栗树似乎是在没有土壤的地上长出来的，只是依靠空气和石子生活着，一座座低矮的干燥的石屋，灰蒙蒙的，显得特别的凄凉，我每每来到这个地方，到处都能见到大门口，一种拱形的门楣下，有两三个可爱的姑娘待在那儿，褐色的皮肤，雪白的牙齿，一边纺

---

[1] 系指法国与德国之间。

着金丝银线,一边冲着过路人微笑。过路人坐在车子上,低声对姑娘们道:"多遗憾哟,天真无邪的仙女们,这金丝银线不是为你们自己织的!你们可别用一种乱七八糟的颜色去掩盖住它,别用你们的巧手让它改变模样,就让它保持着它的原貌吧!就让它穿在它的纺织姑娘们的身上吧!这种高贵的织品穿在你们身上要比穿在贵妃们身上强过千百倍呀!"

只要瞅上一眼这种丝,就能知道它并非产自此地,而且所有柔软的东西都不是源自本地的。柔软的、精美的东西都来自东方。我们西方人,是坚强粗暴的武士,是铁匠,是矿工,生来只知道挖掘,探索。是不被其粗暴的儿子所看重的亚洲这位善良的母亲给了这个儿子似乎是地球的精华的所有东西。亚洲人除了给予西方人阿拉伯马和黄莺之外,还给了他们咖啡、糖和蚕丝,给了他们生活的欢乐以及爱情的真正服饰。

当丝绸传到罗马的时候,王后们感到在穿着丝绸衣裳之前,她们简直就是平民百姓。她们觉得这种丝绸衣裳很合身,柔软飘逸,色泽鲜亮,与东方珍珠一般闪闪发光,她们绝不讨价还价,以金银珠宝一样的高昂价格买下了它。

中国极其看重丝绸,为了保持垄断地位,竟至对胆敢出口蚕的人处以极刑。有人冒着极大的风险,将蚕藏于一根空心手杖中,成功地将它带出去,弄到拜占庭,然后再弄到西方去。

在贫穷而又战火连绵的中世纪,毛线是为富人所享用的奢侈品,而穷人在冬天只能以粗布制衣防寒御冷,没有人想到过丝绸。只有意大利在生产丝绸。

在维罗纳城的丝绸色泽在威尼斯艺术的伟大开端，在乔尔乔涅[1]或大师之中的伟大的提香[2]的绘画中，以一种鲜红的光线装饰他们的美丽的金发女郎和棕发女子。这样的女人是世界上最美丽的女人。

另外，在衰败的时期，当西班牙和弗兰德到了衰退时期的时候，喜欢在所有被生活所迫的女人中描绘凋零的花朵、被蛀虫蛀毁的果实的画家凡·代克[3]用白丝绸作为柔和的月色来装点他的那些颓废惆怅的美人儿。在她们带有极其轻柔的褶衣间的绸缎下面显现的美貌仍在扰乱充满梦想和遗憾的人的心。

直到人老珠黄仍然懂得保持美貌的戴安娜·德·普瓦蒂埃女公爵，虽然年龄很大，仍能告诉我们爱情是可以战胜年龄障碍的。她不像我们一般老年人那样垂头丧气，哀声连连，而是不断地变装，仿佛在取悦过路行人。年龄并未在她的心中留下任何痕迹以及丝毫的影响。她像天上的戴安娜一样，穿着白色或黑色的，同样的衣裳，但都是丝绸的。

正是为了取悦于她，亨利二世国王才穿上了他的第一双丝袜和让他的身材显得轻捷潇洒的丝质齐膝紧身外衣。大家

1　乔尔乔涅（Giorgione，1477—1510）：意大利画家，其成就对威尼斯画派产生了极大的影响。

2　提香（Tiziano，约1489—1576）：意大利文艺复兴后期威尼斯画派代表画家。

3　凡·代克（Anthony van Dyck，1599—1641）：弗兰德画家。

知道，后来的亨利四世对这种高贵的工艺的极其强烈的爱好让他到处栽种桑树，在公路旁，在广场上，在王宫院内，甚至都栽到杜伊勒利宫[1]里去了。帷幔、装饰、家具、花色衣料等用的丝绸很快便在里昂大批生产出来，供应到全欧洲。

可我怎么说好呢？最伟大最深远的作用根本就不是装饰性丝绸的作用。保留其本色、不要印染的丝绸，与女人和美丽的关系则更加的亲密。琥珀和稍微有点泛黄的珍珠，连同不太花哨的镂空花边和网扣，与丝绸搭配在一起，是最相得益彰的了。

这种配搭毫不惹眼，给打扮得过分年轻的女人以一种温柔的美，给容颜消退的女人以一种柔美的光彩。

这之中有着一种令我们迷惑的真正的神秘。是颜色还是闪光？棉花也有它的光泽，而且在它的底色下面，它往往有着一种舒适的清爽。丝本身并不完全闪亮，却有其光泽，是一种温和的电光，与女人身上所散发出来的魅力天然地融合在一起。它是一种活的织物，很愿意拥抱活的人。

东方女子在她们接受西方的愚蠢风尚之前，只有两种服装：外衣，真正的开司米服饰（它极其精美细软，一条大披巾可以穿过一只小环）；外衣下面穿着的是一种丝质长衫，淡金黄色，或者说是淡黄色，有着一种磁性的琥珀的光泽。

这里外两件衣裳并非男友们、贴身内侍们、机灵而俊美

1　法国巴黎旧时王宫，今已废，改建成花园了。

的献媚者们穿的。这是柔软的、舒适的、保暖的、女子浴后赶忙裹在身上御寒的开司米;而丝质长衫,则完全相反,很轻,很飘,不太透明。它的那种带点金黄色的白色与肌肤的颜色完美地结合在一起。人们自然而然地会说,它的这种颜色是因为经常与肌肤亲密接触而逐渐形成的。它想必是不如皮肤的颜色,但是它似乎有点像是皮肤的姐妹,或者说它最终成为了人的一个组成部分,与人融为一体,如同与整个人交织在一起的梦,人已经无法将它分开来了。

七

昆虫的工具和它的化学能、紫红色、斑蝥等

我是不是在这个问题上过于坚持了？绝对不是，我是深入到了我的主题的深层，最深层。

吐丝并不是一种个别现象，而是普遍现象。几乎所有的昆虫都能吐丝。

我们在这之前一直关注的是一种丝，是蚕蛾的丝，甚至是繁殖能力很差的一种蚕蛾的丝。但愿那可敬的风土驯化群体能够给我们驯化出中国蚕蛾；这种中国蚕蛾生活在小橡树上，它吐出的丝很硬，价格便宜，连最穷苦的人也能穿得起蚕蛾丝制成的衣裳。让所有的人自这时起都将能够穿上又保暖又轻柔又防雨又耐久的衣服，而且这种衣服还非常漂亮，鲜亮，高雅。经这么一打扮，我觉得人人都显得高贵，黎民百姓的面貌为之焕然一新。

雷奥米尔早就说过，无数的蝶蛹在提供漂亮的丝。蜘蛛也在吐丝，是一种既纤细又坚韧的丝。看看博物馆里保存的令人赞叹的蜘蛛网就明白了。

蜘蛛极其灵巧，吐出来的丝非常纤细，如同一丝云儿，却极有韧性，它是最优秀的纺织娘。不过，总的来说，昆虫

都是纺丝女，孜孜不倦地干着这种女性的工作。我要说：昆虫就是女人。

在我们那儿，"女人"一词意味着"软弱"；而在昆虫界，女性则是能力和力量的同义词，这尤其像是生养繁殖一样，为了保护和喂养孩子，为了制作摇篮让它独自待在孩子身边，所以说，昆虫是一种战斗的生物，有着令人望而生畏的武器。

就那些能打钻、切割、锯开等工具而言，尽管我们人有了种种进步，但昆虫在今天也许比我们还要先进一点。母性的本能、替孩子、替它未来的孤儿打开坚硬的保护性避难所的需要，很明显地让它做出一些巨大的努力，以便改进、磨砺它的那些工具。

早在雷奥米尔制作温度计之前，水文学家的蚂蚁，对寒冷、阳光极其敏感的蚂蚁，为了照料自己的孱弱的卵，便将它们的住所分隔成三四十级的梯形，以便上下转移它们的卵，不让它们受热，受潮或太干燥，以保证卵所需要的温度和湿度。它们是安全可靠的温度计，人们可以根据这种温度计来准确无误地调节温度，不亚于物理学家们手中的温度计。

在对昆虫的技艺与我们的技艺的比较中，我们所看到的差别并不在于方法本身，而在于它们的需要，它们的环境之特别。它们适时地在改变自己的技艺。比如蜘蛛，它在它每天临时编织的捕猎网中，必须加点编织用的黏合剂，以利于操作。它在它的庄严神圣的作茧工作中遵循着一种不同的方法，以便使茧结实、柔软、温暖，好保护它的宝宝们。它的这种"巢"部分地像是织物，部分地又像是毛毡，如同大部分鸟类的窝似的。

我们知道水蜘蛛率先制造出潜水用的钟形罩，但是，我们一般来说还不知道诺曼底的一位农民工程师刚刚完美地模仿了食蚜蝇的幼虫，这种幼虫通过一根极其长的呼吸管吸入纯净健康的空气，即使在最污浊的水下也无所畏惧。

似乎在昆虫体内有一间药厂、一间化学车间、一间香水车间。科学难道不是对它们的研究显得很不够吗？给予这些极小的昆虫的肌肉以一些特别力量的强大生命，似乎也给了它们以特殊的清洁、过滤污水的能力，这是大动物所不具备的能力。有好多种水下昆虫，为了自卫，具有一些腐蚀剂，一旦有人靠近它们，它们便立即将腐蚀剂喷射出来。这种腐蚀剂有的是液态的，有的则是粉状的。有一些昆虫甚至还具有一种吸住或麻醉其敌人的技术。另有一些昆虫，比如在潮湿树林中干活儿的某些蚂蚁，能够通过为自己的住宅加热来净化房间，或者说是通过甲酸的力量进行加热。

整个天牛属的昆虫都能散发出一种强烈的玫瑰香气，老远就能闻到，而且香味持久不散，直到它死去，余香犹存。甚至在食尸虫中，甚至在食粪虫中，我们都能找到一些散发着香味的昆虫，或者，至少可以说，它们在处于被捕杀的危险时，为了取悦敌人或者为了求饶，也会散发出一些香味来的。

另一些昆虫以绚丽的颜色鲜艳夺目。胭脂虫的暗红色能够提供紫红的颜色。

通过混合的方法，我们还可以从胭脂虫那儿提取绝佳的欢快喜兴的颜色，与粉红色有着千差万别的胭脂红。

昆虫的一种伟大的技能就是能够刺扎，并将植物、动物中流动的液体集中在一个点上。这就叫刺激法。在工业上，在医学上，运用得十分广泛。印染、绘画、各种装饰，多种多样的奇怪而漂亮的东西都是通过对瘿的刺扎，对它们很灵巧地掀起的瘿瘤和隆起的刺扎得到的。

一只在努力地通过这种方法从异国植物中提取它要在其中入睡的树胶膜的胭脂虫向我们提供着红色中的王中王，漆器的猩红色。这种颜色可以用于清漆、打蜡和各种各样的东西。

不好之处在于，昆虫对活体的刺扎是一种强烈的诱导，会扰乱生活的规律或者恢复生活的规律。昆虫中没有平庸之辈。即使有些昆虫并不具备针头，但是，它们叮你一下，也会让你感到热辣辣的疼痛。

有谁没有见到过在一个尘土飞扬的乡间，面对长势颓败的庄稼，一身绿色彩釉的斑蝥顽强地迈着一颠一颠的步子穿过小路？它是一种壮阳的药酒，爱情在其中化为毒药。人们将它作为药用是要付出代价的。这种中世纪的药物对男性是具有危险的，我觉得对动物也同样是有危害的。我曾长期养过一只母猫，非常聪明，但是热情过度，尤其是它又特别的任性，天不怕地不怕，竟然敢于捕捉斑蝥。这只漂亮的昆虫的气味似乎吸引了它，如同火焰吸引飞蛾一样。我的母猫兴奋异常。但是，当它穿过花丛抓住了这个危险的受害者，将它碾碎的时候，斑蝥似乎想要报仇了。本性易怒的母猫被昆虫的针尖扎了一下，大叫一声，怒不可遏，怪模怪样地跳了起来。母猫终于因这种情爱而痛苦地死去。

恰恰相反，另一种昆虫——竹虫，如果你把它的能致人于死地的脑袋弄掉的话，它能向你提供一种精美的香脂，据巴西的印第安人说，其温和而催眠的效果能够抑制性欲。尝试过这种香脂的女孩两天两夜昏睡在鲜花满枝的大树下，脑海里却显映出茂密的原始森林以及神秘的绿色河岸，那儿从未有阳光射入，也无人类的足迹，只有大蝴蝶在孤孤单单地翻飞。但是，这个女孩并不孤单，对这个地方的喜爱已止住了她对爱情之果的渴求。

八

通过研究昆虫改进我们的技艺

　　美术这种艺术会更多地利用昆虫研究的技巧。金银匠、玉器匠做得很好,他们都向昆虫进行讨教,以它们为模特。软体的昆虫,如飞虫,在它们的眼睛里特别是有一些真的是神奇的虹膜,任何首饰都无法与之相比拟。而这始终是从一个种属到另一个种属,而且,我如果没有弄错的话,甚至是从一个个体到另一个个体的新的组合。特别应该指出,长着闪亮翅膀的飞虫在眼睛方面并不总是最自命不凡的。让我们以叮马匹的蝇子为例,它色彩黯淡,灰蒙蒙的,灰尘满身,恶心至极,只以活物的热的血为生。它的眼睛像放大镜,显现的是各种宝石的一种镶嵌的奇妙仙境。

　　如果你往下去看那些低等昆虫,它们不像这种飞虫那样靠喝活物的热血生活,而是靠吃死物、垃圾和腐肉生活的,但是,它们丰富多彩的绚丽服饰令人惊奇不已,我们的彩釉应该想法复制它们。食粪虫这种黑不溜秋的笨重的昆虫,通过其背部看它的话,可以看到它的肚腹似一颗暗色的蓝宝石。任何王冠上都没见过这种蓝宝石。至于死亡之子——埃及的圣甲虫,简直就是一颗活的祖母绿,而且在雕刻方面,饱满方面,神奇的光泽方面,真正的祖母绿也难望其项背!我们并不感到惊奇,这种温和而虔诚的昆虫群体是那么地喜欢死亡,它们充满着对永恒的幻想,让死亡成为它们的象征。

必须具有观察的艺术,必须选择好白昼和光线。我们并非是在同一天和同一时刻就能够观察到这种热带昆虫和我们的气候条件下的这种昆虫的。前一种昆虫必须气候条件极佳,天空湛蓝,阳光强烈,在如同它家乡的烈日下,才能观察得清楚。后一种昆虫则是肉眼看来很不起眼的,但是放在显微镜下观察就美极了,在晚间的灯光下也能保持着对它的很大的观察效果。鳃角金龟,乍看上去既粗糙又乏味,让人觉得观察它毫无意义。然而,它的鳞片状翅膀放在显微镜下,镜头的镜片照着,观察得十分清晰,显得十分高雅,如同秋末的一片落叶,叶面上一条条的叶脉,弯弯曲曲,显出一种十分美丽的褐色来。到了晚上,情况就有所不同了,褐色没了,鳞片上的淡黄色部分占了主导。它好像是独自待在光亮下的一块金子(悲惨的比拟!),一块怪异的金子,一块神奇的金子,一块天堂的金子,如同人们梦想着的天堂里的耶路撒冷的墙壁,如同灵魂在上帝面前所穿着的光线衣服。它比太阳要温暖,而且我也不知道为什么,它懂得迷惑和温暖人心。

奇异的幻景!……我说什么来着!……所有这光线的庆典,就是一只鳃角金龟的翅膀促成的!

现在,它只不过是一只昆虫,无论白天还是黑夜,无论是肉眼还是放在显微镜下,都不会激起任何兴趣。但是,如果你能不怕麻烦,拿起一把解剖刀,耐心细致地在它的厚厚的鳞片翅膀下面把构成其翅膀的胚层掀起来,你就能轻而易举地发现一些意想不到的图案，有时候是一些植物曲线、一些细枝，有时候又是一些纹状体的有棱角的形象，如同象形文字，让人联想起某些东方文字的字母来。其实，那是一本真正的天书，无法与已知的文字相比较。

这些奇特的字母非常吸引眼球，让人看了还想看，但又让人摸不着头脑，不过它确实值得我们关注，它们在它们奇特的语言中所说的和表达的是生命的循环。有些是一些管子，空气通过它们进入翅膀，让翅膀张开，准备飞翔；另外的那些是小的静脉，给予看不见的生物以色彩和能量的大量液体在其中流淌。

最漂亮的形态就是活的形态。你可以抽一点血，放在显微镜下观察。这滴血在漫开来的同时，会向你显示一种美丽的乔木状，显示出其细微、轻柔，如同冬季里的某些树木一样，它们在冬季叶子掉落，显出的是它们的本来面目。

因此，大自然所拥有的无限的美并不像古人所说的那样，只局限于表面。大自然并不在乎我们眼睛的观察，它工作的目的在于它的杰作本身，而不是为了让我们赏心悦目。它从表面到内里，经常不断地往深处增加它的美。它卓越地促使那些只有死亡才能揭示其真面目的被绝对地掩盖着的事物变得更加美丽。有时候，仿佛是为了与我们唱对台戏，为了搅乱我们的思维，它会把我们认为完成了低级功能的组织结构变得光彩夺目。我联想到那种珊瑚树的极度的美、极度的细柔，它在不停地吮吸我们五脏六腑里的乳糜，以增加它的美丽。

我们还是回到昆虫上来吧。昆虫的里里外外都在显示着美。要找到这种美，用不着跑得很远。我们想法捉上一只极其罕见的昆虫就可以了。这并不难，在枫丹白露的沙土地里，在阳光充足的地方，我随时都能见到它们。捕捉的时候，必须加倍小心，因为它身上满是利器。它就是虎岬。肉眼看它，挺好看的；放在显微镜下，它会千变万化，是艺术可以研究的最变化多端的观察物。它真的是大自然的令人惊叹的创造物！每一个个体都不尽相同；它们全都是彩釉状的，都装扮得十分耀眼，但又并不相像。我们每每对单个的虎岬单独地拿来研究，总是会有新的发现。

虎岬是一种捕食其他昆虫的捕猎动物，很凶狠，很残忍，装备着绝妙的武器，前面作为上颚，长着可怕极了的两个钩形刀，双刀契合在一起，能极深地扎进敌人身体，把敌人从两边紧紧地夹住。被捕捉到的猎物鲜活而又丰腴，为虎岬的美丽增光添彩。它全身都透着美丽。在它的胸衣上，一些"面条"各自不同地、温柔地扭结在一起，在一种黯淡的底色上弯弯曲曲地伸展开去。它的肚腹、大腿呈现出的是一些极其丰富、没有任何一种彩釉可以与之相比拟的色彩，人的眼睛看着会感到眼花缭乱。奇特的是，在彩釉的近旁，你会发现花朵的和蝴蝶翅那些不透明的色调。除了这些不同的元素之外，还有一些特别的地方，我们会以为是出自人类的艺术加工，如同东方的，波斯、土耳其的样式，或者如同印度披肩一样，其色彩有点黯淡，却雅而不俗。是时光逐渐地减弱它们的协调的。

说实在的，在我们的艺术中，有什么是相似的？或者说有什么是相差甚远的？我们的艺术似乎疲惫慵怠了，需要向这些生机勃勃的源泉汲取新的力量！

一般来说，人们并不直接奔向大自然，奔向美丽与创新的永不枯竭的源泉，而是向博学，向从前的艺术，向人类的过去求助。

我们曾经复制过古老的首饰，有时候还复制那些从我们的商人们手中买走东西的野蛮人的首饰。我们复制我们祖辈的衣裙、衣料。我们尤其是复制了哥特式彩绘玻璃，其颜色与形状是偶然被采用的，并被运用到最不适合的那些物品上，比如用到披肩上。

这些古老的彩绘玻璃，如果我们想要了解它们并仿照它们的话，倒不如去向某些金龟子的彩釉求救。它们在显微镜下呈现出非常相似的效果，而这正是因为它们以此来产生美。十三世纪的彩绘玻璃（请你们不妨到布尔热去看看，参观一下该城的那个博物馆），是双层的。光线留在其中，并不透过窗户，赋予窗户以宝石般的神奇功效。这就是由好些胚层组成的昆虫翅膀，在它们之间，在显微镜下，你可以看到无数神秘的字母在奔跑着。

哥特式与我们的需要，与我们的思维几乎毫不搭界，它出自于室内装饰。但是，它却留在披肩上。这种丰富而昂贵的技艺一旦进入用不透明的羊毛来模仿彩绘玻璃这条怪异的道路的话，它就很难摆脱出来了。

人们并没有征询女人们的意见。男人们为了搞艺术和复杂的构图便把窗拱和窗户堆积起来，逼使我们的女士们把教堂背在背上，他们给这些繁复的构图打下了最厚实的羊毛的基础。这些都是从伦敦、从巴黎匆匆送来的，以便成为已经忘记了自己的技能的印第安人去顺从地使用的布料。

我们的聪明的巴黎商人们，他们遗憾地遵循了那些大的生产厂家强加给他们的道路，不过，某一天早晨，他们是会避开这些笨重但"丰富"的类型的。某个人将会失去耐心，背对那些古旧事物的抄袭者，而去向大自然本身，向大量的昆虫收藏，向皇家植物园的暖房求教的。

大自然是个女人，她将对这个人说，为了打扮她的姐妹们，对待过去的开司米的柔软的、轻盈的料子，不可运用圣母院的塔楼，而应采用成百个可爱的小生命，不光如此，还应该采用在它的百合花中汲取了绚丽的紫红的金龟子，或者绿色的叶甲虫。我今天早晨还看见一只叶甲虫肉乎乎地蜷缩在一朵玫瑰花的底部呐。

这是不是说必须抄袭？绝对不是。这些活的生物，穿着爱的衣裙，仅此一点，就颇有风采。我要说它们就像活动着的光环，其美丽难以言表。只需喜爱它们，观赏它们，从中得到启发，得到理想的形态，那么全新的虹膜，令人惊叹的花束便自然而然地出现了。经过这么一变，它们就不是在大自然中的样子了，而是显得极为神奇极其美妙，如同想要得到它们并且看着它们睡觉的男孩，或者喜爱漂亮打扮的女孩，或者就像在梦中想要得到它们的年轻孕妇。

九

蜘蛛：技能、失业

在谈及充斥于最后那一卷的昆虫群体之前，让我们先来谈一谈一个孤独者。

蜘蛛比昆虫更高级也更低级，它因组织结构而有别于昆虫，但又因本能、需求、食物而接近于昆虫。

从各个方面来看，它都是极其特别的生物。它列于那些大的纲目之外，宛如创造物中的一个个别。

在猎物超丰盛的热带富饶地区，蜘蛛是聚居的。有人说过蜘蛛们共同编织一个大网，把守在路口。尤其是因为要面对一些强壮的昆虫，甚至小鸟，它们遇到危险时会相互合作，互为援手。

但是这种群居生活也是特例，只局限于某些种属，局限于气候条件非常适宜的地方。在其他所有的地方，由于生命，由于它的组织结构的决定，蜘蛛总是具有猎杀的特性的，具有野蛮人的特性的，由于其猎物的不确定性，它们总是嫉羡的，富于挑战性、排他性和孤独性的。

另外，必须指出，蜘蛛并不像普通的猎手，花点力气，奔奔跑跑就完事了。蜘蛛的捕猎可以说是要花费很大的代价的，要做出经常性的投资的。它每日每时每刻都得从它的养分中提取必要的成分来编织蛛网，以获取食物，更新它的养分。因此它是为了获得食物而忍饥挨饿，为了更新养分而耗尽自己，它在一点点地消瘦，为的是那不能确定的增肥的希望。它的生命就是一种博彩，依赖于难以预料的成百上千种偶然。因此，它便变成为一种忐忑不安的生物，对自己的同类也少有同情心，将同类视为自己的竞争对手，简言之，蜘蛛就是一种命中注定的自私自利的昆虫。

最糟糕的是，这种可怜的昆虫奇丑无比。它不像有些昆虫，肉眼看上去十分丑陋，可是放在显微镜下观察，就完全不是这么回事了。我们在人类中见到过这种极其疯狂的特性不是干掉这一个，就是弄死那一个，完全置和谐宁静的生活于不顾。铁匠往往都是驼背，而蜘蛛则是大腹便便的，这是职业使然。就蜘蛛而言，本性把一切都牺牲给了行当需求，以及能够满足其需要的技能器官。它是一名工匠、一名制绳工、一名纺纱工、一名编织工，不要看它的面部，要看它的技能所创造的产品。它不单单是一名纺纱工，还是一名纱厂老板。它的身体上有八只爪子，头上有八只警惕的眼睛，长得很结实，圆乎乎的，尤其是它的那个大肚子非常地让人惊讶。它长得很丑，所以不专心的、浮皮潦草的观察者只看到它贪馋的一面。可惜啊！事实完全相反。这个大肚子是它的工厂，它的店铺，"编织工"不停地从中抽丝以编织"口袋"。由于它往这只口袋里装填的并非他物而只是它的养分，所以它只有在节衣缩食，消耗自己的情况之下才能发胖。你会经常看见它身体的其他部位都很消瘦，唯独这只藏宝的口袋鼓鼓的，因为那是它劳作的不可或缺的元素、技能的希望以及未来的唯一机会的储藏之所。蜘蛛真的是一位企业家。它说道："如果我节食的话，也许明天就会有吃的了；但是，如果我的工厂开不了工，那就全都完了，我的胃就该失业，永远节食了。"

我最初与蜘蛛的接触是极不愉快的。小时候，我家境贫寒，我独自一人待在我父亲的印刷厂里〔正如我在《人民》（*Le Peuple*）中所说〕。其实，印刷厂已经破产了，荒废了，临时将车间移到一个地下室里。这个地下室由于临街，而我们就住在朝向巴斯街的一层。晌午时分，太阳透过一个宽大的装有铁栅的气窗斜向射进一缕光线，给我在上面排铅字的阴暗的字盘增添了一丝生气。这时，我清清楚楚地看到墙角有一只谨慎小心的蜘蛛。它心想，这缕光线会给它带来某个愚蠢的飞虫，作为它的午餐，便向我的排字字盘爬过来。这缕阳光并未照到它所在的角落，而是更靠近我所在的地方。对于它来说，这自然而然地成为一种诱惑，它向我这边爬过来。尽管我天生厌恶蜘蛛，但是我十分赞赏它的谨慎小心，一点点地试探，以便确信它几乎将要把自己的生命交付给的这个人是个什么性格的人。毫无疑问，它动用了它的八只眼睛在观察着我，心里在想："他是敌人吗？他不是敌人吧？"

我没有仔细看它的面貌，也没有仔细地观察它那八只眼睛，只感到自己被这个小东西在观察，在审视。不过，表面上看来，它的这种长时间的观察是完全对我有利的。也许是由于工作的本能（在这类昆虫中这种本能是很强烈的），它感到我大概是一个心平气和的劳动者，我也像它在织网时一样地待在那儿忙着自己的活计。不管怎么说，反正它不再犹豫不决了，不再谨小慎微了，像在一次重大的大胆而有点危险的决定中那样，下定了决心。它十分优雅地从它的蛛丝下坠下来，毅然决然地停留在我俩各自的边界线上，停在此刻被淡淡的阳光的金色光线抚爱着的我的排字字盘的边上。

我心中存在着两种感觉。我承认我并不喜欢这么一种亲密接触，这么一位朋友的尊容我还很少见过；另外，这个谨慎的、在观察我的生物，肯定是不怎么信任我的，它跑到我这儿来，只是想对我说："喂！我干吗就不能享有一点你的阳光呀？……尽管我俩不尽相同，但我们都是从艰苦的工作和阴暗的地方来到这温暖的阳光盛宴之中的……勇敢点吧，让我们成为兄弟吧。你允许我享受的这缕光线，你也可以享受的，你永远地留着它吧……再过五十年，它将照亮你的寒冬。"

由于这位黑乎乎的小天使是用它们的语言，低而又低地说的（蜘蛛们都是这么说话的），因此我对它的话没有什么感触。不过，它的话语却留在了我的心中。后来，在1840年的时候，这番话又短暂地浮现了出来，然后又沉寂下去，直到1857年5月15日，我第一次将它表达出来，写在书里。

1840年，家庭发生变故之后，我去巴黎过假期了。我独自一人成天在邮政街的小花园里溜达着。我的家人都在乡下。我便本能地开始观察蜘蛛们在小花园的树木周围编织一个个漂亮的同心圆的蜘蛛网。它们以一种堪称一绝的技艺不停地修补或重织它们的蛛网，费劲乏力地捕捉我觉得特别讨厌的飞虫和库蚊。它们让我回忆起家里的那黑乎乎的蜘蛛，在我小的时候，它竟然爬到我面前来与我交流。它们是空气与阳光的女儿，总是暴露在外，总是出现在我们的眼皮底下，除了很容易找到的一片树叶以遮掩身体而外，没有任何的住处，它们也没有任何的存粮，没有我以前所知晓的外交手腕。它们的全部工作都是一目了然的，它们的全部秘密都暴露在光天化日之下，它们整个身体都没遮没拦的。它们所依赖的保护只是它们受到的怜悯和所做出的积极的服务，这就是它们的利益之所在。

那些喜爱树枝的蜘蛛与喜爱窗户的蜘蛛一样，都明显地偏爱风儿，喜爱待在风中，因为风儿可以带来昆虫，也喜爱待在阳光下，因为飞虫喜欢在阳光下飞舞。蛛网不会垂直掉落，风儿只从网眼中穿过，作为作秀水手的蜘蛛织的网是倾斜地迎着风的，使之得以接触两股或更多的风。

在蜘蛛肚子顶端有四个吐丝器或者乳头，能像镜头似的伸出或缩进，通过它们的运动，喷出一片小小的云儿，这云儿会一点一点地扩大。这片云彩就是一些极其纤细的蛛丝，而每只乳头可以吐出成千条的丝，四只乳头一起工作就是4000条蛛丝，它们黏合在一起，便形成很结实的丝线，用于编织蛛网。

必须指出，这个聪明的蛛丝制造者制作的丝并非同一质地的，而是根据用途的不同而质地有所不同，力度也有的不一。有些蛛丝是一些干燥的丝，是用来整经线的，另一些是黏性的，是用作黏合的。蜘蛛巢中的丝是为小宝宝们用的，是绒毛状的，而将用作保护小宝宝生长的茧的丝全都很坚韧，足以保证茧的安全。

当蜘蛛喷吐出足够的丝来织网之后，它就从一个高处滑下，把腹中剩下的丝绞成一束。它就待在这束丝上，然后再往上爬去，借助这根丝绳回到原处，待在另一个点上，再继续编织一系列的轮辐线，它们都是从同一个中心点伸出的。

编织好线路之后，蜘蛛便忙于将丝交叉起来，编织纬线。它从一个轮辐线到另一个轮辐线地触碰它的粘在环形线上的吐丝器。编织好的并不是一块密实的布料，而是一个真正的网，而且是按几何比例编织起来的，所以每个圈的所有的网眼都是同样的大小。

这个源自蜘蛛肉体的活的、颤动的网远胜于一个工具，它是蜘蛛生命的一部分。蜘蛛本身就是圆乎乎的，它似乎在这个圆网中伸展开来，将它的神经纤维转化为明晃晃的丝线，用来编织蛛网。它就待在它织的网的中央，它在那儿力量最大，利于攻击和自卫。离开了那儿，它就变得胆怯了，一只苍蝇都能吓得它往后退缩。这张蛛网对于它来说，是一台电报机，最轻微的触碰都能让它感觉到有一个看不见的几乎不知其大小的猎物的存在，与此同时，蛛网又是有点黏性的，这个猎物被粘住了，跑不了了，难逃死亡的命运。

如果刮起风来，蛛网会不停地飘动，它就无法知道蛛网上发生的事情了。于是，它就待在蛛网中央。平常时间，它就待在中心附近的一片树叶下，免得吓跑猎物，或者免得自己成为它的众多敌人的猎物。

蜘蛛十分谨慎且极有耐心，胜过它的勇敢。它具有丰富的经验，它曾经遇到过太多的意外事故，遭遇过许多的不幸，所以它非常懂得命运的严酷，致使它的胆子极小。它甚至连一只蚂蚁都害怕。蚂蚁是个捣乱分子，一个谨慎而粗鲁的游荡者，什么都不害怕，有时候还顽固地对这种它根本无能为力的蛛网探索个没完。蜘蛛遇到它总是退避三舍，或者是因为害怕与蚂蚁那似硝镪水般灼人的酸接触，或者是因为自己是一个辛勤的劳动者，不愿浪费那么多时间去与蚂蚁纠缠，倒不如去织网的好。因此，蜘蛛便不在乎什么自尊心不自尊心的，任随蚂蚁在那儿洋洋得意，自己便躲到一边去了。

一切生物都是以猎物为生的。大自然也是在自己吞噬自己，但是猎物并不能购买，并不因为值得尊敬的一种耐心的技艺而值得去捕捉。但是，没有任何一种生物比蜘蛛更加受到命运的摆弄。虽说它是个辛勤的劳动者，但是大自然让它具有着双重性，既是杰作的创造者，又是敌人的盘中餐。无数的昆虫，比如杀手步行虫、美丽高雅的凶手蜻蜓等，只有它们的身体和武器，却快快活活地度过它们猎杀的一生。其他的一些昆虫具有挺坚强的翅膀，很容易防卫自己，它们因此而很少害怕什么危险。田野上的蜘蛛，既无厉害的身体又无攻击性的武器，只是一个能工巧匠罢了，它通过自己的那个小小的"财富"，没有多大保险系数的"财富"，诱捕他人，或尝试着犯罪。但在它下面的蜥蜴和在它上方的松鼠却虎视眈眈，追捕着蜘蛛这个猎手。懒洋洋的蟾蜍会伸出它那黏性的舌头把它粘住，让它动弹不了。燕子见到它，会高兴不已，飞身而下，突然攫住它，把它连同它的网一块掠走，而其他各种鸟类也很喜欢它，把它视为一块大甜点或一副极佳的补药。就连一向忠实于歌唱、很爱干净的黄莺也不放过它，把它当作清肠洗胃的药给吞下肚里去。

即使它很自负，自以为了不起，但是，如果它的行当完了，它也就完蛋了。如果它编织的蛛网相继地被破坏，而它自己节食的时间稍微再长一些，它也就无法再吐丝织网，很快就会饿死。它始终被困在这种恶性循环之中：为了吐丝，它必须吃饱；为了吃饱，它又必须吐丝织网。这蛛丝对于它来说，就是复活节丝，就是命运之丝。

我们曾经试着将一只蜘蛛织成的网破坏掉。它用了六个小时三次极有耐心而又满怀希望地重新编织它的网。我们这么干实在是太残忍了，禁不住感到内疚。我们没有少见到这些被人破坏了自己的网的不幸的蜘蛛，没有少见到因为这类不幸事件而处于"失业"状态中的蜘蛛，它们因为一再编织，被弄得精疲力竭，再也无力重操自己的手艺了。我们看见它们一个个像活骷髅，白白地在尝试着另一种行当，但是总不能成功，只好痛苦地嫉羡靠着长腿追逐猎物的盲蛛。

当我们谈到蜘蛛的贪婪好吃的时候，我们忘记了它必须双倍地吃，否则就会死：它为了恢复身子去吃，为了重新吐丝去吃。

有三件事将它消耗殆尽：不停地工作的热情，神经敏感，还有它的双重呼吸系统。因为它不仅有着通过气门吸进空气的昆虫的被动呼吸，它还有着一种主动的、类似于高等动物的肺部呼吸。它吸进空气，吸进体内，把它转化，分解，不停地更新，让人感到它不只是一只昆虫。生命大概是在其体内飞速地循环着，它的心脏的跳动与苍蝇或蝴蝶完全不一样。

这很高级，却很危险。昆虫不受惩罚地在对抗着有毒的疫气、刺鼻的恶臭。但是，蜘蛛却受不了。一旦被这种气体熏着，它立刻便会抽搐，颤抖个不停，奄奄一息，直至断气。我在瑞士的卢塞恩曾经见到过这种情况。鹿角锹甲毫不畏惧氯仿，它整整半个月都在坚持着，没有死去，可是，一只蜘蛛，刚一接触到这种气体便立即毙命了。这只蜘蛛是一很强壮的蜘蛛，我看见它把一只小蝇子给吞吃了。我想观察蜘蛛，便往它身上只滴了一滴氯仿。那效果可怕至极。我还从未见过窒息时会这么可怕的，它一下子便被麻翻了，然后又挣扎着立起来，随即又瘫倒了，它一点劲儿也没有，肢体像是散了架似的。有一件事挺让人感动的：在它处于这最后的时刻时，它的乳房鼓胀了起来。在濒临死亡之际，它的那几个乳头却流出纤细的丝的云彩，以致让我觉得它到临死仍在继续干活儿。

我看着十分悲伤。我立刻抱着一线希望，以为新鲜空气也许能让它复活，便将它放在了窗前，但是救不活它了。我不知道是怎么回事，它像是融化了似的，成了一具被解剖了的尸体。它散发的养分只留下一片淡淡的阴影。风儿将它带到了湖里。

十

蜘蛛的家，蜘蛛的爱

蜘蛛远胜于所有孤单的昆虫。它不仅有巢，不仅有潜伏处所，有临时的捕猎点，而且，它还有（至少在某些种属中）一所正式的宅子，一座货真价实的十分复杂的房屋：过厅、卧室、前后门等应有尽有，而且大门是靠自身重量自动关闭的。

门可是不简单！就连蜜蜂窝、蚂蚁窝都没有。到目前为止，蜜蜂、蚂蚁还没有高级到这一程度。

蚂蚁确切地说，在这一方面，只是达到大部分非洲人的水平。蚂蚁封闭自己的窝时可是费了九牛二虎之力，而且还要经常地翻修。它们的所谓"门"，只是一种隔栅，很不结实，即使指派"哨兵"把守也起不了作用。的确，群居的蚂蚁确实非常勇敢，装备完善，并不害怕入侵，用不着什么壕沟或墙垣来防卫。它们的顽强不屈限制了它们技艺的发展。

可是，可怜的工匠蜘蛛，它单独生活，总是将自己的丝吐尽，总是不停顿地劳作，累得精疲力竭，单靠自己的所谓勇气就不成了。在某些地区，在某些它们尤为害怕的环境之中，它们不得不殚精竭虑地深化自己的技能，并且寻找到了谨慎小心和各种手段来躲避其他昆虫和野蛮人。我就不谈那些没有什么智慧的大动物了，也许只有河狸是个例外。

在卢塞恩周边，我们头一次看到蜘蛛屋。那是一种套筒型，制作精良，朝南的过厅呈漏斗状向外敞开着。屋外的这一部分形成一个阳光盈盈的避难所，既是陷阱又是隐匿之所。房屋的女主人待在漏斗的顶里面，但是，在这个底部本身的后面，在套筒的内端，修建了一个闺房，虽小却十分安全，建在一个十分坚固的白色茧里面。女主人骄傲地住在其中，就是我们将整座建筑连接在一棵灌木上的蛛丝弄开，它也不想从屋里爬出来。我们既没毁掉也没破坏这个蜘蛛屋，只是将屋子移开了点而已。第二天，我们发现这个蜘蛛屋已经修缮好，连接在灌木的另一边了。但是屋子的朝向不再那么好了，这无疑是到了九月，已进入秋季，又是在阿尔卑斯山下，蜘蛛屋主已力不从心，没有资本来重新开始这种夏季的重大工程。

在巴西的莽莽森林中，有一只小蜘蛛，它的小屋正好吊在它的蛛网的中央。稍有一点危险，它便迅速逃进小屋里，还没等它进到里面去，小屋门便通过一个弹簧的作用立刻关上了。

不过，这类蜘蛛的杰作尤其在科西嘉岛，在先锋蜢蛛中才可以看到。它们的住所是一口小井，井壁砌得天衣无缝，光滑平整，有双层帷幔，地上是粗糙的厚地毯，蜢蛛的住房铺着精细的锦缎地毯。这口井在它的一扇门的开口处是关闭着的。这扇门是一个圆盘，上宽下窄，喇叭口里密封着。这只圆盘厚度只有三条线粗，却含有30个双层蛛网，而在这些蛛网中，有同样数目的层或土质轻涂层，以致整个门系由60个门组成。这可是要考验蛩蛛的耐心了，但是，这位能工巧匠自有其高招儿：所有这些丝质和土质的门是相互嵌入的。丝质门从一个点上在墙里延伸，将门连接在墙上，以此形成铰链。当蜘蛛将它微微掀起准备出去时，此门便从外边开启，随后又以自身的重量将门关上。不过，敌人最后总能将此门打开的。但这是在预料之中的事。正对铰链的地方，在门上凿有一些小洞，蜘蛛便盘在那儿，成为一个活动门栓。

如果这位身处特殊而麻烦的情况之中（如同于贝尔实验中的蜜蜂那样），不得不变化其技艺，不得不创新技术的话，那会怎么样呢？它会变化或更新自己的技艺吗？它最终能否像高级昆虫处于某些特殊情况时那样想出必要对策，更新自己的技艺吗？这个问题值得探究一下。可以肯定的是，普通的圆网蛛（我们花园中的蜘蛛），如果把它为编织它的几何形蛛网所必需的空间剥夺掉的话，它就会编织一个不规则的网，根据空间的逐渐缩小，织的网也成正比例地缩小。

做这种试验毕竟是很困难的。蜘蛛极其敏感，使它成为能工巧匠的那种恐惧也能让它晕头转向，丧失头脑。只有它的蛛网能够给予它勇气。离开了蛛网，一切都让它不寒而栗。没有了蛛网，它在其猎物面前反倒成了囚徒了，甚至连一只苍蝇它都不敢面对。

它处于被动等待的地位，这种悲惨的境遇将它的真实性格完全暴露了出来。它拼命地奔跑，张牙舞爪，双目圆睁，那只是在拖延时间，聊以充饥；但是，一动不动地待在那儿，而又无法吓住自己的猎物,看着猎物过来,往往还是从它近旁走过而无法捕获,只好让肚子咕咕地去叫。眼睁睁地看着小飞虫在灿烂的阳光里无忧无虑地飞舞着,戏耍着,欢乐着,一连几个小时不理会我们的腹中空空的蜘蛛,而且好像还悄悄地对蜘蛛说:"来呀,小东西!……来呀,我的宝贝!"这简直是一种酷刑,是一连串永远也满足不了的希望,比死都难受。

蜘蛛看着小飞虫飞舞着,但并不去理会它。

那句要命的"我晚餐吃什么?"又浮现在它的脑海中,刺激得它五脏六腑疼痛难耐。接着,又一句更加凄惨的话语浮现了出来:"如果我今天没有晚餐吃的话,我就无丝可吐了,更不用去希望明天有什么吃的了!"

这一切致使我们的这只蜘蛛变成了一只惨兮兮、痛苦不安,但又极其警觉、专注的生物,它不仅警惕着任何的动静,而且注意着细小的声响。这时的它是敏感又敏感的。一点点极其轻微的震颤都能让它吓得半死。它似乎晕了过去;你会看见它吓得一下子便从天花板上摔下去。

如我们所知,这种敏感在它做母亲的时候尤为厉害。尽管处于穷困不堪,无食可吃,又得喂养孩子的尴尬境地,但它仍不失其无限的温情,对它的孩子们仍然宽厚仁爱,关爱备至。而猛禽这种长着双翼的猎手,尽管猎物资源丰富,但它们却很早就开始捕食自己的孩子,它们将自己的孩子都看成是自己的竞食对手,用其坚硬的喙将孩子们啄出自己的势力范围。而蜘蛛却并不满足于只把自己的卵孵出后变成茧为止，它们还要喂养嗷嗷待哺的孩子，看护着它们，将它们背在自己的背上，或者用一根蛛丝拴住它们，领着它们行走。一旦遇到危险，蜘蛛母亲便立即将蛛丝往回收，让孩子们跳到自己的背上，带着它们逃离危险。如果它做不到，它宁愿死。我曾看到过一些蜘蛛，为了不抛下自己的孩子们，宁愿掉进蚁酸中去。我还看见另一种行动迟缓的蜘蛛，知道无法救出孩子们，便待在原地不动，宁愿被一起捕捉了去。

它们的巢是一些杰作。我曾在瑞士的安泰拉肯见到过一种蜘蛛窝，是一个长形管道，里面温暖舒适，铺着"地毯"，挂着"壁毯"，且有小片树叶细枝、灰石灰渣艺术地杂乱地摆放着，其颜色与洞壁颜色相同，借以乱真，迷惑敌人，以保安全。不过，尽管这些蜘蛛窝都堪称杰作，但是与我在这里，在枫丹白露所见到的一个艺术作品有着天壤之别。这一天（1857年7月22日），我在一个工具堆放仓里看到一只很漂亮的圆形"篮子"，大约如拇指一般大小，里面存放着各种物资，没有盖儿（因为不用担心雨水）。它被蛛丝悠然地吊在一根梁上，我把吊着它的那一根根蛛丝称为一只只手，它们宛如爬藤一般。"篮子"里，一只蜘蛛以孵化的姿势长时间地趴在它的卵上。它一动不动地这么趴着，也许是除了夜晚有这么一会儿工夫，为了寻找食物它才离开这个位置。没有任何一种动物像蜘蛛这么胆小惊恐的。一旦有点什么动静，它立刻便吓得逃之夭夭，甚至摔落在地。一旦有人稍微动静大点地干扰它时，它会惊恐万状，整整一天都不再出现。它的孵化期要六周的时间，也许没有任何干扰，不惊动它的话，它会待得更长一些。

母蜘蛛是了不起的母亲,是卓越而精湛的艺术家,但也是极其神经质极其胆怯的蜘蛛,它的这种敏感让我感觉到的是蜘蛛与原先留给我的印象完全相反。我们又想躲着它,可又想接近它。它既粗鲁又那么地敏感。

唉!蜘蛛是个孤独者!除了某些种属(如蜢蛛),公蜘蛛多少帮助点儿当母亲的母蜘蛛而外,母蜘蛛根本无望于任何的援助。公蜘蛛在交配之后,可以说是成为敌人了。这是穷困所导致的残酷的结果!公蜘蛛发现自己的孩子们可以成为它的食物。而做母亲的母蜘蛛也有同样的想法,认为食者也是可吃者,所以有时候母蜘蛛会将自己的"丈夫"吃掉的。

我相信,在气候条件适宜、生活条件甚佳、食物量充足的环境之下,这种残忍的现象是不可能出现的。可是,在我们的那些地区,蜘蛛数量繁多,加之猎物又极为稀少,在激烈的生存竞争中,这些可怜的蜘蛛们像美杜莎[1]的木筏的遇难者们那样,为了生存而大打出手。

肚子是个残酷的暴君,它是整个本性的主导。它甚至还主导着爱情。像蜘蛛这样的一种忧心忡忡、忐忑不安的昆虫,对爱情是满腹狐疑的。到了发情期的时候,公蜘蛛又瘦又弱,只是小心翼翼地、胆战心惊地接近威然的母蜘蛛。它进一步退两步,观望着,观察着。它似乎心中在想,它是否有点儿

---

1 美杜莎(又译墨杜萨)系希腊神话中的蛇发女怪,被其目光触及者,会立即变为石头。

将一只极其高傲的女性征服了。它缓慢地使尽各种胆怯的办法，尤其是极大的耐心。它很少相信最先的那些信号，只是谨慎地投入，不敢贸然行动。最后，当它所崇拜的对象开恩了，动情了，劲头上来了的时候，它仍然不那么自信，以致不知何故，它会像惊弓之鸟似的，撒腿就跑，逃之夭夭。

这就是我们天花板上的黑色爱情的可怕的田园诗。至于花园中的那些蜘蛛，它们的防卫心不强。大自然让它们心平气静，而粗糙的技艺本身也使得它们在田野中的生活变得温和适宜。我们看见在我们的那一棵棵树上，母蜘蛛对它们的夫君也很温柔，不太记得后者是它们的捕食的竞争对手。它们让公蜘蛛待在同一个地方，只是稍微地保持点距离而已。有一块薄薄的板将母蜘蛛与公蜘蛛隔离开。公主同意王子住在下面，住在一楼，而她却住在楼上，高高在上地统治着他，让他不会以为是一国之君，而是亲王，是女王的丈夫。

它们对我们是否有点好感？大家都这么说，我也这么认为。它们与我们的距离并没有那些真正的昆虫离我们远。它们生活在我们的家中，有兴趣了解我们，而且似乎在观察着我们。它们对说话声和嘈杂声非常注意，能够分辨得十分清楚。如果说它们没有昆虫们的听觉器官（那似乎是触须）的话，那是因为它们全身都是触须。它们的极度的警觉性，它们全身都具有的神经放射性，给予了它们最强有力的接收能力。

人们曾经经常地谈论佩利松[1]的那只音乐家蜘蛛。而另外一个轶闻趣事也与这个轶闻趣事同样地感人。此人名为贝托姆，1800年时非常有名，而他的惊人的成就应归功于人们野蛮地将他禁闭起来，让他日日夜夜地练琴，使之成为人们强迫促成的演奏高手这么一个受害者。八岁时，他就能拉得一手好小提琴，令人刮目相看，钦佩不已。在他日日夜夜的孤单生活之中，他有一个同伴，大家不会不知道，这个同伴一定是一只蜘蛛……这只蜘蛛，起先是待在墙角落里的，但是，它却自作主张地从墙角爬到了课桌上，又从课桌上爬到孩子身上，一直爬到他那极其灵巧的拉着琴弓的胳膊上。它在那儿，近距离地听着他拉琴，非常地开心，兴趣盎然，激动不已。它是他的唯一的也是全部的听众。我们的这位小音乐家当然不会将它赶走，而是将它留了下来。

这个孩子很不幸，母亲早逝，继母来到。有一天，他的继母领一位业余爱好者进到这音乐"圣殿"，一眼便看到了那只喜欢音乐的小东西待在它自己的位子。她一生气，便脱下拖鞋，猛地一拍，将这位听众给消灭掉了……孩子一下子便晕倒在地，整整病了三个月，差一点死去。

---

[1] 佩利松（Paul Pellison-Fontanier，1624—1693）：法国律师，后成为著名作家。

第三巻　昆虫社会

一

黑暗之城：白蚁

德·普雷封泰纳先生讲述道，他在圭亚那旅行的时候，看见一些黑人在围攻某些他称之为"白蚁穴"的怪诞的大建筑物。这些黑人只敢从远处用火攻击，另外，为了谨慎起见，还挖了一条小沟渠，用渠水来阻挡被围困的敌人出逃，致使大批想突围出去的敌人被水淹死。

这些建筑物绝非蚂蚁窝，而是另一种属的昆虫白蚁的巢穴。人们不仅在圭亚那发现这些昆虫，在非洲、在荷兰、在北美的大草原，也多有所见。

许多旅行者都谈到过这些昆虫。我们所见到的最特别、最富启发性的白蚁穴就是斯米特曼所建造的那个白蚁穴，内部装饰着精美的壁板。设计图案就是取自于非洲的白蚁穴。

大家想象一下，一个高十二尺的大土堆（有的甚至高达二十尺），远远望去，宛如非洲黑人的土屋。但是，走近一看，令人惊叹，宛如一种高级艺术的杰作。其形状十分怪异独特，是一个尖圆顶形的建筑，或者说是呈钝尖顶形的。不过，这个钝尖顶有四至六个小钟楼支撑着，每个小钟楼都有五六尺高。依靠着这些小钟楼的是一些大约两尺高的矮钟楼。整体看上去，犹如一座东方寺院，其主尖顶有一双层的矮围墙围着，逐渐地从高往低走。整个建筑极其坚固，是一种硬质黏土结构，经火一烧，能成为上等砖石。即使许多人登上去，建筑物仍纹丝不动，甚至野牛都可以待在上面，人们可以观察到，被深深的野草遮挡着的平原上，有狮子或猎豹在捕杀牛群。

然而，这个圆顶却是空心的，支撑着它的下面的地板也是一个半空心的建筑。这个半空心的建筑是四个两三尺的拱桥的汇合点。拱桥的形状很结实，呈尖形、椭圆形，而且是哥特式风格。更低一些的地方，延伸着一些过道或走廊，是一些带顶的空间，可以称之为"大厅"，总之，是一些舒适、宽敞、清洁卫生的住屋，可以容纳大群大群的白蚁。一句话，这是一座地下城。

一条宽阔的走廊呈螺旋形在厚实的建筑物内缓缓上升。没有任何的开口处，既没有门也没有窗。入口和出口被掩蔽起来，离得很远，直到平原上。

这是最壮观、最伟大的建筑，足以证明昆虫的聪明才智。这种建筑工程需要的是无比的辛勤、耐心和大胆的艺术构思。不要忘记，这些墙壁是后来变得坚固的，开始时是易碎的、一碰就会倒塌的。为了爬到这么大的建筑物的高处，必须要不断地努力，先建造一些临时性的建筑，等到更高处的建筑完工之后，再不断地将这些临时性建筑撤掉。"泥瓦匠"先开始修建一尺半或两尺高的外金字塔，然后再修建第二排的金字塔。但是，第二排的金字塔很坚硬很牢固，必须不屈不挠地挖地基，修建通道、走廊和螺旋式楼，在钝尖顶下的建筑工程也是进行这同样的操作流程，先将里面清空，以便让它的空心大拱连同其内地板能够支撑在四个拱桥的狭窄拱顶上；这四个拱桥就是该建筑物的中心和基础。

必须指出，钝尖顶是支撑在自己身上的，它的下部结构支撑它毫无问题，而侧面的金字塔只是它的并非不可或缺的附属性建筑。这才是真正的、明朗的、大胆的艺术的准则，它依靠的是自己本身、自己的计算，并不要求外支柱的帮助，也不需要求助于拱扶垛或墙垛。这就是布鲁内莱斯基[1]的体系。

是谁将艺术发展到这么高的高度的？必须实话实说，是需求使然。尖圆顶、小钟楼或塔尖完美地组合在一起，以抵御热带的可怕的雨水。那尖圆顶可在远处接住雨水，并很快地让它流走。它建在其上的地板，尽管是空的，但仍能让雨水溢出，仿佛从屋顶流出去一样，流到外围墙上，然后再从外围墙流到地上。尖圆顶像炉子一样是空心的，聚热力快而强，可以直接将热传送到地下建筑物内，以利卵的孵化和大群赤身裸体的昆虫舒适生活，尤其是这种昆虫喜热不喜冷。

这座建筑物是一个艺术杰作，原因正是它是需求的产物。美丽与完美相辅相成。现在，我们很想知道这些令人惊叹的艺术家究竟是谁呢？我们简直不敢明说出来：就是大自然最为鄙夷不屑的那种昆虫。

人们给这种昆虫取了好几个名字，其中有"白蚁"，还有

---

1 布鲁内莱斯基（Filippo Brunelleschi，1377—1446）：意大利雕塑家和建筑师。

"木蚁"（这个名字倒是名副其实）。蚂蚁是它们的天敌。它们的身体极其柔软，与蚂蚁的坚硬、干燥的身体正好相反。

人们也称它们为"木虱"；它们确实像是一种软嫩而弱小的寄生虫，没有抵抗能力，一捏便死。这真是喜欢赞扬最弱小的事物的上帝的伟大的玩笑！孟菲斯和巴比伦，这真正的昆虫的卡皮托利山丘[1]，是谁建造的？是一些虱子建造的！尽管它们的颚骨特厉害，尽管它们有四排牙齿致使它们成为优秀的啃啮者，但是，如果我们将它们中的一些优秀分子（它们的兵士）排除在外的话，它们是没有什么像样的武器的。它们的牙齿生来是为了啃啮的，但是无法用来战斗。白蚁的用途是显而易见的：尽管人们给它们冠之以一些可怕的名字，但是，它们只不过是一些普通的工匠。

但凡昆虫都比它们厉害，至少是比它们更坚强，更有保障，武器装备更精良。所有的昆虫，特别是蚂蚁，总在追杀它们，把它们大批大批地吃掉。鸟儿也不放过它们，家禽则更是贪婪。大家（甚至喜欢把它们烹炸而食的人）都觉得它们的味道鲜美；尤其是黑人，对它们是百吃不厌。

它们在辛勤地劳动，却看不见自己的成果。它们没有眼睛，至少，是有眼无珠。也许是先期生活在黑暗之中的缘故，它们的视觉器官退化了，如同人们在奥地利的卡林西亚的地下湖中发现的盲鸭一样。有几种稀有品种的白蚁因为敢于冒

---

1 罗马的朱庇特神殿的所在地。

险在白昼爬出蚁穴而视力极好。

黑暗使它们不再生活在阳光下，似乎反倒促进了它们独特的技艺的发展。为了对抗对它们极其仇视的白昼世界，它们尽可能地建造了这个黑夜小世界，在其中锻炼自己的技能。它们从蚁穴中爬出来只是为了寻找食物、树胶和其他一些物质，以便贮藏起来。

它们对自己的黑夜之城极其关注、眷恋。它们顽强地保卫着自己的这些城市。遇到一点动静，它们全都会以自己的方式做出反应：工匠们从里面推出一门"炮"，把洞口堵上，士兵们则用这门"炮"来轰击入侵者，用它们尖锐的夹子把入侵者刺得浑身是伤，鲜血淋漓，而且就吸附在敌人的伤口上，即使被弄死也不松口。任何赤身裸体的人（比如黑人）都会被咬得心中发憷，丧失勇气，逃之夭夭。

不过，如果你坚持下去，如果你深入这黑夜之城，你就会欣赏到宫殿、环路、通道、空中桥梁、白蚁居住的大厅、孵卵的产婆房、地窖、食物储藏室或杂物间。那儿是这个黑暗小世界的神秘之所在；那儿是这个小世界的守护特洛伊城的帕拉斯女神的塑像，是这个小世界的崇拜的偶像，有无数的白蚁不停地关心爱护着这个偶像。这是一个奇特而扎眼的东西，却备受关爱、备受崇敬。

这是女王或共同的母亲，生育力极其强的母亲，从这儿每一分钟会产下大约六十只卵来，一天就是八万只！

再没有比这更怪异的了。这些被人们比作寄生虫的怪异的昆虫，也有自己的崇高诗意的时刻，也有自己的爱情时刻。

有这么一刻工夫,翅膀会带动它们飞起,但转瞬之间,便摔落在地上了。白蚁夫妇一无所有,没有避难之所,没有力气,没有任何的抵抗力量,它们是所有昆虫的猎物,是所有昆虫扑向它们的一种恩赐物。没有爱情也没有翅膀的工匠白蚁在尽力地搭救这些受害者中的一对夫妇,迎接这对软弱无力的、颓丧的、悲惨的夫妇,使之成为国王夫妇。

大家将它们抬起,抬到城市中心,抬到所有大厅和所有通道通到的那个大厅。在那儿,大家让它俩活跃起来,加紧交配,并且日日夜夜地供养它们。王后渐渐地变得越来越胖大,比原先的体形和肚腹大了一两千倍。但是,与此形成反差的是,它的脑袋却没有变大,比例失调,奇丑无比。另外,由于长时间地待着不动,成了囚徒,而它要穿过的门就显得太小太窄了,让这几个庞然大物难以穿门而出。于是,它便待在自己的囚笼里,把腹中的鲜活物质悉数排空;这些物质收集起来,明日即将变成一大群白蚁。

这个柔软而惨白的昆虫,其肚腹大如它的整个身子,它至少有大拇指那般粗细。一位旅行者声称他曾见到过一只大如螯虾的白蚁。它越是胖大,繁殖力就越强,而且是不停地一生再生。这只了不起的白蚁母亲似乎备受它的孩子们的崇敬。它似乎是它们的理想,它们的诗情画意,它们的激情之源泉。如果你把这种寄生虫连同这座地下城的一点废渣一起弄走,放在一只玻璃瓶子里,你就会看见它们立即便在瓶中开始干起活儿来,先建起一个桥拱,以保护白蚁母亲的脑袋,然后再建造它的王宫大殿,如果材料充足的话,这座大殿将会成为复兴之城的中心和基础。

不管怎么说,我对这个蚁群对其繁殖工具的疯狂的爱是毫不感到惊讶的。如果所有种属的昆虫不力求消灭它们的话,这位神奇的母亲将会让它们成为世界的主宰。到那时,鱼儿将成为孤家寡人;即使昆虫本身也将会灭绝的。人家稍微想一想就会明白,蜜蜂母亲一年的繁殖量只是白蚁母亲一天的生殖数量。通过这位伟大的母亲,白蚁们将淹没所有一切,但是,它们太弱小而且还是美食,这就注定了它们的灭亡。

当生活和居住在树林中的各个种属的白蚁不幸地接近我们的时候,我们没有什么有效的办法来阻止它们的疯狂破坏。它们干起活来速度快,劲头足,令人惊诧不已。有人看见它们一夜之间便将一张桌子腿从下到上地蛀空了,然后整个桌面也未能幸免,随即它们又从蛀空的桌面下到对面的一条桌腿里去。

我们不难想象它们的这番干劲儿对一幢房屋的大梁、小梁的破坏情景。最糟糕的是,我们等到它们将梁柱蛀空了很久很久之后才会发现。我们还以为房梁木柱仍然完好无损,殊不知它随时都会轰然倒塌的:我们是安然地睡在明天就将塌陷的屋顶之下。

新格林纳达的巴伦西亚城被白蚁从地下掏空,现在正悬吊在一座座地下墓穴上面。

我们在拉罗歇尔[1]就曾看见它们在该城的部分房屋的房梁

1　法国西部濒临大西洋的一座著名的港口城市。

上开始进行的大规模破坏活动。这些白蚁是由海轮从海外带来的。一些建筑整幢整幢地被蛀空了,所有的木头都被掏空,连楼梯扶手也未能幸免,但从外表上看,却完好无损。走到这里来时,你可千万别太用力地扶扶手,否则它会立即断裂的。可是,这帮可怕的啃啮者似乎到目前为止只想待在该城的这一街区,而没有开始破坏其他的地方。否则,这座历史名城,这座至今仍是航海和商贸的重要港口城市,就会像意大利的埃尔科拉诺城和庞贝城一样了。

二

蚂蚁的家庭和婚恋

蚂蚁相对于所有的昆虫来说,有一点高级之处,那就是它们的生活并不讲究,对食物也不挑剔,而且技艺工具也不专门。一般而言,它们什么都能适应,什么地方都可以干活儿。没有哪一种昆虫比它们更有能力充当清洁工、清障工。它们可以说是大自然的勤杂工。

至少大部分的白蚁都是在地下,在黑暗之中干活儿的,而蚂蚁则能在地上和地下干活儿。

蚂蚁同白蚁一样,在热带地区建造一些显赫的建筑,一些圆顶,它们的蛹则在圆顶下面享受太阳的温暖而又不会被灼热的阳光灼伤。不过,它们建造的并不是城堡,因为它们用不着坚固的城堡。它们在那儿是所有其他的生物的王后和暴君。步行虫这样的歼灭者以及其他一些入侵者昆虫,在我们这儿简直如同苍鹰和秃鹫,却不敢侵入蚂蚁的领地。但凡躺在地下的一切都会被蚂蚁啃啮光。伦德在他的《论蚂蚁》一文中写道,他看到一只鸟儿摔落下来,还没等他跑过去捡拾,便看见一群蚂蚁已经爬满了鸟儿的身上,在大肆啃啮着。这帮卫生警察干起活儿来十分卖力,认真负责,一丝不苟。

南方的那些大蚂蚁比我们这儿的蚂蚁要凶悍,自以为是当地的高贵的主人,谁都不怕,目空一切,走起路来昂首挺胸,遇到障碍物照旧前进,从不绕行。如果前面是一座房屋挡道,它们就爬了进去,所有的活物,甚至是巨大的、有毒的、吓人的蜘蛛,以及一些小的哺乳动物,它们都要啃啮掉。人对它们敬而远之,躲得远远的。但是,如果你无法离开,那它们就会闯入,数量之多,让你望而生畏,不寒而栗。有一次,在南美巴巴多斯,有人看到一长队的蚂蚁,一连数日在爬行,数量多得恐怖至极。道路黑乎乎一片,而且这大队人马正是往居住区去的。大家一齐动手扑杀,成百上千只蚂蚁被杀死,但它们毫不在乎,仍然继续在前进。人们接着扑杀,成千上万只地杀死它们,但是,这大队人马却仍然照行不误。无论是墙壁还是沟渠都挡不住它们,甚至用水浇也浇不散它们。大家知道,蚂蚁会搭建活动桥,一些蚂蚁与另一些蚂蚁搭在一起,就如葡萄串或花环。幸好,人们在前方路上弄了一些"小火山",堆上一小堆火药,一堆一堆地间隔着,把它们炸得个天女散花,七零八落,烧成一片,烟雾腾腾,让它们摸不清东南西北,乱成一团。这一招儿十分奏效。至少,让它们绕了点道,从另一边通过。

林耐[1]把白蚁称为东西印度的灾祸;如果我们只考虑到蚂蚁对人类的工程建设和农作物的破坏的话,我们也可以将这个名称套在蚂蚁的头上。它们能在几个小时之内,将一棵大

1　林耐(Carolus Linnaeus,1707—1778):瑞典博物学家。

柑橘树破坏掉，把它的所有的树叶全都咬掉。它们一夜工夫就能破坏一块棉田、一块木薯田或一块甘蔗田。这就是它们的罪行。但它们的功德也不小：它们可以消灭所有一切损害人类的事物，比如昆虫或不洁之物。总之，没有它们，有些地方人们是无法居住的。

就我们这儿的蚂蚁来说，平心而论，我没有发现它们对我们人或我们人所种的菜蔬有任何哪怕是微小的损害。非但如此，它们还让我们人摆脱了无数的小昆虫的烦扰。我常常看见它们排成一字长蛇，一个个嘴里都咬着一只小小的蠕虫，小心翼翼地将之运到它们的团体的储藏室里去。这番情景若是让正直的农民看到，可能会祝福它们的。

泥瓦匠蚂蚁都是在地表和地下工作的，观察它们困难重重。但是，被人们称为大木匠的蚂蚁就很容易观察了，至少是在它们建造建筑物的上部的时候。它们不得不不断地加高和修复它们面临坍塌的建筑物的圆顶。它们使用很少的泥土，往里面掺杂一些树叶、松针等。如果找到的一根细枝是弓形的、弯曲的、多结的，那可是一件宝物：它们可以用它来搭建拱廊，甚至还可以用作尖形拱肋，因为尖拱更加牢固。地下的无数通道呈扇形通向外面。这些通道都源自一个中心点，向四周散开。一些低矮但宽敞的大厅把整个蚁穴分隔开来。最大的那个大厅居中，就在圆顶下方。它也是较高的一个大厅，似乎是用作众蚁的聚会厅。你会发现随时都有一些蚂蚁公民忙忙碌碌的，通过它们的"天线"的快速接触（这可说是一种电报），似乎在交流消息，交换意见，或者商定方针大计。这可以称之为一种"论坛"。

最有趣的事莫过于观察这个庞大的群体的活动和各种劳作了。当一些"食品供应者"前去捕捉蚜虫，捕猎其他昆虫或搬运物资的时候，其他留在蚁穴中的蚂蚁则在全心全意地照料家庭，教育孩子。如果你看到这些蚂蚁母亲如何不停地围着摇篮转的话，你就会感觉到它们的任务是多么的艰辛，连喘息的机会都没有。哪怕是漏进一滴雨水来，哪怕是透进一缕阳光来，整个蚁穴便乱作一团，赶紧把孩子搬到别处去，而且，这么做时积极性很高，无怨无悔。你会看见它们将那些跟它们一样重的"胖小子"轻轻抱起，一层一层地爬过去，爬到安全的地方才将它们放下。

地下的温度很高，高达四十度，简直就是一个往上升温的温度计。

这还不算完。还有食品供应和人们称之为喂奶的问题，那可是比蜜蜂复杂得多。蚁卵得从母亲嘴里吸到一种属于营养的液体。幼虫是靠嘴来喂的。而那些做了茧，变成蛹的幼虫，如果一心一意地看护它们的母亲不在身旁，帮它们破开茧，让它们出来，适应光的话，它们便会在茧中夭折的。在我们为了近距离观察而建造的那些蚁穴中，我们甚至能够观察到于贝尔颇为遗憾地未能看到的一个细节。

襁褓中的孩子的一个轻微的动作说明它破茧而出的时刻到来了。我们饶有兴趣地观看着像个小仙女似的挺直腰板，一动不动地坐在那儿的"奶妈们"，它们明显在窥视那无声的茧中的向往自由的最初的愿望。

如同任何高级种属一样，这个小宝宝生下来时十分虚弱，对什么都不适应。它一开始迈出的是踉踉跄跄的几步，不时地摔倒在地。可以说必须扶着它走才行。它的强大的生命力只是通过它对食物的不断的需求反映出来的。因此，当气温太高，必须每天都将许多襁褓敞开来时，大家就得把新生儿摆放在地下城的同一个地点。

可是，有一天，我却看到一个小宝宝把它那仍有点苍白的脑袋伸出地下城的一个门外，然后又越过门槛，在蚁穴的屋脊上爬着。但是，蚂蚁们却不会让它长时间地在外面爬来爬去的。一位"奶妈"碰见了它，便一把抓住它的脑袋顶儿，缓慢地将它拉回到就近的一扇门里。

小宝宝一个劲儿地挣扎。它被硬拽着走，但在遇到一根梁木时，它便趁机攀着不放，让"奶妈"累得呼哧带喘。后者仍旧是心平气和的，它把小宝宝松开了一会儿，随即又把它抓牢。小宝宝自己也挣扎累了，没有力气了，只好乖乖地任由"奶妈"拽着回去。

当小宝宝长大一些，身体强壮了的时候，就必须引导它，教它学会认清地下城内的迷宫、近郊、通向外面的大道和郊区的小路。这之后，便要教会它捕猎，让它习惯于储存食物，习惯于有什么吃什么，尽量少吃。节俭是所有蚁群的生存基础。

蚂蚁对吃是不讲究的，它什么都能吃，不挑三拣四的，因此，就这一点而言，它不是忐忑不安的，也不是自私自利的。人们称呼它们"吝啬鬼"是毫无道理的。它们非但不是如此，而且似乎只关注增加城中的共同储粮。在对那些并非它亲生的小宝宝的慷慨大度的伟大母爱中，在对那些今天已成为年轻公民的冬天出生的小宝宝们的关心爱护中，一种全新的、在其他昆虫中十分罕见的观念——兄弟情谊——油然而生（于贝尔语）。

这种教育最难以弄清、最奇特有趣的想必就是言语的交流。这种语言让人想起共济会的秘密联络。这使得它们可以向另一些蚁群传达一些往往是十分复杂的意见，并且能够立刻改变大队人马的行进路线，改变整个蚁群的行动方向。这种语言主要是靠"天线"的触觉传达的，或者是通过大颚的轻微接触传递的。它们通过以头撞胸的方法来坚持己见（也许是为了说服对方）。最后，它们成功地将未做任何反抗的听者架走，带到现场，面对指定的物件。在这种无疑是一件难以相信或难以解释清楚的事情的情况之下，听者被说服了，与说服者携手，共同将其他的证人带来观看，继而，这些证人又去说服其他的一些蚂蚁，就这么一传十、十传百地进行这同样的工作。它们的这种做法，与我们议会开会时，说服众多议员的方法有异曲同工之妙。

它们除了这些激烈的动作而外，还会加上其他的许多说不清是怎么一回事的动作。它们有时会一个骑在另一个的背上奔跑，还一边轻轻地拍打着对方的面颊。这时候，它们会挺直腰板，两两相搏，用上颚或触须咬或触对方的大腿。人们认为它们这是在嬉戏打闹，可我却不明白它们这究竟是个什么意思。在这么复杂而又明显是严肃认真的群体中，这种体育活动式的运动也许是为了一种我们并不知晓的卫生保健的目的。

我们对我的"俘虏们"十分宽厚,所以它们很快便适应了自己的新居所,在我们面前就像在它们自己的地下城中一样地辛勤地劳动着。它们又重建了一座微型的城镇,有门,而且还把门的数量增加了,特别是在极其炎热的日子里,门多了可以更好地通风,让小心翼翼地放在开口处附近的小宝宝能呼吸到新鲜空气。

每到傍晚,它们便会根据不变的规矩,自觉地把门关上,以免不速之客趁着夜色贸然闯入。这种情景非常地有趣,我们往往会自然而然地去观赏它们的那番忙乎劲儿。

没有任何的画面有它们这么丰富多彩的了。我们看见它们从四面八方,从老远的地方,排成长龙地爬过来,每只蚂蚁都带着某件东西,有的衔着一根细长的草梗,有的则拖着一根小松针,或者(根据地域之不同)拖着一根针状的枞树叶,宛如日暮黄昏时分,带着一根细枝、一捆看不见的柴束收工归来的小樵夫。还有一些蚂蚁似乎空手而回,但是它们的负荷却更重:它们刚刚喂过孩子,但回去之后,晚上还得喂孩子们一顿。

当它们快走到它们的城镇时,快走到斜坡开始的那个地点时,看着它们一个个背负着沉重的物资时的那份兴高采烈、心花怒放的劲头儿,真的是有意思极了。一旦有一个累得精疲力竭,背负物掉落了,另一个或两个便立刻上去帮忙。"小梁""大梁",立刻便会被抬起,似乎活了似的,在往上移动着。灵巧与眼力为力气增加了分量。它们停了下来,四处转悠,从另一边往不必要爬的一个稍高的一个点爬去。这时候,它们便将负重物准确地放在开口处,把它掩盖好。稍有一点风吹草动,所有蚂蚁就会紧张起来,纷纷落在自己的物资上。通过胆大心细并且尽量节省体力的方法,许许多多的战术问题和技术问题都迎刃而解了。渐渐地,一切全都关闭好了。那巨大的圆顶以一种柔和的弯曲度(我想说是"甜美的"弯曲度)在保护着美滋滋地睡着了的辛勤的蚁众。这圆顶将光线遮挡住了,门和窗也紧闭着,似乎只是普通的小松针、小松枝堆起的一个小山包。不用说,大家在里面安然无恙、放心大胆地酣睡了。但是,并非全都在睡觉,仍有几位哨兵在巡逻。一旦有什么动静,哪怕是一片树叶发出的响声,都会引起警觉,马上就会有几名守卫跑过来,四处巡视一番,发现并无敌情,便放心地回去了,但是,毫无疑问,这些守卫仍旧没有放松警惕,继续在履行着自己的守卫任务。

我看到的最为惊讶的场景就是蚂蚁的婚礼。

如大家所知,疯狂,最疯狂的就是智者们的疯狂。正直的、节俭的、可尊可敬的蚂蚁群体到时(确实,每年只有一天)会献出一个神奇的爱情场景还是一个疯狂的场景?我不知道,但是,我敢说那是一个充满着晕眩的场景,简言之,就是一个恐怖的场景。于贝尔先生从中看到了一种国庆节的场面。那是什么样的节日啊!那是什么样的沉醉的场面啊!不,任何人类的场面都不会有它们那么疯狂,那么令人晕眩的。

有一天，一个暴风雨即将来临的日子，晚上六七点钟光景，我看到了这个场面。那一天，电闪雷鸣；远方黑云密布，空气却是平静的。这表示大自然在掀起狂风骤雨之前，在短暂地歇息。

我看到在一个低矮而倾斜的屋顶上，如大雨般纷纷落下黑压压一大群长着翅膀的昆虫，一个个似乎晕晕乎乎，呆呆傻傻，疯疯癫癫的。仔细描述它们为了尽快赶到目的地而表现出的它们的骚动，它们的毫无秩序的狂奔，它们的磕磕碰碰、挤挤撞撞，那是一件不可能的事。有好些已经守在了那儿，在做爱了。可大部分的蚂蚁却在不停地转来转去，寻寻觅觅。大家都在迫不及待地追寻幸福，但是欲速则不达。那种狂热的激情让人害怕。

可怕的田园诗！凭良心说，我不可能知晓它们想要干什么。它们是在谈情说爱吗？它们是在彼此吞噬吗？穿行在这些寻找伴侣（可伴侣们并不知情）的带翅的蚂蚁中间的是另外一些没有翅膀的蚂蚁，它们专门在攻击那些十分尴尬的家伙，拼命地咬它们，撕扯它们，像是要把这些情郎咬烂嚼碎了似的。但是，事实上并非如此，它们只是想要这些疯狂的家伙服从它们的命令，让它们恢复理智。它们的活泼激越的哑剧表明的是它们转化为行动的明智的建议。没有翅膀的蚂蚁是智者，是完美的"奶妈"，它们自己没有孩子，是在抚养别人的孩子，而且还担负着整个蚂蚁城的所有工作重担。

这些"处女"在监视着钟情而懒惰的蚂蚁，严格地巡视着作为公开活动的婚礼。这种婚礼每年都会再造就一个蚁群。

它们本能地担心着这帮爱情疯子飞到别处去做爱，去造就另外的一些蚁群，而不顾及自己的"祖国"。

有好些带翅的情郎让步了，被带回到下面去，回到自己的祖国，恢复自己的道德观念。但是仍有许多的蚂蚁在挣扎，拼命地想要飞起来，去寻找爱情，去随心所欲。

这个场面太惊人了，这是一个魔幻的梦，我永远也无法从记忆中抹去。

清晨，一切都恢复了平静，没有什么可以让人回想起昔日的疯狂，除了几根断翼，但那上面看不出一夜情爱的痕迹。

三

蚂蚁的"牛群"及"奴隶"

当我第一次通过阅读于贝尔的书籍得知某些蚂蚁竟然会拥有奴隶这一奇怪而神奇的事情的时候,我感到十分地惊愕(大家在知悉这一情况之后也同我一样地惊诧不已),可是,我感到特别地伤心,感到受到了伤害。

怎么!我抛开人类史去寻找清白的历史,我希望至少在昆虫中能够找到大自然平等的正义,找到创造计划的原始的公正。这之前我一直在喜爱和尊崇的这蚂蚁王国中寻找着,在这勤劳的"人民"、节俭的"人民"、严肃而道德高尚的"人民"中寻找着……可是,我在其中找到的竟然是那不知其名的玩意儿!

对于奴隶制的拥护者们来说,对于崇尚恶行的人们来说,这是多么大快人心的事!这是多大的胜利!……地狱和专制,你们就哈哈大笑吧,你们就欢天喜地吧……一块污斑在大自然的阳光下显现出来了。

我把于贝尔的书扔掉了,我从未看到过比这本书更加丑恶的书了。对不起,卓越的观察家,您的祖父、您的父亲都让我敬佩不已,让我心向神往。您的祖父,亲爱的于贝尔,他是伟大的蜜蜂史专家,他在其中加进了人的道德品行,他显现了我们的心灵。但是，写蚂蚁的于贝尔却把我的心打碎了。

然而，我有义务重新拾起这本书，要更加仔细地研究它。一种没有道德、不讲信义和邪恶的昆虫！这应该好好地研究一番。

但是，首先，我们应该分别清楚。一部分所谓的"奴隶"可能只是一些牲畜。

只需要看一看那些瘦削到那种程度、浑身闪亮、上了釉似的蚂蚁，就可以认定它们是所有昆虫中最狡诈最不讲信义的了。它们的奇特的尖刻性格是由化学反应造成的，因为它们体内有着一种强蚁酸。当它们遇到危险时，它们有时就会将这种酸像毒液似的喷向它们的敌人。有一些种属的蚂蚁运用这种酸来将它们栖身的树木弄干，弄黑，几乎烧焦。这样的一种对其他事物具有强烈的腐蚀作用的物质，难道对蚂蚁本身没有损害吗？我想我是这么认为的，而且我可能会将这种尖刻的性格的生成原因归之于它们想要获得减轻尖酸性格的蜜和其他东西。我将这一假设交由学者们去认定。

墨西哥的蚂蚁生活在特别适宜的气候条件之下，它们有着两种工匠，一些工匠专门负责寻找食物；另一种则是不干活儿的、留在家中的工匠，负责制造一种大家都要享用的蜜。

在我们的气候条件下生活的蚂蚁，大部分是无能力制造蜜的，在必要时，只是满足于从蚜虫身上舔或吸一种含蜜的物质，或从各种植物中想法提取含糖的汁液。这种蜜被蚂蚁吸收的过程是平稳的，仿佛彼此之间达成了默契一样。

汲取过程是通过某种搔痒或轻柔的挤捏完成的，如同我们给奶牛挤奶一样。这些蚜虫生活在动物界的最边缘，组织结构很不完善，是夏季的胎生动物，而秋季时则是卵生的，它们是十分卑劣的昆虫，在智力方面大不如蚂蚁。通过放大镜你就会看清它们总是蜷缩着的，一直在吃。它们的姿态是动物性的。对于蚂蚁来说，它们就是"奶牛"。为了随时挤"奶"，蚂蚁们往往会将它们搬运到它们舒舒服服地群居着的蚁穴中去。蚂蚁们照料着蚜虫的卵，侍候着小蚜虫出壳，并且用它们所喜爱的植物来喂养成年的蚜虫。

遇到情况困难，无法将蚜虫运到蚁穴中去时，蚂蚁们就将它们原地圈养起来，在它们周围堆起一些圆土堆，里面放着一些喂食的树枝树叶。我们可以将这些圆土堆称为蚂蚁圈地、蚂蚁家屋。它们在某些时刻前去替蚜虫"挤奶"。

必须指出，这些或被运进蚁穴或被就地圈养的蚜虫有着一种无法估量的好处：受到强大的蚁群的保护和防卫。蚜虫之狮（人们对一种小虫子是这么称呼的）和其他的一些"野兽"，胆敢靠近蚂蚁们的"家畜"的话，肯定会被蚂蚁的大颚咬得死去活来，被蚁酸烧灼得遍体鳞伤。

到目前为止，它们没有任何可被指责的地方：蚜虫们是一些"家畜"，而不是"奴隶"。蚂蚁它们所做的正是我们的所作所为。它们是在利用自己高等生物的特权，而且是温和地，比人类更有分寸地在运用自己的特权。

但是，问题就在于毕竟还有两种比较大的蚂蚁，根本就不太起眼，可是它们却把一些小蚂蚁当作女仆、奶妈和厨娘来使用。而这些小蚂蚁确实很能干，很聪明。

这个似乎应该改变我们对动物的道德观的全部看法的怪诞的情况，在本世纪初就被发现了。著名的蜜蜂观察家之子皮埃尔·于贝尔在日内瓦附近的一片田野上漫步时，看见一大队的近似红棕色的蚂蚁在行进，他便决定跟着它们走。大队的侧翼，有几只蚂蚁跑前跑后地忙碌着，像是在让队列排得整齐一些。行进了一刻钟之后，它们便在一个小黑蚂蚁窝前停了下来；在蚁穴洞口，爆发了一场激战。

一小部分的黑蚂蚁在拼命地抵抗着；受到袭击的大部分黑蚂蚁携带着"孩子们"从远离战场的那些门逃了出去。战斗的关键正是为了这群"孩子"；黑蚂蚁们不无道理地担心的就是孩子被抱走。皮埃尔·于贝尔立刻看见那些最先闯进蚁穴的进攻者抱着抢来的黑蚂蚁的孩子从洞里出来。那情景看上去让人联想起一群黑人正在非洲海岸登船，被贩运到海外去。

红蚂蚁挟带着活的战利品凯旋；那凄惨的黑蚂蚁穴一片狼藉，惨不忍睹。战败者神情沮丧地回到自己的被践踏的窝里，一直在专心致志地观察的皮埃尔·于贝尔看得激动难耐，几乎喘不上气来。但是，令他大为惊诧的是，在红蚂蚁的洞穴口，他看见一小撮黑蚂蚁爬出来在迎接得胜者，替它们卸下活的战利品，明显地可以看出它们十分高兴地在欢迎自己种族的孩子们。毫无疑问，这帮黑孩子将在异域的土地上传承它们黑蚂蚁的香火。

这是一座混居的城市，里面和睦地生活着一些强大的、好战的红蚂蚁和一些小黑蚂蚁。但是，这些小黑蚂蚁在做些什么呢？皮埃尔·于贝尔很快便看到它们确实独自在干着所有的活儿。它们独自在搞建筑；它们独自在喂养红蚂蚁的孩子以及被红蚂蚁抢掠来的黑蚂蚁的孩子；它们独自在管理着蚁城，在管理着食品供应，在侍候着红蚂蚁，而胖嘟嘟的红蚂蚁，懒洋洋地在由它们的小奶妈喂食。这些红蚂蚁除了打仗、抢掠、偷盗而外，什么活儿也不干。它们除了游游逛逛，或在洞穴口晒晒太阳而外，什么活动也没有。

最奇怪的是，这些被驯化了的"希洛人"[1]很喜欢它们的那些肥胖而野蛮的战士，心甘情愿地照料它们的孩子，高高兴兴地干着奴隶的活儿。怎么说呢？就是把奴隶的活儿发展到极致，鼓励这帮强盗去抢掠他人的孩子。这一切难道不是一种对既成事实的自由的认同吗？

有谁知道这种主导强者，控制其主人的喜悦和骄傲，对这些小黑蚂蚁来说，是不是一种内在的、舒心的和至高无上的自由？是一种比它们的"祖国"曾给予它们的那种自由还要崇高的自由？

于贝尔做过一个试验。他想要看到，如果这些胖嘟嘟的红蚂蚁没有了仆人的话，如果它们不得不自己照顾自己的话，它们会怎么样呢？他也许在想，这些退化变质了的家伙可能会因蚂蚁那极其强烈的母爱而重新挺立起来。

他在一只玻璃盒里放了几只红蚂蚁，同时还放了几个蛹。红蚂蚁本能地开始在晃动这几个蛹，用它们自己的方法在摇

1　斯巴达的国有奴隶。

它们，但是，很快它们便发现那些蛹太沉了（它们自己太胖太重了！），所以它们便把蛹撇在了那儿，抛弃在地上。它们自暴自弃了。于贝尔又把蜜放在一个角落里，它们只要爬过去取来吃就是了。可是，它们被奴隶侍候惯了，懒得出奇，受到了残酷的惩罚。它们没有去碰那蜜，它们似乎已经不认识什么是蜜了，它们变得那么的无知、那么的懒惰，以致都无法自己吃东西了。它们中的一部分面对着食物却活活地饿死了。

这时，于贝尔为了更进一步地做试验，便在玻璃盒子里只放了一只小黑蚂蚁。这个聪明的"希洛人"的到来使一切为之改观，生活恢复了，秩序恢复了。它径直向蜜爬过去，把蜜喂给那些濒死的愚蠢家伙们吃。它在地里弄了一个格子（一个窝），把小宝宝们放进去，为它们的出壳做准备。它在守护着这些襁褓（或蛹），精心抚养着这群小家伙。很快，小家伙们长大了，能干活儿了，应该替这位"奶妈"搭把手了。这是精神力量的伟大胜利！一只小黑蚂蚁就重建了地下城！

这时，我们的观察家比埃尔·于贝尔明白了，这些"希洛人"具有极高的智力，它们实际上在这个蚂蚁王国中变成为主宰，服务只不过是举手之劳，真正的主人却是它们这些"奴隶"。一项深入的研究让他明白，情况确实如此。在许多的事情上，小黑蚂蚁凭借自己的道德权威在起着举足轻重的作用。这种道德权威表现得十分明显。比如，它们不允许肥胖的大红蚂蚁独自跑出去闲逛，它们会毫不客气地逼着它们返回来。即使大红蚂蚁们结伴出门，如果它们的明智的"希洛人"认为时机不好,如果它们认为暴风雨将要来临,或者天色太晚,那大红蚂蚁们也是不允许外出的。当远征的大红蚂蚁们未能获胜,两手空空地归来,小黑蚂蚁们就会堵在洞口,不让它们进来,逼迫它们返回去继续战斗。尤为甚者,有人还看见它们抓住大红蚂蚁的脖颈,把它们扔回到来路上去。

这些是一些奇妙的事实,如同我们那位著名的观察家亲眼所见到的一模一样。他简直不敢相信自己的眼睛。于是,他便把瑞士一流的博物学家之一的朱尼纳先生请了来,重新研究,看看自己是否弄错了。这位证人以及后来的许多证人都证明他的观察是准确无误的。

我怎么说好呢?在这么严肃认真的证人的证词出现之后,我仍旧有所怀疑。干脆地说吧,我曾一直希望这个绝非虚假的事实是被人看错了。1857年8月2日星期日,我在枫丹白露花园里亲眼看到了这个场景。我是和一位著名的学者、杰出的观察家一起去的,他同我一样也亲眼看见了。

那一天,天气特别热。已经是下午四点半了。我们看见有一队蚂蚁从一堆石头里爬出来,足有四五百只橙红色的或淡红色的蚂蚁,那颜色完全与鳃角金龟的鞘翅相仿。它们朝着一块草地匆匆地爬去,队伍两侧有它们的"班长"或"压队军官"监督着,不许它们离开队列(这种情况人们在一列行进中的蚁队中都可以看见的)。但是,令我感到新奇和惊讶的是,排在前头的那些蚂蚁彼此渐渐地凑到了一起,一边往前爬一边掉头看,而且还走过来绕过去地打起转来,绕成一个又一个的同心圆。这种走法明显地会产生激情,增加力量,每一只蚂蚁通过接触都会从其他蚂蚁身上获得热情。

突然,那一团在打转的蚂蚁似乎钻进地下,无影无踪了。草坪上一点儿也看不出有个蚂蚁窝,实际上确实是存在着一个看不见的洞,我们看见它们转瞬之间便钻了下去。我们在想,这是它们住所的入口吗?它们是不是回到自己的地下城去了?……顶多一分钟的工夫,它们就给了我们答案,告诉我们说,我们弄错了。它们突然从洞内蜂拥而出,每只蚂蚁的上颚中都衔着一只蛹。

它们在这么短暂的时间里便大获全胜,这足以说明它们事先知道这个地方,知道卵所在的位置,知道它们集中起来的时间,还知道它们将遇到对方什么样的抵抗。这也许并不是它们第一次来。

被橙红色蚂蚁抢掠的小黑蚂蚁们也奔出洞外不少,但是我真的很可怜它们,它们连尝试一下对抗都没有。它们似乎惊呆了,茫然不知所措。它们只是在拉扯着抢掠着,以拖延时间。一只橙红色蚂蚁被逮着了,但是另一只没被拉扯着的橙红色蚂蚁赶忙奔过去,将被俘的同胞搭救了出来。自这时起,黑蚂蚁们便放弃了战斗。战斗的结局对黑蚂蚁们来说非常悲惨。它们根本就没有进行什么像样的抵抗。那五百只橙红色蚂蚁成功地掠走了将近三百个孩子。黑蚂蚁们在离洞口两三尺远的地方,停止了追逐,一个个垂头丧气,无可奈何。进洞抢掠到成功离去不超过十分钟。双方力量对比悬殊。这明显是以强欺弱,很可能是一种一而再,再而三的凌辱,一种大蚂蚁抢掠它们可怜的小邻居的孩子的霸道行径。

对这种令人发指令人厌恶的事情，我们至少应该努力地弄懂它。有几种蚂蚁是很精于此道的。有时会是一个特殊的事件，一种特别的情况，但是，在蚂蚁们的生活的一般规律中，这种情况应该是带有普遍性的。蚁群社会是建立在分工负责、各司其职的原则上的。正常状态下的蚁穴如我们所知包括三个等级：一、广众阶层，它是由勤劳的"处女们"组成的，它们专门负责照料蚁群的共同的孩子们，并且还要完成地下城的所有的活计；二、繁殖力强的女性，它们纤弱、无力，但很聪明；三、一些孱弱的小公蚂蚁，它们生下来就是为了等死的。

实际上，第一等级是真正的"平民百姓"。你可以把它们分为两支干活大军，两个工种大队。其中的一个专干全部力气活儿，搬运重物，跑到老远去寻找食物，相当危险，必要时还不得不投入战斗。另一个大队几乎总是待在城中，接收物资，搞搞家务，管理饮食起居，但是，它们特别是要负责蚁城的最伟大的事业——教育孩子们。

这两个大队——物质供应者和战斗者大队与"奶妈"和管家大队——在每个蚁群中的大小是不同的，不过，它们都属于同一个种属，颜色和组织结构都是相同的。

在那些个头儿很大的战士和那些个头儿小的劳动者之间，其精神方面似乎是平等的。如果说二者有什么不同的话，那就是说个头儿小的那些劳动者大军是蚁城的主力军，它们负责教养孩子，是真正的主要人物，是蚁城的生命、智能和灵魂。哪怕只剩下一个这样的小蚂蚁，必要之时，它也能独自重建祖国。

　　于贝尔确实发现了两个种属的蚂蚁（橙红色蚂蚁和红色蚂蚁），但是正好缺少了那个主要的阶层，蚁城的那个基本元素。如果次要阶层——战士阶层——缺少的话，那倒并不令人感到惊讶。但是，在这里，实际上，缺少的是蚁群的那个基础，那个生命的根源，那个蚁群存在的理由。我们对因食物匮乏因而有那些橙红色蚂蚁存在这一点并不感到惊讶，我们惊讶的是它们为什么会被迫去冒险寻找食物。

　　这其中有一个谜存在，今天尚无法准确地予以破解，但是，如果我们能够重新书写种属及其迁徙、变化的总的历史的话，这个谜就有可能被解开。有谁知道，动物因为迁徙而在体内、体外、形态和习性上都会有很大的改变？有谁知道，比如我们的獒犬的兄弟，圣贝尔纳狗的兄弟，波斯的咬死过狮子的巨大的狗的兄弟曾经在哈瓦那早产的情况之下，是那么的虚弱，以致大自然让它在那种气候条件之下长了一身厚厚的毛，将它掩盖起来，使之成为一个谜了？

　　迁徙到另一个地方的动物会变成一只猛兽的。

　　蚂蚁也一样，它们也会发生变革，随着随处可以栖息的地球有助于它们的迁徙，它的身体和精神也会发生变化的。有好些种属，在美洲良好的气候条件之下，具有了产蜜的功能。我们这儿的蚂蚁不会产蜜，它们不得不求助于蚜虫。这么一来，就有了一种技能和一种进步，具有了喂养、看守、圈定这种"家禽"的技巧。

　　有一些种属得以进步了，可是也有一些种属在退化。正因为如此我才要阐述一下红蚂蚁的强盗行径。它们可能是一些离开了故土的、丧失了道德的阶层，是其城市陷落了的一些残余成员，它们丧失了自己的技艺，不去抢掠就无法生活下去。它们已经不再有颇有技能、教育孩子的阶层了，而没有了这一阶层，蚁群就必然会灭绝的。被迫"从军"的它们，如果没有一些新生力量的补充，就活不过两天。因此，为了不致灭亡，它们便去盗抢那些小黑蚂蚁。的确，这些小黑蚂蚁在照料着它们，但是同时也在管束着它们。而这种管束不仅体现在蚁城内，也体现在蚁城外，让它们去远征，或者让它们长时间地作战，直到取得最后的胜利。而红蚂蚁根本就处理不了和平事宜，甚至好像连什么叫和平都弄不明白。

智能的奇特的胜利！灵魂的不可战胜的力量！

四

蚂蚁的内战，城市的毁灭

对暴君的一种惩罚就是（也是他心甘情愿的），他无法轻而易举地就将他的俘虏放掉。夜莺一直唱个不停，我发现它并没感到自己是个笼中鸟，而我对它的囚禁也不是很严格的。不过，一旦歌唱的时间过去了，我同它一样感到忧伤，而且，那个问题总是又回到我的脑海中来："怎么将它放掉呢？"它已经不再会飞了，它几乎都快没有翅膀了。让它自由，它可能飞不了两步就会死的。在巴黎，它自由地生活在一个大房间里，而在这里，在枫丹白露，它生活在一个小花园里，这种自由对它来说其实算不了什么的。它并不怎么去享受这种自由。它几乎总是躲藏在一棵醋栗树上，在想，在听。它听到的是群莺的嘹亮的歌声，是它们在做爱或生育的声音，我在想，这更增添了它的忧伤。以至于在这里，在露天下，在一种相对的自由中，它丧失了食欲，不想再进食了。我们决定让它吃它的天然食物，喂它一些它在树林中吃的昆虫。但这挺困难的。谁见了它爱吃的那种活物能不恶心的？怎么还会愿意去寻找，再拿回来？我们宁愿喂它一些尚未成形的昆虫——一些昆虫卵、沉睡着一动不动的蛹。我们得在枫丹白露同野鸡做交易，因为它们最爱吃蚂蚁卵了。

因此，六月八日晚上，有人给我送来一个在森林中弄到的大土块，里面掺杂着小树枝，尤其是一些小的北方树木的碎枝叶，一些冷杉针叶或者好像刺儿一样的小针叶。

在这块大土块里，杂乱地住着各种大小各种状态下的居民，有卵、幼虫、蛹、很小很小的女工、像是战士的大蚂蚁和奶妈们，最后还有几位刚穿上新嫁衣的长着翅膀准备做爱的新娘。这是蚁城的一个很完整的、多样的标本，但有着一个共同的特点，全都是淡褐色的蚂蚁，前胸上有着一个同样暗红色的斑点。至于它们的等级和职业，很容易从它的住宅表现出来，尽管其住宅有点混乱不堪：这是一些"大木匠"，是用小树枝搭建房梁的蚂蚁。

这群蚂蚁在生活环境发生这么大改变的情况之下，没有气馁。它们在继续忙碌着。最要紧的是不让卵和蛹受到强烈阳光的照射。这种大搬运让它们从地下转到了地上。小蚂蚁们积极努力地在干着活儿。大蚂蚁则跑来跑去地巡逻着，甚至跑到外面，在一只装有一块蚁城的大土罐的周围巡视着。它们的步子坚定，遇到任何障碍都不退缩。连我们也吓不倒它们。当我们在它们面前设置一点障碍，比如挡上一根小树枝或者用指头挡住道的时候，它们会坐下来，运用它们的小胳膊，像一只小猫伸出爪子一样地来试探我们。

它们围着大土罐巡视时，在沙土地上遇上一些灰黑蚂蚁，后者占有了我们的园子，在地下搞了一些大型建筑。它们没有用木料，而是做的砖石工程，用它们的唾液作为黏合剂，并且用它们的蚁酸作为干燥剂和清洁剂。

使它们的住处变得舒适惬意的是玫瑰树、苹果树、梨树，这些树给它们提供了大量的蚜虫；它们可从蚜虫身上为自己以及它们的孩子们汲取蜜。

两军相遇是不友好的。尽管"大木匠们"在其人马之中有一些小个头儿的蚂蚁，但是这些小蚂蚁与长着长腿、前胸有红斑的黑蚂蚁完全不同。它们冷酷无情。也许它们在怀疑这些黑衣游荡者是一些奸细，派来侦察并给刚刚到来的移民大队设置陷阱的。总之，肥胖的"大木匠"杀死了那些小"泥瓦匠"。

这一行动的结果非常严重，无法估量。大土罐不幸地置于一棵苹果树旁，上面爬满了令园丁犯愁而让蚂蚁开心的满身绒毛的蚜虫。我们的"泥瓦匠们"刚刚拥有了这些宝贵的甜丝丝的"羊群"，把大本营安扎在这棵大树的根部，离"羊群"很近。"泥瓦匠"群居在地下，数量多得无法计算。

大屠杀发生在十一点钟。顶多是在十一点一刻的时候，整个黑蚁群便得知噩耗，全都警觉起来。它们全都从各自的地下室的各个门里爬了出来。数量之多，队列之大，把沙、土地全都覆盖住了，黑乎乎的一片。我们花园中的甬道是黑色的，活动的。太阳垂直照射在小花园里，火辣辣地刺痛着黑蚂蚁们，它们反而更快地向前冲去。它们长期生活在地下，头脑大概十分敏感。火辣辣的太阳的蒸烤，对这些侵犯它们家族的胖大的入侵者的恐惧，迫使它们坚强不屈，勇往直前，赴汤蹈火。

我们觉得黑蚂蚁们是必死无疑，因为每一次肥大的"大木匠",无论是身高还是体重,都要超过八九十来只小"泥瓦匠"。它们刚一交锋,我们就看见一只大家伙扑在一个小东西身上,一下子就把后者给灭掉了。

"泥瓦匠们"有数量上的优势。可那又怎么样呢?它们确实在前赴后继,第一大队死光了,第二大队随即冲上前去,接着第三大队又接踵而上,但是,这只是在提供新的受难者呀!我们的担心就在这儿。我们为我们花园中的这些小土著民提心吊胆,它们是被我们引来的一个外来的种族祸害着。这个外来种族没有教养,粗暴凶恶,它们没有受到任何的挑衅便不管三七二十一地残杀着当地的原住民。

必须承认,我们只对力量的大小做了比较,没有考虑精神力量。

我们看到第一次交锋时,小黑蚂蚁们表现出一种机智和默契的配合,这令我们颇为惊讶。它们六个一组,冲向一只大家伙,各人抓牢后者的一只爪子;有两个还爬到它的背上,跳到它的触须上,紧抓不放,以至于这个如此这般地被捆住了手脚的大家伙动弹不得,死死地躺在那儿。它似乎精神恍惚,木呆呆的,对自己的巨大力量已毫无感觉。其他的一些黑蚂蚁也赶了过来,上上下下地毫无危险地咬它戳它。

凑近前去观看这一场面,简直是吓人极了。无论这帮小家伙们的英勇是多么值得称赞与钦佩,但是它们的愤怒还是让人不寒而栗。看到这些可怜的大家伙们被捆绑住手脚,被悲惨地拖来拽去,忽左忽右,仿佛在波涛汹涌的大海上沉浮着,无可奈何,听任摆布,如同一些柔弱的绵羊被拉进屠宰场一样，让人看了不可能不心生怜悯的。

我们非常想将它们分隔开来。可是，怎么分隔开来呀？我们面对的是这么多的蚂蚁！人在这么强大的蚂蚁大军面前简直是束手无策。严格地说来，我们可以用水攻，一会儿就能将它们冲散。但这并没有解决问题。它们是不会松开的。等水流淌过去之后，屠杀又将继续。唯一的解决办法，却是残忍的办法，甚至比残忍有过之而不及的办法就是用草秸点火，将征服者与被征服者全都烧死。

最让我们感到惊讶的是，实际上只有极少数的大家伙被抓住，被捆绑住。如果没有被对方抓住的那些大家伙能够冲向攻击者的话，那它们本会将进攻者杀个片甲不留的，因为它们行动迅速，一下子就能置对手于死地。但是，它们根本就没敢这么干。它们仓皇而逃，却懵懵懂懂地逃进了最危险的去处——敌人最密集的地方。可惜啊！它们不仅是战败者，而且似乎已经神经错乱了。当小蚂蚁们感觉到自己身处自个儿的家中，身处自个儿的地盘上，变得特别坚强的时候，外来的大家伙们对它们来的这个地方非常陌生，只觉得一切都在仇视着它们，到处都有埋伏，没有一处避难之地……一个祖国已不复存在，神明也不再保佑的"民族"真的是处于万劫不复的境地了！

唉！我谅解它们！我们自己不也几乎是对这个死亡军团，对这个可怕的小黑骷髅害怕得要死吗？它们全都爬上了那个倒霉的大土罐，在那个狭小的、憋闷的、热乎乎的地方，几乎无立锥之地，以致愤怒至极，你爬到我身上，我又爬到你身上，相互拥挤，彼此推搡。随着大蚂蚁的败局已定，黑蚂蚁的可怕的食欲大增。我们看见了它们狂吃大嚼的时刻的到来……这真是一个戏剧性变化。在它们那无言却雄辩的哑剧中，我们仿佛听到它们的喊叫声："它们的孩子可真肥嫩啊！"

饕餮般的瘦小的黑蚂蚁大军全都扑向了孩子们。这些孩子属于一种高级的种属，又大又重，另外，它们那长形的蛹壳，周边滚圆，没有可抓挠的地方。两只、三只、四只小黑蚂蚁一起使力，终于费劲乏力地把其中的一个长形蛹壳从大土罐底部弄到光滑的罐壁上去。于是，它们突然做出一个可怕的决定：把这些襁褓弄出来，将赤裸的孩子们掠走。把孩子从襁褓中扯出来并非易事，因为小家伙扒得很紧，而且它们的肢体相互之间粘得牢牢的，因此，这种"揠苗助长"的极端做法致使孩子们伤痕累累，缺胳膊少腿。黑蚂蚁们不管孩子们是否残废，就这么把它们掠走了。

我们一开始还以为看到的抢掠孩子就像是在人类和在蚁群中那样，只是抢掠奴隶而已。但是，这时我们才明白，完全不是这么回事。它们在将这些孩子从作为它们生存环境的壳中拉扯出来的同时，就非常清楚地表示它们并不在乎这些孩子的死活。它们掠走的肉，是它们留在家中的宝宝们的鲜嫩的猎物，是献给瘦小的孩子们大吃大嚼的肥嘟嘟的大孩子。

为了明白这种抢掠场面的可憎可怖，必须知道人们并不确切地称之为蚂蚁的卵的东西是什么。它们是蚂蚁的蛹或若虫，是组织结构完整了的小蚂蚁，它们在帷幔下面使自己的弱小的、柔软无力的生命变得壮实。它们待在其中以完成一种变得壮实和连续变色的过程。

它们编织的这种很细很软的帷幔，如大家所知，是一种不透明的白颜色的，略微带着一点点浅黄，如果质地柔韧的话，可以与中国丝绸相媲美。如果你在其中的蚂蚁已经成形之前把这帷幔撩开的话，你就会看到一个与在母亲的腹中蜷缩着的胎儿同样颜色的小生命。如果它将肢体伸展开来，你看到的就是一只未来蚂蚁的形象，但是，与蚂蚁在特征方面却又有所不同：它的脑袋尚未完全成形；如果你将它那当时还像耳朵似的触须掀起来，那么这个白脑袋却像一只小兔子的脑袋。只有那两只还是两个黑点的眼睛很明显，预示着它将来的肤色。另外，从这个小东西的样子，你无论如何也想像不到这个柔弱、光溜的小生命，这个令人动容而又有趣的小生命，一个星期之后将会变成非常强而有力的、生命力极强的、嗜血的黑蚂蚁，它将怀着疯狂的工作热情和永不知疲倦的工作态度在大地上奔忙着。

我们知道，在这种状态下的蚁蛹，白花花的，汁液丰富，是鸟类和其他无数贪婪地寻找它们的动物的美味佳肴。

我只打开过一个最后几天即将出壳的蛹。但已经恶心透了。我用放大十二倍的放大镜观看它，简直让我难受极了。这个小生命已经发育完成，肚子已经是黑色的了，前胸还是黄色的。脑袋已经成形，像一只成年蚂蚁的脑袋，但是，颜色苍白，逐渐变黄，然后转变成黑色。这颗脑袋很沉但还很弱，像是晕乎乎的样子，迷迷糊糊地，很痛苦地忽而倒向右边，忽而又倒向左边。它仿佛在说："这么早呀！……干吗把我早早地叫醒，把我从温暖的摇篮里拉起来，让我开始去干一辈子的苦活儿累活儿！……这下子我可算是完了！"不过，它在努力地要去面对它的新的环境下的不知会如何的机遇，在竭力地要把自己粘住的手脚给挣脱开来。触须已经完全挣脱开了，已经开始摆动，在探索新的世界了。这个器官完全属于大脑的，是以说明大脑的焦虑不安和激动不已。但它的最大困扰却是无法将自己的两条胳膊（或前爪）解放出来。它一直在拼命地伸展着胳膊，但它们却死死地让不知什么东西给粘住了，像是淡白的血液。当你看着这个已经很谨慎很可怜的小生命怎么也不能把它的防卫武器展开来，一个劲儿地拽呀拽呀地扭动着它那两条鲜血淋漓的胳膊（它简直像在往外拔它们）的时候，你真的好替它着急呀。

我之所以稍微多解释了一下这种情况，是因为我想让大家明白蚂蚁对那些我们看着毫无意义的"圆球"的激情满怀。那些"圆球"在薄薄的透明的外衣之下，可以感觉得出是两种非常动人的形态下的孩子，或者是无邪而赤裸的仍在做着好梦的小生命，或者是已经成形，十分聪明，了解一切却无力自卫的小生命，它甚至在出生之前就对所有事物和生活的种种艰难感到担心害怕。

对于昆虫的孩子们来说，最艰难的莫过于骤冬骤寒，因为它们是赤裸着暴露在空气与阳光中。这对它们来说是最头疼最痛苦的事，但是，在某些种属中，这却是它们的才能技艺、最聪明的发明创造的源泉。在其小小的透明的襁褓里的蚂蚁的卵和蛹以及不再需要襁褓的幼虫，能特别敏感地感觉到气候的各种各样的变化。因此，它们的"奶妈"总是小心翼翼地，经常不断地将它们在那三四十层的婴儿房中上上下下地搬来抱去的，免得让这些柔弱的小宝宝们受寒，受湿，受热。温度高一度或者低一度，对于它们来说攸有关生死存亡的大问题。

这些爱情的结晶此前一直娇生惯养，宠爱有加，像金枝玉叶一般地被照料着，但突然之间，全身赤裸，被刽子手的夹子、钳子和牙齿撕扯得精赤条条，这么大的变化对它们来说简直是太残忍太悲惨了。突然之间被暴露在炎炎烈日之下，被粗糙的沙石硌着磨着，光着身子被它们的凶狠的敌人碰撞、磨擦、颠簸，折腾来折腾去的，它们感到特别伤心、委屈、难以承受。

我曾看见在那些被凶狠愤怒的敌人夺取的蚁城里，死者的墓穴被扒开了。但是，在这里，我们看到的是活生生赤裸着的弱小可怜生命被涂炭。这一块块的没有表皮的肉，稍微碰一下，都会让它们疼痛难忍的。

对这个蚁群及其孩子们的这番浩劫快速而果决，下午三点钟光景，几乎一切全都结束了：蚁城几乎是空空如也，荡然无存，重建的希望也十分渺茫。

我们觉得总有几个逃过这场浩劫的幸存者躲藏在什么地方；我们如果将它们连同废城一起移到花园外的一个石板仓库里去，侵略者们也许就不会再来骚扰这个废墟了；这样一来，它们的家族观念就会在它们身上复苏，再说，这个家族也没什么好供侵略者劫掠的了。我们的这个想法确实实现了。

六月十日清晨，我们看见它们分散地爬行在通向花园另一头的它们的住宅的各条路上。但是，战败者的命运似乎已经注定了。无声无息的死城只是一座坟墓。除了几个零零星星的蚂蚁而外，我们看见的只是一点枯枝败叶、旧的圣诞树球以及与死城一样的凄凉的松针。

我承认，这样的一种与成为其原因或借口的行动不成比例的复仇，让我气愤不已，而我的心，已经改变了阵营，对那些野兽般的小黑蚂蚁们已经失去了同情怜悯了。

每当我看见一些这样的蚂蚁还在废墟中爬来爬去，悠悠荡荡的，我便气不打一处来，狠狠地将它们弄出墙外去（我说的是弄到大土罐的外面去）。有人跟我轻轻地解释说这些黑蚂蚁曾经遭到洗劫，它们表现得十分地英勇，面对着强大的敌人，都认为它们将灭绝了；还说它们虽然是一些野蛮的、残忍的种族，但也是勇敢的种族，如同易洛魁人[1]、休伦人[2]等这些爱报复的种族（他们从前生活在密西西比河流域的和加拿大的大森林中）。这些话道理都对，但是无法平息我的怒火。我心中的疙瘩太大，解不开来。我实话实说，我虽然不想弄死它们，但是，如果有时候这些凶狠的黑蚂蚁爬到我的脚跟前，我是不会绕开走的。

可怜的大土罐空空的，让我放不下，我的心总是系在它的上面。十一日傍晚，我们仍待在那儿，坐在地上，双手托

1　易洛魁人系北美印第安人的一支。
2　休伦人系北美印第安人之一族。

腮，沉思默想。我们的月光往大土罐的底里看。大土罐里毫无动静，可我们总想要看到一丝生命的迹象，总想要看到点什么能够说明一切尚未完全结束的东西。这种顽固的意愿似乎有着一种招魂术的力量，仿佛我们的意愿召回了死城的几个可怜的幽灵似的，一个死里逃生的受难者出现了，从死亡的田野里冲了出来，拼命地奔跑着……而且，我们还隐隐约约地看见它还带着一只摇篮。

夜幕降临，而它却是身处在一片完全陌生的土地上，这是个充满敌意的地方，到处都是敌人。有几个罕见的洞穴，我们会认为是一些避难所，却是黑蚂蚁们的地狱的大门。那个可怜的逃难者，还带着它那沉重的孩子，这更增加了它的不幸。它在疯狂地奔跑着，不知自己跑到了什么地方。我目不转睛地盯着它，我的心也在跟随着它，但是，夜色浓浓，我终于看不见它了。

五

胡蜂短暂的疯狂

夏日的一天,当胡蜂带着它那具有进攻性和威胁性的"嗡,嗡,嗡"的响声从窗户飞进你的房间里来时,人人都会立刻警惕起来的。孩子害怕,女人停下手中的活计,连男人也赶忙抬起头来说:"混账东西!讨厌的家伙!"他随即便拿了一方手帕。

可是,这个高傲的昆虫,它什么地方都到过,见多识广,轻蔑地朝着房间的各个角落匆匆地瞥了一眼,声音很响地飞走了,不屑于在这个破地方多停留一会儿。它心里想的是:"这个破屋子!没有水果,没有蜘蛛,没有苍蝇,连一块肉都没有,真没劲儿!"

于是,它便飞到旁边的一家乡村肉铺老板的肉案子上:"老板,我来过你这里。我要在你这儿饱餐一顿。你痛快一点,你这个愚蠢的吝啬鬼,快给我割上一块好肉,然后我便给你帮点忙。我将把你的肉上的苍蝇全都杀死。咱们商量一下,做个朋友吧。我们俩生来就是为了屠杀的。"

所有的大动物,包括人在内,都极其讨厌胡蜂。它只行动,不多啰嗦。但是,如果它真的开口说话的话,那它的话也是既简单又干脆的。它只要说一个字就足够了。大自然强加给了这种昆虫可怕的命运——短命。我们称只能活上几个小时的昆虫为"短命昆虫"。这就足以说明它们一生是干不了什么事情的。胡蜂的生命确实是短暂的。它得在一个短短的夏季（在六个月中，它只能完成四个步骤），不仅完成个人生命的从诞生、吃喝、爱情到死亡的全过程，而且得过完它作为昆虫的极其复杂的长长的社会生活。蜜蜂要用好几年的时间干完的活儿，胡蜂立刻就得干完。它比蜜蜂强得多！因为蜜蜂是在一座准备好的房子（蜂巢、岩洞、树干）里活动的，而胡蜂则必须临时侍弄里里外外，搞好蜂巢本身以及它的周围。

只有四个月的时间去创建一切，去组建和毁灭自己的蜂群——一个组织十分严密的蜂群！

所有大言不惭地说什么活八十年也没有时间干完的懒惰的种族，好好地学习学习吧。所谓有没有时间是相对的事情。在地上爬行的蛞蝓即使这么活上几百年，它也没有时间。只要勇敢地去干，有雄心壮志，积极努力，总是有时间的。

胡蜂死了。它那像是凭借天才和勇气临时创建的有三万颗灵魂的胡蜂城依然存在着，那是它的辉煌的证明。这座胡蜂城很牢固，非常非常地牢固，是万众一心、齐心协力建成的，像是要让它永远永远地存在下去似的。

我们从开始说起吧。一只可怜的胡蜂，冬天里，幸免于全体覆灭的噩运，浑身灰蒙蒙地从藏身处逃了出来。感谢上帝，春天已经来临。它要到太阳底下去暖和暖和身子吗？不，它没有休息过一天。它的首要任务是什么？爱情，激烈的爱情,急促的爱情,直奔主题的爱情,那种建立整个种族的强烈的生命力油然而生。在飞行途中做爱,毫不停歇,一切都是为了那崇高的社会目标。

这位未来祖国的母亲孤单而野性,怀着自己的理想和希望,首先要创造"公民",创造数千个劳动者。我们已经知道,在昆虫世界,但凡劳动者都是女性。因此,女性是工匠,但是劳动的残酷需要把它们身上的性别抹去了。它们喜欢伟大的爱情。它们是严肃的处女,它们除了蜂城而外,没有别的丈夫。

热情的劳动精神从母亲传到它的女儿们。母亲的工作就是生儿育女,而女儿们的任务则是建设。两者都是同样即时的热情的勃发。根据地点和气候的不同,根据蜂群、种属的不同,工作也不尽相同。这边,它们将在地下挖掘洞穴,为建筑平整出地儿来,但是,又得将建筑与土壤分开来,以防潮气侵入;那边,大家忙着将建筑物悬吊在空中,用的是坚硬的纸板,使之能抗得住雨水的侵袭。为了制作这个硬纸板,大家都奔向森林中去,挑选最好的木头,长期浸泡过的木头,因为大自然已经提前将它变红了,如同我们让大麻变红一样。它们在那上面用尖牙利齿(因为这儿用不着蜜蜂那种为了亲吻花蕊而长的美丽的吻管)狠狠地咬,撕,扯,拽,把不顺溜的纤维锯掉。然后再用嘴将它们嚼烂,用唾液将它们糅在一起,把它们压实,压平,压成一个薄片。胡蜂的牙齿紧闭着,像一台压缩机一样,压得平平整整。这么一来,纸板的材料便准备齐了。

于是，第二道工序便开始了。纸板工变成了泥瓦匠。它没有河狸那样的尾巴来作为镘刀，但是，美洲的胡蜂的大腿上却有着一个棒槌，可以用作镘刀。在这儿与在圭亚那的工作方法是不一样的。圭亚那的泥瓦匠在筑好墙壁之后，只要在上面吊个天花板就可以了；在这个较为干燥的国家，它沿用的是我们人的住宅的风格。而欧洲的泥瓦匠是在一种潮湿的气候条件之下制作纸板的，到了夏季，有时甚至会长时间地下雨，所以它遵循的是另一种办法："屋中屋"的办法，亦即一个完全独立于包裹它的外壳的蜂巢。这样便可以最好地保护这个激情满怀而又怕冷畏寒的蜂群，使之激情永葆，毫不减退。

外部是什么样，内部也是什么样。什么样的房屋，就会住进什么样的住户。我们尚不清楚我们在住房方面对自己的精神道德有多大的影响。这种双层墙结构，这种将其居民紧紧地围在两道墙内的做法，对城中的蜂群的团结是大有裨益的。

还有一个特别之处，你也许会说它是个小的特点吧？不，对于严肃认真的观察家来说，那可是一个大特点。这座"城"有两个城门；胡蜂从一个门进去，从另一个门出来。这样一来，就不会发生堵塞，大家绝不会头顶头地相撞的。任何希望节省时间，立即投入工作的种族都是这么做的。在伦敦，人们建筑房屋就是按胡蜂的办法做的：这儿是去的路，那边是来的路；大家都靠右边走，一些人走这边的人行道，另一行人则走那边的人行道。斯特兰德滨河大街就是这种情况，而维维街却不然，总让街上的散步者们相互拥挤，彼此碰撞。

我们还是回过头来谈胡蜂吧。它们为什么建起这样的建筑来呢？胡蜂很健壮，而且寿命很短，生活紧凑，它难道比那么多娇柔的昆虫更怕冷吗？它难道比只有一张网作为居所，甚至是住在一片树叶下的蜘蛛更畏寒吗？这就是高级昆虫的最高生活秘密，这就是生活在地上和地下的蚂蚁们的聪明才智，这就是促成蜜蜂的不停地活动、辛勤地工作、克勤克俭的秘诀。这到底是怎么回事呢？是对未来的爱，是对自己所钟爱的东西能够永存的希冀。它们的全部的爱，就是它们的孩子。

热爱孩子和未来，抓紧时间干活儿，干到疲惫不堪，精疲力竭，直至死亡，以便让自己的子孙后代少干点活儿，幸福地生活着！这肯定是任何社会（无论它是什么样的社会）的崇高理想。对于那些有的是时间，有一辈子的时间可以利用的来说，比如人和蜜蜂，这一点是很容易理解的。但是，对于来日无多，当晚就会死去的胡蜂来说，它喜欢时间，但时间却又不属于它，它将自己的那一点点有限的生命献给了后来的生命，把它自己那唯一的一天献给了明天的孩子，这真可谓是既新颖别致又崇高伟大的。

一分钟都不能浪费。胡蜂母亲一个劲儿地在给自己增加工作量。它不仅不停地干活儿，而且还代行不怎么干活儿的父亲的责任。在这些严肃的、悲惨的昆虫群体中，大自然仿佛想通过一种有趣的消遣开开心似的，让那些可怜的小公蜂通常都长得滚瓜溜圆、大腹便便的，被雌蜂们养在后宫为奴。这种滑稽状况表现得最全面的就是公蜂，它们声称自己既不会外出寻粮，又不会在家搞建设，整天无所事事地待在蜂巢里胡吹瞎聊（如同我们的年轻人整天无聊地在抽烟一样）。

在胡蜂群中，生活是极其紧张、忙碌、艰难的，所以无论公胡蜂怎么无所事事，也不敢什么都不干。那些胡蜂夫人们是毫不讲情面的，它们身上长着针刺（而公胡蜂却没有），一旦发现公胡蜂偷懒耍滑，便会用针刺戳它。因此公胡蜂们只好没活儿找活儿干，总像是也在忙碌着一样，做点家务，打扫打扫卫生，整理整理屋子什么的。如果有胡蜂死了，公胡蜂们就找到借口了：为了抬一只很轻的死胡蜂，它们会一下子上去好几个，装出很累很累的样子。总之，它们简直是可笑至极。我相信，它们的"母老虎们"也会嘲笑它们的。

胡蜂母亲们确实有许多的事情要做。有两三万只嘴在等着喂，这真的是一个大家庭。它们如果像蜜蜂那么有条不紊地、按部就班地干活儿的话，那它们的这个大家庭就全部会饿死的。它们必须拼命地干，疯狂地干，拼死拼活地干。只需对它们观察这么一小会儿，就能得知造就它们如此强而有力的是它们对所有其他生物的那种鄙夷不屑，不以为然，以及它们坚信这些生物就是属于它们的。如果我们考虑一下它们那让狮子老虎都会在它们的面前变成绵羊的力量，以及它们每年那短暂迸发的神奇的努力和它们对集体的绝对忠诚的话，我们就会知道在自然界中，没有哪种生物会比它们更强大，比它们更有权力更高地估价自己的。

当代人很难接受古代的暴力道德观。胡蜂们对自己城市的无限的爱竟然发展到罪恶的程度。有谁没见过胡蜂追杀蜜蜂的那股疯狂劲儿的！还有一些种属的胡蜂甚至会产蜜，但那是在良好的气候条件之下，没有冬天，使得胡蜂有了点时间，让它们平静地干活儿。在我们这儿，就不是这种情况了。它们的寿命只有短短的六个月，致使它们不得不寻求干净利落、立竿见影的残忍办法行事。它们的孩子需要蜜。因此，它们找上了蜜蜂，拿后者开刀。胡蜂身材苗条，细如细丝，可以将一头弯曲，让被俘的蜜蜂从下面接受针尖。胡蜂用针尖刺中蜜蜂之后，使用牙齿三咬两锯地就将后者治服，而其脑袋和前胸仍在挣扎着，但是，凶残的胡蜂腹中装满了蜂蜜，还把女俘掠走，喂给自己的孩子们吃。

它们毫不内疚。看起来，其他昆虫的死对于明天自己也将死去的胡蜂来说，不值一提。

我怎么说好呢？这帮胡蜂处女们等不到大自然将它那巨手压到它们身上，等不到严酷的寒冬的到来，就命归黄泉了。它们佩带着宝剑；它们愿意死在剑下。城市最终被一场大屠杀给毁掉了。孩子们，那些曾经那么被宠爱至今仍那么宝贵的孩子们被杀害了。明天将被严寒、贫穷杀死的那些孩子们，有它们的兄弟姐妹、婶婶姨娘和善良的奶妈们给予它们一些爱，让它们至少能够死在爱护它们的人手下。这最后的一个恩惠——一种很快的死亡——被任意地赋予许许多多的不幸者，这些小而无用的公胡蜂们，甚至是那些生得很晚，不知能否抗得过寒冬的年幼的母胡蜂们，它们并没有想着去要求这样。我们不可能看到这个英勇的蜂属摇尾乞怜，寄人篱下！不，绝不！孩子们，不！姐妹们，不！宁可死！胡蜂世界是永垂不朽的。我们是每年的奇迹下的宠儿,是大自然所宠爱的宠儿,我们会重新开始。哪怕只剩下一只,这对我们来说就足够了。哪怕整个胡蜂世界灭亡了,一颗伟大的心灵就足以再建一个世界。

六

维吉尔[1]的蜜蜂

所有的当代人都不会像维吉尔那么无知,不会犯它的那个寓言的错误;这个寓言取自于生与死,并让它的那些蜜蜂在供奉的公牛腰间诞生了。可我,我对此并不觉得好笑。我知道,我感到,这位神圣的大诗人的任何话语都有着一种很严肃的价值,有着一种我将称之为"庄严的"和"教皇般的"权威。特别是其《农事诗》的第四部,是一种神圣的、发自肺腑的杰作。那是对不幸和友情的一种虔诚的颂扬,是对一个放逐者的褒奖,是对维吉尔的那个最亲密的朋友加卢斯的赞颂。这种赞扬无疑是被谨小慎微的梅塞纳斯[2]给抹杀了。维吉尔在其书中为蜜蜂正名作为补赎。这是一首充满永垂不朽的精神的颂歌,在大自然的改变的神秘之中蕴藏着我们最美好的希望:死亡并非一种死亡,而是一种已经开始的新的生命。

1　维吉尔(Virgil,前70—前19):古罗马诗人。其作品脍炙人口,被誉为罗马一代诗宗,对中古(如但丁)及近代诗人有相当大的影响。

2　梅塞纳斯(Maecenas,前70—8):古罗马骑士,曾为奥古斯都皇帝的重臣。

他是不是在一位朋友的名字所占据的诗的那个地方并不高兴地写了一个民间故事？我永远也不会这么认为。寓言（如果这是个寓言的话），应该是有某种真实的基础的，应该是有其真实的一面的。他不是一个民间诗人，不是城邦歌者，如罗马的高贵的宠儿贺拉斯[1]一样。他也不是奥古斯都[2]宫廷中的可爱的即兴诗人，如轻浮、冒失的背叛了诸神的爱的奥维德[3]一样。维吉尔是大地之子，是古意大利老农民的那种高尚而朴实的形象，是虔诚的探究者，是大自然的秘密的细心而天真的阐释者。他完全有可能在词语上搞错，名称运用不当，但是，对于真实情况，他是不会弄错的。他所说的，我认为就是他亲眼所见到的。

一个偶然的机会使我对此有所了解了。1856年10月28日，我们为了赶在冬天到来之前，前往巴黎的拉雪兹神父公墓去扫墓。那儿埋葬着我的父亲和他的孙子。这个孩子是本世纪上半叶结束的那一年诞生的，我为他取名为拉扎子，以表达我虔诚地希望各个民族的觉醒。我原以为在他的脸上看到了一种强烈而温和的思想光芒；这丝光芒照亮了我的心，

---

1 贺拉斯（Horace，前65—前8）：古罗马诗人，其主要作品为四卷本的《颂歌》。

2 奥古斯都（Augustus，前63—公元14）：古罗马皇帝，恺撒大帝的甥孙及养子，原名盖约·屋大维。"奥古斯都"后成为罗马皇帝及欧洲帝王常用头衔。

3 奥维德（Ovid，前43—公元17）：古罗马诗人。他的《变形记》流传甚广。

让我心中充满了阳光。这真是我们的希望之虚荣！我的秋天的这朵花朵，我本想让他充满强大的生命力，因为对于我来说，他来得太迟了，可是，天不遂人愿，他刚生下来不久便夭折了。我必须将我的孩子安葬在我那已经去世四年的父亲跟前。我当年在这块贫瘠的黏土地上栽种的两棵柏树这么短时间里长得已经很高大了。它们比我的身高要高出两三倍，枝繁叶茂，枝头一个劲儿地往上伸展着。你若是将它的枝条用力地往下拽的话，只要你一松手，它们立刻便会骄傲而有力地弹起来。它们被一种难以想象的汁液营养着，生机勃勃，仿佛在大地中喝足了我放进地里的东西——我往日的亲爱的宝贝和不可战胜的希望。

我脑海中一边就这么浮想连翩，一边往上走着，直走到位于上一条甬道的坟墓前。我发现我曾经有过那么多机会光顾这美丽但凄凉的地方，我曾经是死者们最热心的朝拜者，但是我几乎从未看到过拉雪兹神父公墓有昆虫存在。初秋时节，地上铺满落叶，甚至许多被遗弃的旧坟都淹没在这片落花败叶之中的时候，我没有发现这儿有什么昆虫在活动，不像在其他的地方那样。鸟儿稀少，昆虫绝无仅有。为什么会这样？我说不清楚。

我一边作如是想，一边已经登上了墓园丘顶。我们站在坟前。我突然惊喜地（或者说心头一咯噔）发现了一只令我吃惊的东西，否定了我刚才的所思所想。

有二十来只金灿灿的蜜蜂在窄如一口棺木的小园子里飞舞着。可是小园子里并无花草，一片冷落景象。整个墓园只剩下秋天的最后的那些花儿，有几株孟加拉玫瑰已经花凋叶落。我们所在的那块地方也到处是一些新的工地，石灰水泥满地，宛如阿拉伯的大沙漠一般。在我父亲的坟头前，只有几株白色的紫菀，颜色极其苍白，而在我儿子的坟前，却长着几棵柏树。想必这几株紫菀在这片贫瘠的黏土地上有空气的吹拂或大地精灵的滋养，才保存着一点点蜜，因为那些小"拾穗者"们还在那上面采蜜呐。

我并不相信迷信。我只相信奇迹，相信大自然上苍的永恒奇迹。可是，我却感到内心的一种强烈的惊诧对精神震憾的力量有多么大。我内心充满感激地看着这些神秘的小生命在活跃着这个孤寂之地，可惜啊，就连我自己都很少到这儿来呀！工作的压力，日复一日地这么忙忙碌碌，活了今天不知还有没有明天，凡此种种，使我们远离了这些坟墓，可我们年轻时还常常向往着这儿哩。我的心揪着，看着这些小东西代替我来到了这里。我不在的时候，它们成群结队地飞来这里，使这块凄凉之地出现点生气，使亡者得到了慰藉，也许还让亡者们开心释怀。我父亲若在天有灵，是会冲它们绽出慈祥的微笑的；它们也许会让我的儿子感到幸福，得到第一个欢乐。

它们并不是受利益的驱使才飞到这儿来的。这里没什么它们需要的食物！可是，当我们在柏树上把我们带来的几只悼念的花环挂了起来的时候，它们便好奇地飞过来看看这些新鲜的花儿里面有点什么东西。坚硬而带刺儿的花冠立即将它们吓得缩了回去，飞回到已经凋谢了的紫菀上去了。我对此颇觉伤心,便对它们说道:"朋友们,你们来得太晚了,太晚了,而且又是飞到这可怜人的坟墓上!……我为什么没有补偿你们,为你们准备一个小小的友好盛宴,让你们在北方骤起的初寒到来之前,补补身子,增强抵抗力,以便顺利地度过寒冬!"

它们似乎听懂了我说的话,因为它们的动作说明了这一点。我看见有几只蜜蜂把它们的小胳膊灵巧地弯到后面,在阳光下挠着后背。它们想要吸尽这温暖的阳光,想要钻进阳光中去。它们在享用这个不幸的非常短暂的时刻,因为太阳移动得太快,你刚感觉到它照射到你,它就已经移过去了。它们的那种具有表意作用的动作明显地在说:"啊,我们今天早晨好冷好冷啊!……我们抓紧点吧!……用不了一个小时,如同早上一般寒冷的夜晚,甚至更加寒冷的夜晚,说不定就要来临!寒冬来了!我们眼看就要死了!"

它们仍旧非常活跃,非常清洁干净,我可以说它们在那长着金色条条的灿烂的翅膀下仍旧光亮灿灿。我从来没有见过比它们更美丽、更富有生命活力的昆虫。但有一点让我感到很尴尬:它们简直是太美丽,太金光闪亮了,但又没有精巧制作的衣裳,没有毛茸茸的衣裳,没有钳子、刷子。总之,我看到了一件事:它们也没有蜜蜂的那四只翅膀,只有两只。

我承认我出错了。这个错误也正是维吉尔所犯的错误。他同我一样,认为它们是蜜蜂,而且还将这错误的名称套在它们的头上。雷奥米尔也承认他有一段时间也犯了这样的错误。

但是,维吉尔所叙述的情况却并非不正确。大家知道,他强烈地激活了古代并从中看到了一个复活的典型。它们好像是死亡之子。在它们的生命的三个阶段中，它们在污浊不清、其他生物无法生活的满是腐尸臭气的水中度过了它们生命中的第一阶段。大自然的神奇的温柔让它们逃过了死亡的命运，并且让它们在死亡之气充斥的地方能够呼吸，好好地活了下来。它们在地下度过了生命的第二阶段，那儿一片漆黑，它们作为蛹在里面酣睡着。但是，还清了这个黑暗地下的欠债之后，它们得到了补偿，从以前的低下的地位，一下子升华了，过起了轻松愉快的空中生活，只有蜜蜂可以与之媲美，而且还长上了金色的翅膀（可蜜蜂却从未有过金色的翅膀），更加难能可贵的是，它们的性格也非常温顺。它们清白无邪，没有针刺儿，在阳光下，在花丛中做爱。维吉尔的高贵的蜜蜂们对自己的卑贱出身并不觉得羞耻，它们愿意待在墓园坟地，它们与死人们结伴。白天，它们忙忙碌碌，在采撷灵魂之蜜，在采撷未来的希望。

七

田野上的蜜蜂

"当植物到了开花季节,到了它生命的顶点,有了对称的形态,有了颜色,有了几乎是动物的感应性的时候,它便走出了孤独,更多地与周围的一切联系在一起了。但是,它仍旧固定在一个地方,没法接近爱情。而动物则相反,它是活动型的,它通过自己的任性的活动在宣示它生活的乐趣。于是,被囚禁着的植物便向动物的自由生活投去一种友好信任的目光,向动物奉献自己的物质,而作为回报,它在等待动物帮助它繁殖。就这样,动物像一个年长的兄长所做的那样,给予植物,给予它的这种依赖性以有力的帮助。但是,要这么做,必须是完全自由的动物,我是说必须是长着翅膀的动物,与其如同奶妈似的植物密切相关。这就是那种昆虫,植物爱情的传递者和中介者,植物的传播者,植物繁衍的热情工具。

"植物怀着一种母爱,在它自己的体内,让出一个地方给昆虫的卵发育生长。它给予昆虫的小幼虫以营养;这时的幼虫尚不能活动,但是,它最后终于从卵中走了出来,能够自由活动,自己觅食了。植物生长得较快,这很容易地便弥补了昆虫对它的损害,而且植物和动物双方就这么和谐地到达了生命的最高点。动物从它的低级的营养范围升级到一个更高的范畴：纯粹的活动需要和继续的爱情。植物确实没有升华到如此高度，但是它的花朵却是一种高级生存的美好的梦：这个梦尽管很短暂，但是通过植物的果实，将保证植物种属的延续。开花了的植物、长上翅膀的昆虫，像是协商好了似的，达到了通过颜色、美丽的对称形态、精细的物质表现出来的一种相同的生长发育。比如蝴蝶状的花朵，人们会说它们几乎是变成了植物的昆虫。

"这种和谐的生存以一天中的各个时刻的相同步伐在向前走着。一只昆虫所驻足的每一朵多汁液的花朵都在它生活最活跃的那个时刻绽放，而在它休息的时刻闭合。植物和动物就如此这般地在感受它们的统一；爱情将它们双方彼此吸引。在这儿，植物扮演的是雌性；雌性乃大自然生育繁衍不可更替的基础。而昆虫似乎是小个子的雄性，它们离开地面，在空中飞舞，但是，常常被植物召回到地面上来，与之结合。它们是长着翅膀的花药，向花播撒生命。"（布尔达赫著作第二卷，第三章）

风儿随意地、任性地做的事情，昆虫这个生产机器却是通过爱去做的，这是它的种属的直接的爱，是那个可爱的接待它和喂养它并且还喂养它的卵和蛹的辅助者的间接和模糊的爱。因此，它的行动并不像风的行动那样是外在和表面的。它的行动是内部的、深入的；热烈而好奇的昆虫不会被植物的廉耻包围着其神秘的大门的那些轻微的小障碍所阻遏住。昆虫会大胆地撩开层层面纱，进入到花朵的内部。它在汲取，在抢掠，在盗走一切，深信自己是会被允许的。绽放的花朵，大门是敞开着的，没有能力防卫，但它很高兴这个骗子解放者把它的愿望带往它自己也想去的地方。花朵说道："拿去吧，多拿点。"于是，昆虫便拼命地在攫取；它的每一根绒毛都变成了一支磁性的箭，再吸了又吸。但愿它能把植物的精华全能汲取了去，像避雷针似的把花的"电"全都吸走！这是植物的心愿。这个心愿，在高级昆虫身上，在全身都带着这种吸引器的蜜蜂身上得以实现。蜜蜂因为它拥有它的独特器具，而命中注定地能够身怀制蜜的独特小技能，并且拥有能够使得植物大量繁衍的普遍的、广泛的大技能。

它真是一个尤物。那位伟大生理学家刚刚谈到的有关花和昆虫爱情的话语特别是献给它的。蜜蜂采集的只是被花朵滥施于爱情的那种高贵奢侈的生命。它并不在植物中把自己的种下在里面，让植物来喂养它（蝴蝶则是这么干的，把它的未来毛虫，存放在植物里）。它爱护植物，不仅不损害它，而且还将它凭借自己的才能弄来的宝贵材料提供给植物。这些宝贵的材料是它从高楼大厦、金色大楼里弄来的，它的孩子们就睡在其中。

蜜蜂的这种天真无邪是它的诸多高贵品质之一，跟它的令人赞叹的技能一样了不起。它的针刺只是一种防御武器，一种不可或缺的防御武器，它不是为了对抗它无需面对的人类，而是为了对抗它的可怕的敌人——凶狠残忍的胡蜂。蜜蜂对谁都不造成伤害。它绝不是依靠他人之死而活着的；它那不带攻击性的生命绝不想置其他生命于死地。它在激越许许多多的生命,它能增强生机,它繁殖力强。没有任何不毛之地、贫瘠荒野它不去恢复其生机,不去激活枯萎的植物,不去强迫花朵绽放的,它在监视着它们,探测着它们。它斥责它们的懒惰,这些可怜的默然无语的处女一旦爱情萌发,它就会同它们逐一地进行必要的交谈,在喃喃私语中,把它们的花粉和香气带走,使作为它们的花的思想的香气能与他人交流。

这种情况在三月开始。当忽隐忽现却很炽热的阳光唤醒了沉睡的活力时,田野上的小花,如野紫堇,草地上的雏菊,树篱上的金色花蕾,匆匆开放的桂竹香等,全都绽放开来,空气中弥漫着一阵阵的花香。但是,这只是短暂的事情。它们刚刚在晌午时分绽放,到了午后三点便闭合起来,遮挡住它们那颤抖着的雄蕊。在这短暂的花开花合的时刻,你会看到一个小小的金黄色的生物,全身毛茸茸的,却十分怕冷畏寒,也在壮着胆子展开它的翅膀。蜜蜂离开了它的蜂巢,它知道天赐之物已经为它和它的孩子们准备好了。

其实,并没有太多的东西,不过这个时候大部分的摇篮都是空空荡荡的。蜜蜂的大量孩子还待在它肚子里。正常的快速的将创建一个世界的生育得稍后才到,要等到五月的艳阳天的时候才开始哩。

这真的是一种完美的统一。大部分害怕严寒的花朵同怕冷畏寒的蜜蜂一样,都在等着一个更加稳定的季节,以便在阳光下展开它们的那些特别娇嫩、受不了四月那乍暖还寒的天气的花冠。

看到这些可爱的生物在做交易确实是挺有趣的。顺从的花朵低下头来，接受着昆虫骚动不安的动作。它把它那对风和偷窥关闭的圣殿向它亲爱的蜜蜂敞了开来；蜜蜂浸透了花的精华，把花的爱情信息传达出去。大自然为了对世俗者遮掩这一秘密而采取的小心谨慎措施并未对大胆的探索者有片刻的阻碍，它们好像家中亲人一般，并不害怕成为第三者。有一些花是由两个彼此相连并形成一个圆顶的花瓣保护着的（比如水边湖畔的鸢尾花，它就是这样保护着它的小丈夫免受雨水的浇淋）。另外有一些花，比如香豌豆花，则戴着一种"帽子"，必须将它的"帽舌"掀开来。

蜜蜂就在这些堪称仙境的、铺着软绵绵的地毯的屋子里面安顿下来。那里面好似一幢幢的魔幻楼阁，四壁镶嵌着黄玉，天花板上缀满着蓝宝石。但是，借用无生命的宝石来比喻实在是不恰当！……那些"亭台楼阁"是活的，它们散发着香气，它们心怀欲念，它们在期盼着。如果这个小小的隐藏着的王国的幸运的征服者，如果王国无力的栅栏的粗暴破坏者——昆虫，把一切全都搅和在一起的话，它们会向它说声"谢谢"的，它们会让它全身沾满香粉，吸足花蜜的。

有一些受宠爱的地方，有一些受到祝福的时刻，蜜蜂这个贞洁的辛劳者，可以在收获的同时，完成数千万次"婚配"。比如在海边，以及靠近人们从不去那儿寻找和平的田园诗的茫茫大海的地方，如果存在着一处隐蔽得很好、安全可靠、阳光灿烂的处所，大自然是会在这种温暖湿润的母亲的庇护所里造就一个它所认可的小世界的，在这个小世界里，花儿会向蜜蜂渗出它最醇美的花蜜,而蜜蜂也会为充盈着花蜜、满怀着欲念的花朵疏导释怀。

夜幕降临前的那一刻,花儿是骚动的、卑屈的,但也是含情脉脉的。花儿在最后的一缕阳光的抚爱下,将温暖留于心间;花冠里被已经泛白的薄雾浸润着,花儿感到活了两次,并且受到了双重的"电击"。它急切地盼着爱的到来,它在爱。雄蕊绽开,晃动着它们的乳香云。中介者快来吧,在这个美丽而神圣的时刻,快来吧,救助者蜜蜂!让蜜蜂把这些香气香粉带走吧,免得晚风将它们吹散。愿蜜蜂将它们合理地播撒,在这儿取,在那儿撒。花儿不再是孤孤单单的了;草原通过蜜蜂变成了一个大家庭,大家和和美美,相敬相爱,通过它们的盟友小"教皇"步入婚姻的殿堂。

对于蜜蜂来说,早早地起床,看着在露水的浸润下酣睡的花儿醒来(被它的神圣的主人、父亲和情人——太阳——唤醒),回到自己,这可不是一件容易的事。在和煦阳光的照耀下,花儿很顺从,任随阳光去抚弄自己,让自己变得温柔可爱;它好像一眼泉水,一滴一滴的蜜滴了进去。把蜜取走吧,它还会滴进来的。正在这个时候,蜜蜂飞了过来;它在这儿的工作几乎已经完成:在这美好的时刻精心准备的甜蜜的宝贝并没让它付出多少劳动。它把蜜带给自己的孩子们,对它们说道:"吃吧,这是花之魂。"

晌午时分,天气炎热,它是不是无事可做了?日晒风吹和干旱无雨使得平原上的花儿枯萎了,但是,林中的花儿因树荫的庇护,仍旧汁液充盈;潺潺的溪水边的花儿,无声的大沼泽里的花儿此刻正生机勃发,亭亭玉立。"勿忘我"在幻想,滴下小滴蜜的泪,白色的睡莲也把它的童贞奉献给爱情的温柔宝贝。

　　蜜蜂不怕炎热,但极怕寒冷。它极其自觉,为了不在我们那短暂的夏季损失一天的劳动,它对冬季的突然归来,对有时会在晴好的日子里突然刮起来的凛冽的北风的呼啸不太在意。一些不太聪明但也不太勤劳的昆虫非常清楚如何躲避这恶劣的天气。它们表面上是谨慎有加,实则是懒惰成性,总是互相在说:"明天再干吧!……收工吧。"它们一天、两天甚至更多天地等待着这可恶的北风停息下来。但是,那些有良心的、有一个大家庭要养活的昆虫,那些知道一个暖冬可能会来唤醒那个大家庭,唤醒那个饥饿的大家庭,我敢说它们会耻于偷懒,不屑于哪怕去休息一天。

　　因此,在一些像三月天的六月的很冷的早晨,它们毅然决然地飞到田野中开始工作。它们虽然很勇敢,身体却并不那么壮实;它们忍受不了寒冷,我看见它们一个个有气无力,像是瘫痪了似的在我的窗户上爬行。它们并不想逃走,而是听天由命。它们正处于那种神圣的状态,我的意思是处于一种表示其勇敢和不知疲倦的劳作状态,身上满是花粉,"小篮子"里也装得满满当当。它们似乎在说:"我们绝不是游手好闲者,不仅如此,在寒冷的清晨,一个个都在睡懒觉,我们却已经干完了一天的活儿了。唉！可是，天气太冷了，北风刺骨！我们全都冻僵了。请你们让我们在这儿歇息一会儿。"

有谁会不尊敬这些无可指责而且极其热衷于干活儿的可怜的女工呢？我不仅借给它们一幢房屋，一间风刮不进来的洒满阳光的温暖的房间，而且我还为它们临时准备了一顿盛餐。朋友们，请别客气。盛餐在哪里？在一只糖罐里。

畏寒怕冷的蜜蜂在灿烂的阳光照射下，恢复了失去的体温，浑身的茸毛全部竖立起来，开始打探它的临时"监牢"，不无惊喜地发现这个水晶罐子竟然是一个餐厅。它立刻食欲大增，坐到了桌前，拿了一块糖，用它的吻管吸着它无法吸完的所有一切。餐毕，当它完全恢复，活动自如，走来走去地在寻找门在哪儿，我便立刻把门替它打了开来，天时已晚，我不想再让它浪费它的时间了……它振翅高飞，全身金光闪闪，又要去忙乎它的事情了，而且还十分清晰地嗡嗡叫着：再见了，夫人，非常感谢。

八

蜜蜂建筑师

如果说胡蜂近乎希腊的斯巴达的话,那么在昆虫的世界里,蜂巢便是真正的雅典。在这里,一切都是艺术。人民,人民中的艺术精英在不停地创造两种事物:一个是城市,祖国;另一个是世界之母,她不仅应该让人民永恒长久,而且还应该是人民的偶像,人民的物神,城市活着的上帝。

蜜蜂与胡蜂、蚂蚁以及所有群居的昆虫共同的东西就是,婶婶、姨娘、姐姐、妹妹、辛勤的处女们的那种无私的生活,它们全身心地投入到养母之爱中去。

而蜜蜂与这些类似于它的昆虫的区别则在于蜜蜂需要变成"全体人民"的偶像,它对"全体人民"的爱敦促它积极地投入到工作中去。

所有这一切长期以来没被人们认识。人们首先以为这个蜜蜂国是一个封建王朝,统治者是一位国王。其实不然。这位国王是一位女性。于是,大家便不得已地说:这个女性是一位王后。这就错上加错了。这位女性不仅没在统治,没有驾驭,没在领导,而且她在某些方面还是被领导者,她绝不是个王后。她是公众的合法的崇拜对象。我说的是"合法的"和"符合宪法的",因为这种崇拜并不是那么盲目的。如大家所见，在这种情况之下，偶像并不会被非常严肃地看待。

"这么说，这个政府的基础可能是民主的？"没错，确实如此，如果大家看到人民的一致的忠诚，看到大家自发劳动的话。没有谁在发号施令。但是，实际上，大家看得很清楚，在一切高级事物中起着决定作用的是一群聪明睿智的精英，是一群高贵的艺术家。该城绝对不是由全体百姓们建造和管理的，而是由一个特别的阶层，一种行会在治理着。当广大的蜜蜂群众去田野里寻找共同的食物的时候，某些更肥大一些的蜜蜂——制蜡女工——便会去制造蜡，去处理蜡，去切削蜡，去巧妙地使用蜡。这个可尊可敬的建筑师行会如同中世纪的共济会一样，根据一种较深的几何原理去工作和建设。它们像我们古代的那些人一样，是活石的主人。这些可尊可敬的蜜蜂比古代的人更加有资格享受这一称谓！它们所使用的材料通过它们，被它们具有生命力的行动所制造，凭借它们内在的精髓增加活力。

无论是蜜还是蜡都不是植物性物质。这些小巧轻捷的蜜蜂外出去寻找花蜜，在将这花蜜带回来的时候它就已经发生了变化，因蜜蜂那童贞的生命而得以丰富，富于营养。这种蜜柔和纯净，从蜜蜂的嘴传递到它们的大姐姐们的嘴里。这些严肃认真的制蜡工大姐们得到了这富有活力的，并具有像人民的灵魂一样的可爱温馨的食物之后，对它再进行一番加工制作，用它们自己的坚强的生命使它变得坚硬。大姐们很贤惠，深居简出，把这种液态物质变成一种固态的蜜，一种强化的蜜。不仅如此，这种二度制作又二度富于动物精华的物质还不能马上使用，还得让大姐们不停地用它们的唾液进行润湿，使之变得柔软，继而更加地具有韧性。

我刚才说这个工程真的是"活石"工程是否说错了？这些物质没有一点是没经过三次生命的，没有一点是没浸透了三次生命的。有谁能说得出来，在这个蜂巢里是花儿贡献最多还是蜜蜂贡献更大？蜜蜂在这其中做出了一大部分贡献。这儿的百姓之家，是百姓们及其明显的心灵的结晶；百姓们以自身的精髓建造了它们自己的城市，它们就是它们的城市本身。蜜蜂与蜂巢是一回事。

现在让我们来观察一下它们的劳动。

博学的女制蜡工独自在仍旧空空荡荡的待建蜂巢的中央往前推进着。它从它的环节下灵巧轻捷地取出一块薄蜡片，用手将它送到嘴里。薄蜡片被它用牙嚼碎。由于它的牙齿如同吐丝器一般，从它嘴里出来的蜡成了带状物。有8块蜡板经过了这番处理加工，吸足了蜡工的唾液。蜡工继而又将它们揉成几个小块，把它们作为基础建筑的第一批标桩堆放在那里，成为蜂城的主基石。

其他的一些蜡工在第一位蜡工干活儿的地方继续地工作着。如果有哪个耍小聪明的学徒工不依循既定方针干活儿的话，学识渊博、经验丰富的蜜蜂女主人们立刻便会抓住小徒工的把柄，让它立即改正过来。（于贝尔语）

蜡块放置得很好，排列整齐，其中的好几块的蜡液已经均匀地渗了出来。现在，必须雕凿它们，雕出一个形状来。有一位蜡工，唯一的一位，离开了其他蜡工，用它的角质的舌头、牙齿、爪子，在这个尚挺坚硬的物质中成功地凿出了一个洞，像是一个倒置的拱顶。其他的蜡工便赶过来将它揉捏成形。它们两个两个地在把墙壁弄薄抹细。最关键的地方就是要始终细心地处理蜡块的厚薄。那么如何才能弄清楚厚薄恰到好处呢？谁能告诉它不能再敲打了，否则墙壁就要打破了？而它们从来就不会劳动大驾围着蜡块转上一圈，跑到另一边去观察一下的。眼睛对它们来说是无用的。它们是通过它们的触觉来判断一切的；触觉就是它们的探测器和罗盘。它们触摸，而通过极其仔细的触摸，它们便可以感觉得出蜡的弹性，或者听听蜡的回声，看看哪个地方还需要弄薄一点，或者，到此为止，不可再往薄里弄了。

大家都清楚，这种建筑有两种用途。一个个的蜂房通常是夏天用作摇篮，而冬天则用来储存花粉和蜜，是供养蜂城全体居民的粮食仓库。每一个小蜂房都是关闭着的，用蜡质盖子封上。全体居民都不许擅自闯入，要取食物就只能从唯一的一个敞开着的蜂巢去取。这个敞开的蜂巢取完了，再到另一个蜂巢去取，但是，不许多吃多拿，要尽量地节省。

有人一再地说，蜂房的建筑是绝对一致的。布封[1]甚至声称小蜂巢的形状完全与蜜蜂本身一样，宛如蜜蜂睡在里面，用自己的身体盲目地扭动，摩擦，留下了一个洞，一个真正的小蜂巢。这种说法毫无根据，稍加思索便可得知这是不可

1　布封（Georges Louis Leclerc de Buffon，1707—1788）：法国十八世纪的著名博物学家，其名著《自然史》享有盛誉。

能的，但是，仔细观察之后，又无法否定这一说法。

其实，蜜蜂们的工作是变化不定的，随意性很大，方法不尽相同。

首先，小蜂巢是从走廊中央凿穿的，或是从一些免得围着两个表面转圈的小隧道凿出来的。它们在任何事情上都要精打细算，在时间上更是吝啬至极。

其次，小蜂巢的形状根本就不完全相同。它们偏爱六边形，这的确是最佳形状，可以在很小的空间凿出最多的小蜂巢来。但是，蜜蜂们又绝对不是这种形状的奴隶。第一块搁板被它们粘在了木头上，如果要让它做成六边形的小蜂巢的话，怕它吃不住劲儿，而且它只是依靠其突出部分来支撑的。所以它们只弄了个五边形，做成"五角大屋"的小蜂巢，以便留出较宽的基础牢牢地固定在一根连续线上。整个小蜂巢黏合着，封闭着，但并非用的是蜡，而是用它们的树胶（或蜂胶[1]），这种胶干了之后坚硬如铁。

我们在搁板侧边所见到的那些大的房间或未来母亲们的摇篮根本就不是六边形的，而状似一个长形的鸡蛋，这使得住在里面的宠儿们有一个更加舒适的环境，更加便于生长发育。

最后，我们只要稍加注意观察一下，就可以从那些六边形的小蜂房的乍看上去很相似的特点中看出它们之间是有着

---

1 蜜蜂从植物新生枝芽上采集来的一种胶质。

很大不同的。它们对于那些"拾穗"女工们来说小了点儿，可对于女蜡工们来说又大了些，而对于丈夫们来说简直是太大太宽敞了。这种宽敞得益于底部的一个圆形房间，它使得底部呈环状，也就是说呈大肚状。什么房屋住什么人。丈夫生来就矮胖，大腹便便，命中注定要住这种形状的摇篮。

因此，蜜蜂们自己使房间的设计、大小呈现多样化。它们还因地制宜地在进一步变化房间的式样。如果没有地方，没有空间，它们巧施妙法，按比例地缩小六边形房屋，这是于贝尔通过一些巧妙的试验所证实了的。于贝尔曾设想用一块玻璃代替木头，贴在拴结它们搁板的一面墙壁上，以阻碍它们。但它们老远就看到这块玻璃片极其光滑，建材无法固定在上面，于是，它们便开始测量，让它们的蜂脾避开这块玻璃片，去与木头连接在一起。但是，为了让这些搁板弯成肘形，就必须改变小蜂房的直径，让凸状部分更大，而让凹状部分更小。这个棘手的问题在这些灵巧的建筑师们的面前便迎刃而解了。

于贝尔还说，在隆冬季节，在了无生气的季节，一个太重的蜂脾掉落下来，被下面的那些蜂脾接住了。眼看全部要垮塌了。它们便立刻进行加固，用一些很强力的乳香细绳固定住掉落的蜂脾，粘在蜂巢壁上，阻止这个危险的垮塌将整个内部建筑连带着拽下去。然后，为了防止类似的不幸事件再度发生，它们建了一些新的房间，一些不常见的房间，带有拱扶垛、墙垛、立柱、搁棚等等。

既新颖又不常见的房间！这可是在推翻布封的理论。是什么机器在创新？是什么自动装置在创造？这可是一件难以解释的事情。不过，我们的这位自然史伟大独裁者的权威也许会胜过事实，胜过观察的，如果在上个世纪末，蜜蜂们自己没有事出偶然地果断地解决了这个问题的话。

这是大约在美国革命期间，在法国大革命之前不久的事情。人们看到一种欧洲人并不了解的生物在出现并且在扩散。这种生物样子吓人，是一种夜间活动的又大又壮的蝴蝶，脑袋似骷髅一般，呈明显的浅灰色。这个人们从未见过的可怕家伙令乡下人惊慌不定，好像大难临头一般。其实，正是对它惊恐万状的那些人将它带到欧洲来的。它来的时候是处于毛虫状，与它故乡的植物待在一起，也就是与美国的土地一起来的。土豆是当时的时尚植物，是帕芒蒂埃[1]提倡的，是路易十六保护的，而且是到处在种。学者们还给它冠之以"命运之神斯芬克斯"之名。

这个昆虫确实很可怕，不过，那是指对蜂蜜而言。它特别喜食蜂蜜，而且不遗余力地非要弄到蜂蜜不可。一窝3万只的蜜蜂都吓不跑它。夜深人静之时，这个凶狠贪馋的家伙趁蜂城守卫不严，发出凄厉而沉闷的声音，仿佛声音被全身覆盖着的茸毛压住了似的（所有夜间活动的动物都如此），闯进蜂巢，直奔小蜂房，大肆抢掠，把储藏室搅和得乱七八糟，把蜂宝宝们也糟蹋得够呛。群蜂惊醒，赶忙聚集起来，奋勇

---

[1] 帕芒蒂埃（Antoine Augustin Parmentier，1737—1813）：法国军队的药剂师兼虫学家。

抵抗，但毫无用处，因为蜂针扎不透这恶魔那一身柔软而富于弹性的披挂。这身披挂如同墨西哥人在15世纪西班牙人统治时期所穿戴的棉盔甲一般，任何西班牙兵器都无法刺透。

于贝尔想尽一切办法来保护他的蜂群不受那疯狂强盗的侵害。他是不是要为它们装上栅栏和门呢？怎么个装法呀？他犹豫不定。设计完善的门总是有它的不便之处，让大量的蜜蜂堵在蜂巢口，进进不去，出又出不来。这时候，蜜蜂们更是心急火燎，你挤我推的，弄不好便会折断翅膀，碰坏这儿那儿。

一天早晨，帮助他做试验的那位忠实的助手得知蜜蜂们已经自己把问题给解决掉了。它们在各个蜂巢设想并尝试了一些不同的防御与加固的方法。它们或建一堵墙，墙上开一狭小的窗户，让那个胖大敌人无法通过，或通过一种更加聪明的创造，什么也不堵上，在各个门口设置一些交叉的拱廊，或者一些一个挨一个地排列而又互相缠绕的小隔断，也就是说，前一排留下的空档儿，后一排给补上去。这么一来，忙忙碌碌出出进进的蜜蜂们就有了无数的出口了，只不过得绕点弯路，走"之"字形而已。而那个胖大的敌人即使将翅膀收起也进不来了，甚至它想要出溜儿进来也得被这些狭窄的通道给蹭破刮伤。

这是动物界的政变，是昆虫们的革命。策划这个政变的是蜜蜂们，它们不仅以此来对抗抢掠者，而且也用来驳斥那些否定它们聪明才智的人。那些否定它们的理论家们，如马勒伯朗士[1]和布封这样的人，应该承认自己被打败了。而那些如斯瓦默丹和雷奥米尔的大观察家们，他们从不否定这些昆虫的聪明才智，向我们提供了无数的事实，借以证明它们的才智是无处不在的，并且是通过克服危险、障碍而得以增长，在某些情况下能够抛弃陈规陋习，取得意想不到的进步。

---

[1] 马勒伯朗士（Nicholas Malebranche，1638—1715）：法国哲学家和昆虫学家。

九

蜜蜂是如何生育蜂群和造就共同的母亲的

在蜜蜂的生活中，一切都是在围着孩子们转。让我们来看看这个爱物吧。让我们来看看将在刚刚建成的那个小蜂巢里面忙于工作的小处女吧。

首先，它诞生时很纯，无任何掺杂，甚至连最低级的必需器官都没有。在替它经常更新的糊状的蜜和花粉上，你首先看到的是一个逗号，然后变成字母C，再后来便是一个螺线。但是，这时候，它已经活了，组织结构完善了，很活跃了，以至到了第八天，它这个灵巧的纺织女工便可以编织它用于蜕变的网了。它的奶妈们为了让它在那神圣的时刻得到充分的休息，便小心翼翼地将它的小房间的门关了起来。它们在小蜂巢里放了一个浅黄褐色的小圆盖，毛茸茸的。小家伙作为蛹待上十天，有一块极其白净而且非常细腻的面纱包裹着，让你能看到一个微缩型的苍蝇似的昆虫待在里面，它已经长了眼睛、翅膀和爪子了。它只需二十一天便足以发育生长了。这时候，它便用它的小脑袋拱破那个小圆盖。然后，用它新长出来的那些爪子扒住它拱破的洞的边沿，用力地撑着，伸着，让整个身子出来。它真的是使出了浑身解数。但是，小蜂房里有蜜，把它粘住了。在第一间小屋里，它将自己的吻管伸了进去，自己在开始学习生活。

它还十分地虚弱，湿漉漉的，灰蒙蒙的。它将爬到太阳底下将身子晒干，使折叠着的柔软翅膀变硬。这时候，它的许许多多的姊姊姨娘都在迎接它，慈爱地在擦拭它，舔它，给予它慈母的亲吻。

没有任何一种生物像蜜蜂那样装备齐全并具有专门才能的。每一个器官都在教它如何使用并且告诉它用来干些什么。它长着五只眼睛又有两个触角在引导，它可以将一个特殊的最佳的品尝工具——吻管——向前伸出，伸到嘴外。这个吻管是一种长长的外舌，感觉敏锐，半绒毛状，以便更好地粘附，吸入。不用的时候，吻管可缩进一个漂亮的玳瑁管里，用其尖端去接触液体，待尖端沾湿之后，便缩回到内舌就在其中的嘴里。内舌善于判断滋味，具有最后的决定权。

除了这个灵巧的器官而外，还有其他一些较粗糙的有用物件：全身的茸毛可以沾满花粉；腿上的刷子可以将收获物归拢在一起；一些篮子可以把收获物压紧压实成各种颜色的小团；将这些工具集中在一起，就是职业的标记……去吧，我的闺女，去当收获者吧。

你没有其他任何欲念，你也不想要更多的东西。那些仙女般的处女们给你准备好了摇篮，每天都在喂养着你，使你变成它们以前那样。它们节俭、勤劳，但不能生育；它们通过节食，至少是通过有限的一点食物在它们自己和你的身上维持着童贞，可是它们却在大手大脚地侍候着现在还是个孩子的未来的共同的母亲，那些大部分都是无能无用的雄蜂却只能望洋兴叹，哀叹命苦了。

　　这里就触及蜂城居民的根本、忠诚和聪颖了。女蜡工和蜜蜂建筑师们，如果它们征询活着的共同母亲的意见的话，它们就绝对不会为它准备一个继承者了。这位健在的共同母亲嫉妒成性，待它的继承者一诞生，它就想要置它于死地。所以它们根本就不会去征询它的意见。这些聪明而健壮的蜜蜂想到大家都将死去，就考虑着让未来的共同母亲健康成长，长命百岁。于是，它们便在小蜂房或接待蜂群的全体孩子的小摇篮旁边建起一些很宽敞的房间，比小蜂房要宽敞十五倍、二十倍，把那只普通的卵放进去，舒舒服服，自由自在，可以长得又大又胖，各种天然的才能也都得以发掘、增长。为了让这只选中的卵生活优越，它们还为它准备了营养更丰富、品种更多样的食物，以增强它的性功能和生育能力。这是一种健康的液体，见效甚快，如果奶妈们不小心误将它滴到邻近的一些摇篮里，那里面的小蜜蜂意外地获得这天赐之物，也会增强自己的生育能力的，当然它们的生育能力会差一些的。

　　　　我在造就一些国王，可我自己并不想当国王。

　　悲剧的这句诗句充分地反映了这些聪明的奶妈们的大公无私。它们把世界上所有的礼物都给了这个宠儿：一间美丽而宽敞的大屋子、一种高级的食物，以及女性的那个"天堂"——母爱！但是，对这个宠儿的那些姐妹们就大不一样了：窄小的摇篮，粗糙的食物，不间断的劳作，艰难困苦在等待着它们。其中的一些姐妹将要到田野上去，为了蜂城中的百姓和那位母亲而采蜜；另外的一些姐妹会被关在蜂城屋内，不停地在建筑工地上干活儿照顾子孙后代。它们没有一点娱乐的时间。我没有看见过它们像蚂蚁那样拥有节庆日和体育活动。它们有的节庆日就是干活儿（而那位母亲却被免除了劳动）。只有唯一的一个，它们给予它爱和智慧。

这位全体人民都热爱的神赐的孩子的特点是，它特别拥有一些长长的金色爪子，或者透明的琥珀色或金黄色的爪子。这种亮丽的颜色突显了它的肚子，而且一直扩展到它的背环节。它高雅、轻捷、高贵，无需那些女工背负着的沉重的劳动工具：刷子和篮子。它像所有的蜜蜂身佩"宝剑"，我说的是针刺，却不怎么拔剑相向（除非因私事而进行决斗）。它没有什么机会动用它的宝剑，因为有那么多的奶妈们围着它转，精心地侍候它，对它施之以无限的爱。

这位共同的母亲十分胆小，稍有点什么就能吓它个半死；一旦有点风吹草动，它便逃之夭夭，躲进蜂巢深处去。它的脑袋不太大，其唯一的特殊功能就是无法像其他同类那样增加智力。其他蜜蜂有更多的机会获得知识，增加技能。那些小拾穗者们对田野和生活有很多的经验。蜜蜂建筑师们更是事情多多，要处理内部的上千件预料之外的事情，它们不得不考虑自己的聪明才智，使之更加发育增长。蜜蜂却只有两件事要做。

春回大地的一个晴朗的日子，阳光灿烂，午后三点左右，它会走出蜂巢，在一千甚至更多个雄性之中为自己挑选一位夫君，用翅膀将后者挟带而去，不一会儿之后，便将肢体不全了的这位夫君抛弃了。它便返回蜂巢，一切随之结束。它有四年的生育期，这是它生命的普通年限。没有任何一种爱情比这更短暂更贞洁的了。除了隆冬季节的那三个月的麻木状态而外，无论什么季节，无论白天还是黑夜，它都在不停地产卵。它从一个小屋跑到另一个小屋，在每一个小屋里都留下一只卵。这是群蜂要求它做的所有一切。它生下来就是为了产卵的，而且这也完全与它的繁殖能力成比例。如果它变成不育者了，那所有一切都被剥夺了：没有活动，没有工作，也没有了大家对它的爱。大家对它的这种情感并不完全是偏见，而是从实际出发，为了蜂群的繁衍，这一点是很显然的。

我们的那些作者们说，这位母亲没有头脑。它同所有无所事事者一样，任性而见异思迁。产了一年的卵，在蜂巢里过了一年的幽禁生活之后，它就想要飞出蜂巢，呼吸外面的空气，看看外面的世界，参观游览一番新的地方。不过，它还有一个更重要的原因没有说。它看到那些宽敞的屋子，那是用来培养一些年轻的母亲的，它们将会取它而代之。它感觉到它们是它的竞争对手，它非常嫉妒它们。它不停地在它们的屋子周围转悠，眼见屋子没有认真地把守，即使有守卫，也离得老远，另外，墙壁又都非常薄，它将会用它的刺针刺杀它们。当这些住在宽敞屋子里的小家伙们并没有感觉这个母亲的愤怒，对自己的危险迫在眉睫全然不知，还一个劲儿地在摇篮里扭来扭去,叽叽喳喳,像知了似的哼唱着只有蜜蜂母亲们才唱的小曲,明显地在表示它们将取代过时的母亲,那会发生什么事情呀!……蜜蜂们遇到任何情况事先都会教导这些小家伙的,所以小家伙们——这些年轻的未来的母亲们——此时此刻就非常尴尬,不知如何是好了。凶残的决斗是不可避免的,这些无事的小生命将会被残杀。如果大家任随这位过时的母亲一意孤行的话,它是绝不会手软的,必定会杀得一个不留,斩草除根。宁可分手也别打内战。于是,过时的母亲愤怒至极,但又惊慌不已,它到处跑来跑去,似乎在喊:"好吧!热爱吾者,跟着我走!"它唱起了出发之歌。一切工作全都停顿了下来。

不少的蜜蜂决定跟随着它,便开始着手准备起来;它们饱餐了一顿,一顿吃掉了好几天的食粮。蜂巢的骚动忙乱从气温的改变也反映了出来:蜂巢里的气温由原来的28度上升到30—32度。这对蜜蜂来说是难以忍受的;它们的器官的一大特征就是容易出汗。在这么高的气温下,它们一个个全都大汗淋漓。因此,只有两条路可以选择:离开或死亡。母亲走出蜂巢,大家随即也冲了出去。它们在自己那抛弃了的祖国上空盘旋了一会儿,随即便飞离而去,在空中画出了一些奇异的不可思议的纵横交错的线路来。天空似乎被它们给遮黑了。其中有一些终于停在了附近的一棵树的树枝上,然后其他好多的蜜蜂跟着女王也停在了树上。它们彼此互相勾挂着,像一串葡萄似的吊在那儿。平静恢复了。其他的那些蜂城因为害怕这些逃亡者的侵犯,随即警觉起来,守紧各处城门,增派上百倍的守卫,但是,看到这些逃亡者就待在树上,并无侵犯的意图,便松了口气,回到各自的工作岗位上去了。

可是,一些谨慎而忠诚的探子离开了"葡萄串",去周围打探一番,看看哪些地方适合于重建自己的新家园。德波乌瓦是第一个观察到它们的这种预见性的,他发现了它们派出"侦察兵"去侦察了解新的殖民地。能够躲避北风呼啸的树洞和岩洞,喝水方便的小溪,就是我们这些迁徙者的最佳选择。一个完好的而且已经储存着蜜的处所是它们所向往的。它们很实在,实用主义的精神在引导着它们。

这是不是说它们离开了它们辛勤劳作的故土就毫无遗憾呢?是不是说一旦离开故土,它们就不怀念它了呢?绝对不是。尤其是那个"头脑简单"的母亲,总是想着回去,有人发现它两次、三次地执拗着要回去,要带着它的那些极其忠诚的百姓返回去。

如果它真的回去了,与没有离去的百姓推选的新的母亲面对面的时候,那会是什么样的情况呢?有可能会决斗。即使过时的母亲没有离去,一位年轻的母亲也会不顾大家的一再劝阻而破壳而出,去找它所嫉妒的这个过时的母亲寻衅的。战斗是不可避免的。但是,由于双方都知道自己的对手备有一把致命的大刀,双方胆怯的本性可能会压下它们的怒火,只将决斗局限于无伤大雅的推推搡搡,顶多也就是抱在一起扭打起来,像职业摔跤手似的。但是围成一圈近距离地观看着的百姓们却十分认真严肃,它们认为事件就该这么解决。蜂城中的分裂是灾难中最大的灾难。它们极其节俭,刻苦自己也刻苦他人，以致我敢肯定它们十分清楚如果要拥戴两位女王，养活两个母亲的话，花费确实是太大了。它俩养尊处优，好吃好喝好享受，那就大大地害苦了广大民众了。如果要花费两笔财政预算的话，那么，国将不国，必然灭亡了。它俩必须有一个死。因此，人们会看到这么一个奇特的场景，这个典型地代表着这个蜜蜂民族奇特精神的场景：那个先前养尊处优，受到精心照料与侍候的过时的母亲，如果退缩的话，大家就会推搡它，把它推进决斗场，直到双方有一方跳到对方的背上，用它那弯曲的腹部，勾到对方下面，把它的那把利刃插进敌人的五脏六腑之中。

统一恢复了。幸存者，如果被打败了，会毫不客气地被抛弃，而战胜者，便成为全城百姓的偶像，成为活菩萨，但是，它却必须考虑那个特别的条件：使蜂群永远延续下去，要永远地生育。

如果我们假设出现了可悲的情况，母亲全都死了，那么没娘的百姓会怎么样呢？它们会不会像有人说的那样，精神崩溃？这种不幸会不会导致一种疯狂的无政府主义出现，会不会导致全城百姓乱成一团，自己互相抢掠？

德波乌瓦先生说，绝对不会。开头的几个小时，是会出现混乱、痛苦和愤怒的，但这只是表面的一种狂躁。它们跑来跑去，躁动不安，停止了工作，甚至有一会儿工夫会忽略了那些小家伙们。但是，这个民族一向是严肃认真的，很快便恢复了尊严，回到了自我。母亲死了？母亲万岁！我们将重新造就一位。我们从前怎么样，今天仍旧怎么样。

最后一位将成为第一位。百姓中最小的那位将母仪天下：它刚刚破壳，它还没来得及尝到狭小摇篮的挤迫滋味，它还没有因为女工那一点点食物而瘦弱。那种食物不是蜜，而是普普通通的花粉，大家称之为蜜蜂的面包。那些曾经靠这种干面包生存的蜜蜂一个个全都很瘦小，它们没有能力改变自己了。

　　但是，这最小的一个，那么柔软、稚嫩、瘦弱，将会变成大家想要的那样的一个。为了让它成为一个真正的女性，一只爱情蜜蜂，一只生殖力强的蜜蜂，需要什么呢？需要自由。让我们为它准备一个宽大的摇篮，它可以在里面随心所欲地扭来扭去，翻来滚去，折腾来折腾去。为了替它造这么一个大摇篮，必须毁掉三个摇篮，也就是说有三个孩子将不会诞生了。如果它一年之后为你们生出一万个孩子，毁掉三个又算得了什么？

　　对这位百姓之母的"加冕礼"就是百姓们从自身提取的活食物，它们在其中往花的芬香的精髓中添加了蜜蜂的温情。这是高级的强身健体的食物，集中了芳香植物的精华，充满着童贞的爱，是三万多姐妹们为这个最优秀的孩子，这个属于它们大家的孩子所准备的最富营养的食物。

　　到了第三天，那孩子看到自己的摇篮已经弄好，还配有各种装饰，好似一个倒置的金字塔，空间大极了。刚到第五天，大家便在摇篮里放了一个玺，让它在那儿踏实地睡觉，并且安然地完成它的蜕变。自这时起，就不再有什么好担心的了。大家看护着这位可爱的睡觉的宝贝，它明天就将成为大家共同的灵魂，将通过爱激发百姓们的劳动热情。百姓们守护着它，侍候着它，怀着一个民族所应有的自豪，这个民族选择了这位共同的母亲，养育着这位母亲，造就了这位母亲。它们很自豪，自豪自己知道在必要的时候为自己创造一个上帝。

结论

蜜蜂和蚂蚁让我们看到了昆虫的高度的和谐。

蜜蜂和蚂蚁都极其聪明,都是艺术家、建筑师。另外,蜜蜂还是几何学家,而蚂蚁特别出色,如同教育家。

蚂蚁确确实实是"共和主义者",但对待软弱娇嫩的雌性却非常粗暴;而蜜蜂则相反,它们似乎更温柔,或者至少是非理性的,更加地富于幻想,它们在对共同的母亲的崇敬中找到一种精神的支持力量。这对于那些"处女城"来说,就像是一种爱的追求。

无论是在蚁群还是蜂群之中,母爱都是社会准则,而姐妹情意却在其中扎根,在其中开花,在其中升华至最高境界。

◇ ◆ ◇

这本书开始时一片模糊,而结束时则是一片光明。

为了很好地认识昆虫,就必须看一看,欣赏一下它们的劳动,它们的群体。如果说它们的构造如大家所说的那么低下的话,那么它们却是极其了不起地以那么低级的器官完成了那么显赫的工作。

必须指出,那些最先进的工程都是那些没有任何特殊工具以便利其劳动而只是通过其灵巧和创造来干活儿的昆虫(比如蚂蚁)完成的。

如果这些艺术家不是那么弱小的话,那我们会对它们的才艺和劳动成果做出什么样的评价呢?如果我们将白蚁城与非洲黑人的陋屋做一比较,将蚂蚁的地下工程与我们罗亚尔河流域的穴居人的洞穴做一比较,我们会发觉昆虫们的艺术才能是多么的高呀!难道是体积的大小让你们改变了精神判断吗?那么,必须有多大的体积才能让你们拍手称赞呢?

◇ ◆ ◇

另外,如果说这本书没有改变读者的看法的话,那么它已经极大地改变了我们的看法了。它大大地改变了这项工作的进程。我们以为是研究一些事物,可我们发现的却是灵魂。

日常的、亲切的观察使我们了解了它们的生活,促使我们心生一种热爱我们的研究的感情,但是,也使我们的研究变得复杂了:要尊重它们个人以及它们的生命。

"什么?一个昆虫的生命?一个蚂蚁的存在?大自然把它们创造出来就是廉价的生命,而且在不断地改进着它们,创造出那些生命来,让它们彼此之间相互牺牲……"

是呀,是大自然造就的它们。大自然赋予生命但又索回生命,它掌握着它们命运的秘密,掌握着那种在一系列可能的进步中回报的命运的秘密。而我们对它们爱莫能助，除了让它们做出牺牲而外。

　　这是个很严肃的问题。那可不是一种孩子似的感情。但是，无论是孩子还是学者，都没有注意这一点。但是，一个人，一个习惯于凡事与自己联系起来并且重视自己行动的人，是不会轻易地剥夺一个生物的这种天赐生命的，因为我们根本就没有任何能力给予它哪怕是极少极少这种恩赐的。

　　这种想法在我们脑子里生了根。一开始，有一位比我更重感情更严谨的人，带着在枫丹白露做小小的昆虫学研究的计划来到了这里。他犹豫了，拖延着，然后便天良发现，觉得应该放弃这种研究。他并不是在谴责这种科学收集，因为这种收集是科学研究所不可或缺的，但是，他深信不应该以置昆虫于死地为乐。必须强调的是，这些生物在形态和颜色方面并没有它们的生活习性、动作行动重要，所以不应该用大头针将它们钉住保存着。

　　我们就这种问题所进行的第一次争论就是关于一只十分美丽的蝴蝶（如果我没记错的话，应该是一只"斯芬克斯"）的命运的。它被我们用捕蝶网捕捉到后，仔细地观察了一会儿。连日来，我十分欣赏地看着它在花丛中飞来飞去，但并不像大多数蝴蝶那样傻乎乎地在花间跳跃，而是从高处选择着花朵，然后用一根很细很长的吻管，从上往下地扎进去。它一点一点地在吮吸，然后便快速将吻管收回，像弹簧似的那么迅捷。动作之潇洒、简洁、干脆，真的是无可比拟，仿佛一直在说："够了……今天这么多就足够了……明天再干吧！"我还从未见过比这更加干净利落的动作哩。

它只是一只灰蝴蝶，一点也不出色。看到它死，有谁会猜得到它那么敏捷利落，它是大自然的宠儿，而它的风采又在大自然中丧失殆尽了？

我们将捕蝶网打开了。几天后，我们高兴地又看到那只被我们放掉的蝴蝶，因为外面下大雨，它晚上飞来我们这儿，待在房间里避难。第二天早晨，它想去沐浴阳光，便飞走了。

另外，我必须要说，所有严冬来临时的受难者，出于笃定而又令人惊讶的本能都会主动地来到这里，作一次临时性的逗留，与我们待在一起。有一只小灰雀，浑身是伤，明显地是受到无数的袭击，飞到我这儿来时，惊恐慌乱，但是，从第一天开始，就在我的手心里吃食。还有一个更惨的，是一只小红尾鸲，被人残忍地扯去了冠毛，好充作黄莺去卖。这只受人虐待对人有所恐惧的小家伙，却并未因此而害怕我，不仅一开始就在我手心中，在我嘴上啄食，而且还只愿意在它女主人的手指头上睡觉。

至于昆虫，想要驯化它们是不可能的。但是，有好些昆虫似乎能够同人生活在一起，很喜欢性情平和的人，喜欢性格温柔的人。去年冬天，有两只漂亮的红瓢虫就把我们的桌子当成了住所，就居住在我们的书籍纸张里，并不在乎我们经常地翻动。我们不知道该喂它们什么。一冬天也没见它们吃什么，但身体并没显得怎么差。我们房间暖暖和和的，它们似乎感到非常惬意。

九月份起的大风，甚至到了冬天，也往我们家里吹送过来一只漂亮的红毛虫。尽管它并不是自己主动地跑来的，而是不由自主地被风吹了来的，但是我们觉得还是应该善待这位落难者。我们不知道它是吃什么植物长大的,但是,我们根据它的动作猜测,它被吹到我们家来时正在吐丝。我们找了各种叶子来喂它,但它一种也不喜欢。它爬过来爬过去的,显得极其烦躁。我们猜它原是想悬吊在一根树枝上,不幸的是大雨滂沱,把它冲掉下来了。但是,给它拿来一根树枝,它仍然不理不睬。由于许多的毛虫和蛹都是在地下干活儿的,所以我们又给它弄了一些土来。但是,土也没让它动心。于是,我们又在想,它是在吐丝纺织时被吹了来的,那它可能会喜欢布料,我们就把它放在窗户的一块缝隙防风衬垫上。这块冷冰冰而且粗糙的衬垫,它根本就不喜欢。而且,窗户透风,一个冬天肯定会把它冻僵的。最后,从女性的角度推断,我们在想,既然它当时正在吐丝,那它可能会喜欢我们的显微镜盒子里垫着的丝绒。

很显然,它要的正是这个。它白天晚上都待在那丝绒上,看中了这个软和、温暖、安全的地方了。它已经吐丝了,已经急不可耐、着急忙慌地把自己的丝一左一右地来回地吐着,仿佛害怕被人打搅似的。后来,它看见别人尊重自己的劳动,在白天,便发现干出的活儿尺寸不对,壳太小了,便扯毁掉三分之一,从高处往下成比例地吐丝编织。

因此,显微镜、解剖刀、我们的器械全都被扔下了。我们将做些什么呢?这个对我们十分信任的小家伙在我们家住下了,不想走了。生活驱赶掉科学了。严肃的科学啊,您少安毋躁,等上一段时日吧。我们在冬天将尊重蛹的睡眠。

注 释

1. 本书的意义。我是用心写它的。我没有赋予它任何思想，也没有将它归于任何的体系。我避免进入科学争论。

如果下面的方法您觉得过于系统化的话，您就别去理会它。我们在这儿没有寻求任何教条。我们只是想简化观点，让读者们能够纵览全书。

起始点是很激烈的。那是昆虫与可能成为其生命障碍的所有病态的或讨厌的生命进行的一场广泛而必要的战争。这是一场可怕的战争，是地狱般的活计，但是它拯救了世界。

这个全球进程的强大加速器将会像烈火一般摧毁一切。但是，为了让它具有这一角色所要求的行动的激烈性，它本身的活动就必须是加速的，它的生命就必须是紧凑的，无论是从爱到死，从死到爱，它都得在飞速地绕着圈转动。无论这个圈是多么的短暂，它都只能以艰难的变化的代价去完成它，而这些艰难的变化似乎是一种连续的不间断的死亡过程。

在大多数昆虫中，赞歌是对父亲的死亡奏响的；对于母亲来说，生育则是迫近的死亡。一代一代就这么传承下去，而互不相识。母亲喜爱并照料她的女儿；她往往会为女儿而牺牲自己，但她将永远也看不到她的女儿。

这种残酷的矛盾、这种与大自然与爱的最感人的祈愿相对立的狠心的拒绝似乎点燃了并激发着这种爱。它毫无保留地献出了一切，它知道这就是死亡。它从中汲取着两种力量：颜色与光线的从未听说过的语言，令人心旷神怡的幻影，爱在其中不再表达出来，却毫无遮拦地显现为灯塔闪烁着的标志灯。这是对飞速的现时的呼唤，是闪电，是幸福的霹雳。但是，对未来的爱，对尚不存在的预见性的温情是以另一种方式表达的，是通过极其复杂而精巧的大量工具（我们所有的机械工艺在其中都有其最完美的模型）来表达的。这个巨大的"工具库"经常只能用上一天；它让它们在抛弃自己的孤儿时能够临时制作一个摇篮，使母亲继续存在下去，当母亲不在了的时候，这个摇篮就将起到孵化的作用。

怎么！母亲非得死不可吗？严厉的法律难道就不会有例外吗？特别是在炎热的气候条件下，许多的母亲是能够幸存下来的。如果这些母亲聚集在一起，如果她们将自己那短暂的生命结合在一种我们的孩子们将会从中找到一个永久母亲的共同和持久的生命里面呢？

怎么才能避免死亡？……让咱们创建一个"社会"。

创建一个"母氏的社会"。雄性是个例外，是个次要的意外，往往还是个早产儿，一个昆虫怪胎。

雌性是母性和孩子的救星，她们的梦想就是保持长久，建造一座"城市"，这座"城市"也在拯救她们自己。

这个"社会"只是在保证她们在不孕期的存在的同时才能长期延续下去。因此，有必要聚集在一起。因此，必须干活、节俭、节制、管理。

但是，大自然的力量虽然被努力和工作所规避，却并未失去它的权利。它一方面被征服了，另一方面却又回到了"城市"中，并在其中有着可怕的影响。这个保护性的"社会"让大量的昆虫逃避了死亡，因而也大量增加了需要供养的"人口"，所以负担极其地沉重。为了不致饿死，必须吃得极少，必须只留下很少的有繁殖能力的雌性，让大部分死去，让几乎所有的雌性成为"单身"。她们被教育"守身如玉"，只知干活儿，她们自摇篮时起便具有极强的雌性能力，但是她们在思想上并非如此。对某些官能的扑灭似乎有利于其他的一些官能。

这就是一些"继母"或"婶娘"的极其严格的机制。很少为了爱而需要性，为了要"孩子"，为了爱"孩子"和收养"孩子"才会有性的要求。她们不是母亲却胜过母亲。在蜂窝中和蚁穴里，如果遇上入侵或毁灭，亲生母亲自顾自地逃之夭夭；婶娘们、姐妹们则非常真诚，只想着搭救孩子。

昆虫受到这种虚假的母性和无私的爱的培养，远胜于所有的生物，甚至胜过那些身体构造明显十分高级的生物，比如哺乳动物。它让我们知道机体并不是全部，生命本身还有着某种超乎一切而且并不局限于器官的东西。像蚂蚁那样的昆虫并没有什么有助于其劳作的特殊工具，但是它们恰恰又是最先进的。

地球的最伟大的杰作，居民们最向往的最崇高的目的，毫无疑问，就是城市。我的意思是说一种极为团结一致的"社会"。而除了人而外，唯一达到这一目的的，毋庸置疑，就是昆虫。

其他所有的生物都未能达到这一境界。鸟儿是最可爱的、最崇高的，但是在这个方面是最个体性的。鸟儿的"社会"，就是家庭；它们的城市，就是它们的鸟窝；它们的联合也只不过是一个个的鸟窝的相邻，以保证安全。与我们极其相近的哺乳动物，在我们看来是那么感人，它们在自己那最先进的"社会"中和谐地生活着，比如海狸，它们相互配合默契地干着活儿，但是，在工作之外，它们却是一家一户地分别生活着的，它们只是关注自己的温馨小家庭，所以也是孤立的。海狸的这种聚合是一些"建筑师""工程师"的聚合，但是它们是各自生活在自己的家中的，它们不是"公民"，它们的住处也不是一座"城市"。

"城市"只有在昆虫中才有。如果我们看看它们的组织结构的话，它们与人相差甚远，但它们是非常了不起的，是其他任何生物所望尘莫及的，它们的杰作、它们生命的最伟大的杰作，就是集中生活。它们并没有让我们极其感兴趣的高级动物的那种亲缘关系；它们没有血液；它们没有奶。但是，我觉得它们有着一种很高的亲缘特性：它们具有社会意识。

长期以来，一种顽固的愚昧无知一直在宣扬这些昆虫社会的完美本身是源于它们的自动性，然而，当代的观察表明，它们在改变环境，给环境设置障碍，造成一些未曾预料的困难的同时，是带着魄力和冷静的意识去面对它们的。

这是一个中规中矩的世界，但是，必要时又是一个自由的世界。

这个世界刚才在其战斗的破坏的先天使命中，让我们觉得是一种极其命定的力量，而由于母爱的结果，变成为一个社会和谐、高度教诲性的世界。

母性？完全出于母性？不，共同的生活将昆虫带到一种更高的情感阶段的门前。即使是在那些孤立的埋葬虫和金龟子中，兄弟般的合作已经开始了。它们互相帮助，彼此相救，彼此相帮着去完成某些工作。在能够群居的那些昆虫中，这种情况发展得更加好；蜜蜂彼此间嘴对嘴地喂食，而且，即使饿着，也要让自己的姐妹吃饱。一位非常值得信赖而绝非信口雌黄的观察者拉特莱伊看到过一只蚂蚁在为另一只断了触须的蚂蚁疗伤，往后者的伤口上吐蜜汁，使它的伤口封上，隔绝空气。

这与我们一开始所想象的是多么不同呀！开始时，我们总觉得昆虫纯粹是一种贪婪的元素，一个吞食的机器！

这是最伟大的、崇高的变化，比蜕变期的变化更加卓越，比导致卵、毛虫、蛹，导致生出翼翅来的变化更加赫然。

这是一个有别于人类的世界，一个与人类没有共同语言的世界，却与我们的世界极其并行不悖地存在着的世界。我们创造任何东西几乎都是事先有所考虑的，然而我们并不知道，昆虫早就在这么干了。

大动物们，它们发现了什么？什么也没有发现。似乎生命的热量、鲜红的血液在它们的身上遮挡住了智慧的光芒。

相反，昆虫世界没有沉重的"战车"和嗜血成性，却更加厉害，并具备着一种"神经电"，似乎是一个使人精神恐怖的世界。

恐怖吗？并非如此。如果说恐怖存在于意识的边缘的话，那么安全却是存在于内里的。细小东西的那种活跃的能量乍看上去可能会很吓人。我们在外貌的细微中看到个性的光芒，看到一种我说不清楚的似乎是一种人伪造的东西，这让我十分恐惧。

这些光芒曾经让伟大的斯瓦默丹困惑不解，把他吓得往后退缩，然而也正是这些光芒在鼓励着他。是的，一切都在活着，一切都感受着，一切都在爱着。这真的是一种宗教式的奇迹。在物质的无限之中（它在我眼前深化着），我为了让自己放宽心而看到了一个精神的无限。迄今为止一直被天之骄子视之为独有那个个性，我看到它已经广布于众生，并且赋予了微不足道的昆虫了。如果我在任何地方都没有在灵魂的广泛性中重新找到普世之爱的热情与温情的话，我就会觉得生命的深渊是荒芜的、凄凉的、不育的，是没有上帝存在的。

2. 我们的起源——在一本并无任何科学奢望的书中，一本愚昧无知者献给愚昧无知者的书中，我们将毫不隐晦地承认我们的研究方法是极其间接的。如果我们通过敏锐的分类学者或细致入微的解剖学家，抑或是通过一些枯燥乏味的教科书开始的话，我们也许在最初就停下脚步了。不过，我们通过那些伟大的昆虫史学家的吸引人的侧面品味了这门科学，他们将昆虫的习性与对它们的器官的描写结合了起来。这对我们的思想产生了巨大的震动，这是决定性的一个震动，这一震动是两位于贝尔（路易·于贝尔和圣于贝尔）关于蜜蜂和蚂蚁的那些书带给我们的。我们的印象极其深刻，以至我们便饶有兴趣地继续读了雷奥米尔的那六大本回忆录。那是不朽的著作，至今仍一直具有着一种极大的权威性。无论是布封（十八世纪《自然史》的作者）的鄙夷不屑的反应，还是人们在随后就某些观点所写的极其精辟的解剖学著作，都让大家无法忘掉他。雷奥米尔是我们研究的中心，因为他，我们时而回溯到十七世纪的著名的大师们（斯瓦默丹和马尔皮吉），时而又回到十八世纪的那些著名的大师们（利奥内兄弟、波纳兄弟、德·吉尔兄弟）；最后，我们又回到我们当代的那些大师（拉特莱伊、杜梅里尔、勒佩勒蒂埃、布朗夏尔）。我们在利用概述科学的那些精美著作，比如拉科尔代尔的著作的时候，绝没有忽略本世纪所出版的那些专著，比如雷翁·杜鲁尔的专著，它们分散地发表在《新科学年鉴》和其他的论文集中，也没有忽略瓦尔克内尔关于蜘蛛的大作，以及斯特劳斯关于鳃角金龟的巨制，后者是一流的作品，只有利奥内的《毛虫》可以与之并驾齐驱。至于旅行者们所讲述的那些细节，我们将有机会随时引述的。我们还要感谢那些外国人，比如基尔比、斯米特曼、兰德等，他们对我们的帮助也很大。对于昆虫的解剖如同对于一般生物的解剖一样，我们并不太推荐那些精心制作的标本，为了观赏，它们不得不被放大，那些标本都是我们卓越的大师奥祖博士所制作的。

3. 第一卷，第三章，第54页，关于胚胎昆虫、看不见的微小生物、昆虫的先辈纤毛虫等。——在西西里蛇螺的劳作被德·卡特勒法热先生观察到了。——至于微小的纤毛虫的化石等，它们的巨大的变化是埃伦贝尔所发现的（参见他在1834年《自然科学年鉴》第二卷第134页所刊登的几篇论文）。他详尽地阐述了居维埃未能解释清楚的观点，而且，他用自己的发现对后者的观点进行了补充。

在昆虫的世界方面，在昆虫今天仍然在为自己创建一些小世界的方式方法方面，在这些做出了极其伟大的事业的卑微的建筑者们方面，我们应该感激那些英国航海家，比如纳尔逊们、达尔文们等。这些细致而精确的，而且在下结论时通常又十分谨慎的观察家们是最大胆的人，他们发现了秘密，并根据事实找到了特性。请大家读一读达尔文的著作（利埃尔天才地对他的著作进行了概述），以便了解被鱼和珊瑚虫交替地争夺的这座白垩工厂；鱼和珊瑚虫用白垩建造了一些岛屿，不久将建成一些大陆。

英国这个巨大的"珊瑚虫"，其"臂膀"把地球砸得紧紧的，并且不停地在触摸着地球，它独自就能很好地在其遥远的孤独之中观察着它；它在其中继续随心所欲地永不停息地"分娩"着。它关于地球的危机、时代、变革的伟大理论，也许将丧失它们的一点点重要性。现在我们知道，一切都是危机，并且是不断的变革。

在欧洲，人们是否发现整个一种文字二十年来都是源自英国的？我将它形容为英国人所进行的一种巨大的"对地球的征服"。为什么这么说呢？因为其他的国家在"漫游"，只有英国人在"逗留"。他们每天每日在全球各地一再地进行鲁宾逊式的研究，而且这种研究是一群独立的观察家们进行的，他们是因为自己的商业活动跑到那儿去的，而且这些商业活动也不是有计划有步骤的。

4. 第四章，第63页，（爱情与死亡）雌性的器官。——雷奥米尔和所有的作者都十分地赞同说，战斗武器变成了一些母爱的工具。拉卡斯先生在一篇完全是通过观察并继续着一位杰出的大师——雷翁·杜弗尔的类似研究的精辟的论文中，对这一主题进行了极其精确的阐释。这篇论文的无疑是新颖的和主要的一个观点就在于，他完全符合若弗鲁瓦·圣伊莱尔、塞尔、奥杜安等的观点，它指出，"这些变化多端的且将腹部延长的甲胄，导致那末端的环节中的一两个环节的改变，甚至丧失。"这样一来，特性似乎对一些确定的物质产生了影响，使一部分物质有所增多，而损害了其他的物质，它们或缩短或改变。

5. 第五章，第73页，怕冷畏寒的孤女。——有人会说："这是多大的活计呀！这是强加于幼小昆虫的多么可怕的始终不断的压力呀！它们尚无'工具'、尚未拥有日后令人堪羡的昆虫身上的高级工具库！它们要拥有这个工具库的话，尚需时日。如果它们出生时不那么柔弱，稍许坚强一些，不那么容易受感染的话，那事情就好办得多了。"

是的，确实如此，但是，它们可能就是不适合拥有那种能保证它们成长发育的主要东西。大自然希望它们柔弱，非常柔弱，以便更加容易经历蜕皮期，经历它们将要承受的艰难的蜕变。如果它们很坚硬的话，那么它们的蜕变就将是一种撕心裂肺的痛苦。它们本能地感觉到这一点，所以很害怕变得很坚硬。比如成串地爬行的毛虫，尽管"穿衣戴帽"，身上毛茸茸的，但是，它们仍在宽大的"袍子"下面防备着太阳的灼晒。当晚间空气湿润，弥漫着雾气，能让它们保持身体的有益的湿度时，它们会想着爬出去的。

6. 第七章，第84页、88页，凤凰涅槃。——对昆虫的解剖是我们这个时代的最大的争论之一。七月革命后，有人曾经拜访过歌德；这位著名的老人说道："啊！嗯！这个问题已经解决了？"可是，当这位拜访者似乎明白了这个政治性的问题时，歌德又说道:"啊！问题远不只是如此！这牵涉到居维埃和若弗鲁瓦的大的决斗。"——世界分为两派。斯特劳斯和其他一些人忠于居维埃。伟大的物理学家安培在一篇登载于《自然科学年鉴》第一卷的匿名文章中，赞同了若弗鲁瓦、奥杜安和塞尔的观点，甚至还带着一种幼稚的大胆阐释了这些观点，而上述几位解剖学家出于谦逊都没有表现出他的这种胆量来。

这场争论的全部复杂细节都进行了筛选，而且为了这本书，我是怀着一种耐心、一种永恒的爱在撰写它的；是我对大自然的一种温情而真切的宗教般的虔诚才让我具有这种耐心和爱的。

昆虫在这些生物之间所占据的位置在拉科尔代尔的这篇杰出的摘要中是确定无疑的:"昆虫由于其肌纤维的力量而与脊椎动物并驾其驱，它在消化系统方面略微逊于脊椎动物，但是在呼吸量上甚至高于鸟类，而由于其循环系统的不完善，它却处于软体动物的下面。它的神经系统不像许多甲壳动物的神经系统那么集中。"（拉科尔代尔，第二卷，第2页）

昆虫有没有大脑？对这个问题是有争议的。软体动物的神经器官尚未找到中心，而昆虫的神经器官却确实是趋向于集中的。两条纵向的神经索通向全身，最后到达脑部神经，而在高级动物中，它们并不是堆积在一起的。我们在胡蜂身上发现了一大块白花花的东西，很像脑子。但是，这似乎是一个例外。在一些因其聪明而令人惊讶的昆虫中，你在它们的头部只能见到一些简单的神经节，与两条纵向神经索没有什么不同。

这种器官方面的低下让昆虫的技艺与群居性更加地令人惊叹不已，而它们所具有的这种长处甚至超过了其他所有的生物，甚至超过了早期的哺乳动物（只有一种哺乳动物不在此列）。昆虫在某些方面比较高，但在另一些方面又比较低，可以说它们是居于中间位置，作为一种生与死的有力的介质存在于生命的梯级中。

7. 第二卷，第一章，第93页，斯瓦默丹。——我们要给使之得以继续其发现的工具的创造者、那位在诸多方面准备了专业解剖工具的创造者，戴上科学的开创者和殉道者的桂冠。必须读一读他的《大自然圣经》，必须读波埃阿夫的配有六幅精美插图的那个版本（两卷对开本），而不要去读有人用法文摘录的那个不完整的版本（第戎科学院出版的论文集）。那里面只有科学的结论，而人却在其中消失了。——我们并不想写昆虫学史。我们将在拉科尔代尔先生的《昆虫学》的序言的末尾找到一个好的概要。

8. 第四章，第125页，昆虫，人类的帮手。——我在此反驳而有人肯定将会饶有兴趣地阅读的那部很好的著作，名为《昆虫或一个喜爱捕捉小鸟的人的反思》，系冈德出版社出版，于1856年12月26日在亚眠科学院一读通过。

我在稍后就自然史的群众教育之必要性所说的话将颇值得听一听的。如果这种教育得以普及的话，世界的财富和道德都会成倍地提高。艾米尔·布朗夏尔的那部重要著作——《农业动物学》（对开本，1854年出版）讲述了对我们的日常的或观赏性的植物有害的那些主要的昆虫的故事。学者普谢特先生在他关于鳃角金龟的精辟的论文中，列出了那些描述有害昆虫的作者的名字。美国国会刚刚授权哈里斯先生介绍这些昆虫的历史。

9. 第五章，颜色和光线的幻影。——我在此所说的一些热带气候的情况是源自许许多多的旅行者的：亨波尔德、阿扎拉、奥古斯特·圣伊莱尔、卡斯代尔诺、威代尔、瓦代尔通等。尤其是有关巴西和圭亚那的情况，我们非常地感激费尔迪南·德尼斯先生的热心肠，他对这两个国家的情况了如指掌。——巴黎除了自然博物馆的收藏外，还拥有好多漂亮的昆虫藏品。最著名的藏品之一就是布瓦·杜瓦尔博士的收藏（鳞翅目昆虫）。有一家专门出售昆虫的先生的收藏，他非常热情，很乐意向我们展示它，阐释它。本章结尾处的昆虫（闪闪发亮的鳞翅目）是一丝不苟的威代尔为玻利维亚圣克吕克斯的女士们带回来的。——那句印第安谚语（"在哪儿拿的它，就把它放在哪儿。"）是瓦代尔通所说的。

10. 第八章，通过研究昆虫改进我们的技艺。——有谁长期以来总看见装饰而却看不到装饰自身在不停地变化着？当一个装饰图案历经了十年，人们便通过某些改变让它恢复其青春活力。在半个世纪的生活中，我已经好多次看到这种时尚的进度了，如果我们没有一种很大的忘性，它会显得非常单调乏味。——我们不应该在暮年之时去寻求改变，去打扮，而是应该在大自然里遍布着的无尽的美之中去汲取。美无处不在，满目皆是：（1）在热带植物的极其突出的形状中，我们的植物形态美是整体的，是大面积的效果产生的；（2）在大量的皮光毛亮的低级动物之中，在许多活动着的微小的软体动物之中，在一些生机勃勃的隐花植物（其形态变大之后能够生成一些极其新颖的图案来的）之中；（3）

在一些让人见了很恶心的生物身体的某些部位上，特别是在苍蝇的眼睛里；（4）在我们在厚实的活体组织里所发现的形状、图形和颜色中，比如我们用解剖刀挑起金龟子的鞘翅层时所见到的。大自然把地球表面装饰得美不胜言，它也许将地球深处装点得更加美丽。没有什么可以与那些活动的流体相媲美的了，看到它们在细微的管道里精确无误地顺畅地流动着，真的是让人叹而观止。因此，我们在许多的昆虫身上所见到的美丽而奇特的图形对我们产生了极大的吸引力（这些图形亦即那些细小的管道）。它们在向我们叙述着，在吸引着我们，倒不是因为它们在其间流动着的闪亮的胚层，而是因为我们能在其中猜测到生命秘密的它们生动的形态使然。——这是它们的可见的活力。

11. 第九章和第十章，蜘蛛。——这两章大部分是出自我们自己的观察。不过，我们也参考了好几部著作，特别是瓦尔克内尔的那部经典巨著，该作在描述方面，在分类方面，在昆虫的习性故事方面，都非常精彩。——阿扎拉告诉我们说，在巴拉圭，有人观察了一只直径有拇指那么长的橘黄色的大蜘蛛在结网。斯托恩通（《爪哇之旅》，第一卷，第343页）告诉我们说，一些亚洲圆网蛛织的蛛网非常结实，只有用利刃才能将它划破；在百慕大，它们结的网能够捕捉到一只像斑鸫那么大的大鸟（理查德·斯塔弗，《科学院学报》，第二卷，第156页）。——我们的目录学家勒迈尔西埃博士借给我一本稀有的、极其精巧的小册子（系他个人的收藏），是卡特尔迈尔所撰写的有关蜘蛛对湿度的敏感，对湿度变化的预知的文章，以及蛛网的灵活的定位，我们将可以大加利用的。——它们编织的秋季的美丽蛛网极具诗情画意，被称为"圣母线"，德·埃唐在1839年出版的《特洛伊的农业社会的回忆》中对此有过很精彩的描述。——关于蜘蛛最可怕的天敌——姬蜂，我们在《美国科普协会论文集》第四卷中可以找到有趣的描述。考虑到其后代，他没有将它杀死，而是将它麻醉，给它注射了一种毒液，让它扩散，使之瘫痪。——我所说的关于雄性想与雌性交配的情节，德·吉尔和勒佩勒蒂埃的文中都有所描述（《科普协会新简报》，手册第67期，第257页）。——最后，蜘蛛的杰作——科西嘉的蛩蛛的精巧的房屋与门，在非常值得信赖的观察家奥杜安的书中有详细的描述，而在他之后，瓦尔克内尔等也有文章发表。

12. 第三卷，第一章，白蚁。——斯迈特曼的那些插图值得重印，而他的那本书（1784年出版）今天已经罕见，也应该再版。我们可能还应该在其中增添一些阿扎拉、奥古斯特·圣伊莱尔、卡斯代尔纳以及其他一些人所提供的饶有兴味的细节，使之成为一部完整的专题著作。——看到自中世纪起便长期被忽视的艺术的伟大而真实的原则被很低级的一些生物在它们惊人的建筑中始终严格地遵从着，这不能不让人有所触动。——我所说的那个下面被白蚁掏空了的瓦朗西亚的情况，就写在德·亨波尔德的书（《赤道地区》）里。至于拉罗谢尔，请大家去阅读德·卡特尔法热先生在《一位博物学家的回忆》中的那个有趣的章节吧。

13. 第二章，蚂蚁。——阿扎拉和拉科尔代尔说，热带蚂蚁的迁徙有时要持续两三天的时间。就其持续性以及惊人的数量而言，它们的迁徙只有北美连续数日的铺天盖地的鸽群的迁徙可以与之相提并论（见巴赞先生所翻译的奥杜安的著作）。兰德对这种蚂蚁的迁徙有着一种颇为有趣的描述（1831年，《自然科学年鉴》，第二十三卷，第113页）。

至于我们欧洲的蚂蚁，我姐夫伊波利特·米阿拉雷告诉我一个有趣的情况，我认为这个情况尚未被人观察到。他给蚂蚁们胡乱地撒了各种谷物：小麦、大麦、黑麦，蚂蚁们将它们运去建筑蚁穴。他把蚁穴弄开之后发现，那些谷粒被精心地排好，分于各层，比如小麦在第二层，大麦在第三层等，它们从不把各种谷物混杂地放在一起。

都灵的华勒里奥博士很慷慨地把吉乌赛普·热内先生的一篇非常棒的意大利文论文送给了我；该文可能会让人觉得极其缜密细致的于贝尔搞错了，他认为母蚁能够独自建造一个"城市"。在受精之后，母蚁便独自爬到某个角落里去，在那儿拔掉翅膀，等待着。一些游荡着的蚂蚁在那儿发现了它，便开始触摸它，认出了它，还看见了它小心谨慎地下在地上的许多的卵，而且这些卵都被它掩饰着，避免被发现。这些游荡着的蚂蚁随即便开始小心翼翼地探测周围，一再地返回到"孕妇"的身边，迟迟地下不了决心。最后，它们的数量在增加，终于接纳了"孕妇"，开始忙乎起来。

有一个我不知道是哪一位亚洲王子的美丽传说（我想是塔迈尔朗王子），说是蚂蚁的无法征服的坚韧不拔是名不虚传的。这位王子在一场战争中被打败，被多次击退，他几乎绝望了，蜷缩在自己的中军帐里。这时候，只见一只蚂蚁在壁板上爬着，他多次将它弄掉下去，但这只蚂蚁总是一次次地在往上爬。王子好奇地看它到底能坚持多久，便一次又一次地弄下它来，一直弄了八十次，但它仍旧毫不气馁。蚂蚁胜利了。王子心里在想："咱们应该效仿它。我们同样能够获胜的。"没有这只蚂蚁，这位王子有可能就失去了他的亚洲王国了。

14. 第三章，蚜群。——几乎所有的植物都可以喂养蚜虫。它们的颜色多种多样，往往还非常鲜艳。玫瑰上的蚜虫在显微镜下观察显出一种浅绿色来，看着非常舒服。让它背朝下时，它就露出一个大肚子和一个好像是个吸盘似的尚未成形的很小的脑袋来，并可看见它在动弹着它那像是小孩胳膊似的爪子。整体看来，像一个天真无邪、毫不让人恶心的小生命。我知道蚂蚁们要吮吸它身上的蜜汁的（见波奈等有关"神奇的受孕"的文章）。

15. 第五章，胡蜂。——在谈论这个也许可以看出大自然的最大威力的可怕物种之前，我本想谈谈它卑屈的邻居——温和的熊蜂。大家并不太了解雷奥米尔还是个很优秀的作家，他往往是很有文采的，他一针见血地指出，这些在粗糙的"小社会"中生活的可怜的熊蜂，如果与胡蜂和蜜蜂的"豪华城市"相比较的话，它们简直就是"粗人""野人"，而它们的窝也就是一些破屋陋舍，不过，我们在参观了"大都市"之后，也可以有点余兴去休息一下眼睛，看看一些普通的"村庄"和一些"村民"的生活（雷奥米尔的《论文集》，第六卷，序言的第 3 页和正文的第 4 页）。熊蜂虽然生活简朴，但不乏智慧；它们也具有一些习性和能力。可怜的雄性熊蜂在别处惨遭不屑，在这里却能大展宏图，它们生活在一个雌性的技艺远不如它们的社会之中，可以扬眉吐气，少受侮辱；它们几乎与"夫人们"平起平坐，后者根本不会残杀它们，不像胡蜂和蜜蜂那样对待它们的被废黜的夫君那样。

16. 第八章，第 239 页，蜡蜂，贵族艺术家。——我在此主要是阐释德·波伏瓦先生的看法（《养蜂人指南》，1853 年出版）。在这本极其重要的小书中，他做出了被于贝尔忽略了的那个重大的区别；于贝尔把建筑师大蜡蜂与采蜜和喂养子女的小蜂混淆了起来。不过，我请他还是应该相信杜雅尔丹先生关于蜜蜂的总的特性的阐释。它们很容易被激怒，面貌阴沉；花儿的汁液和香气刺激着它们，让它们往往不得不拼命地吮吸。其实它们本身倒是挺温和的，能够亲近人。杜雅尔丹先生每天都给一个可怜的蜂巢更换新的食物，所以蜜蜂们对他都很熟悉了，它们向他飞过来，围着他的手转，但并不伤害他。它们每年也都像胡蜂和其他缺食的群体一样，要把雄蜂杀死，因为在鲜花变得稀少的时期，它们害怕饿死。在美洲，人们视它们为文明的象征。印第安人在蜜蜂身上看到的是白种人的先驱，而在水牛身上看到的则是红种人的先驱（华盛顿·艾尔温，《草原之旅》）。

蜜蜂中的"婶娘"和"姐妹"让塔西佗在《日耳曼尼亚志》中写道："'婶娘'在蜜蜂中间就是'母亲'。"这就像是一个国家。

布谢特先生我已多次提及，他很高兴地向我转述了关于能筑巢的蜜蜂的极其有趣的一个细节。"在我好几个月之前走遍的埃及和努比亚[1]，那些膜翅目昆虫以及它们的建筑物比比皆是，以至某些神殿和几个地下建筑的宫殿的天花板上全都被覆盖住了，所有的雕刻以及象形文字也都被它们给遮挡住了。这些蜂巢往往在那儿都是好多层的，层层叠叠地摞在一起，在某些地方，一个蜂巢一个蜂巢重叠着，数量之大，令人惊叹，它们几乎形成了某些钟乳石状的装饰，另挂在这些殿堂的拱顶上。

"蜜蜂所使用的建筑材料只是尼罗河的湿软泥；当它们把自己的子孙后代放在巢内时，它们便将蜂巢用一个精心制作的封盖给封上，等到小蜂经过多次的蜕变之后，会将封盖顶开，飞出蜂巢。不过，这些蜂巢经常会被一种蜥蜴给弄毁；后者借助其非常尖利的爪子在天花板上来回地爬动着。当蜜蜂建筑师在筑巢，或看到蜥蜴毁坏它们的蜂巢，企图吞食它们的孩子的时候，一场你死我活的大决战在所难免。"（见 1857 年 9 月 22 日布谢特先生的信）

17. 第九章，第 255 页，一种女性的直觉。——未来将要阐释清楚的一个重大的问题，就是要知晓女性将在生命科学中占据何种地位，以及生命科学的研究怎样在两性之间有所区别。如果对于动物的同情，长期而耐心的温柔以及对最纤弱的对象的持之以恒的观察就是这一研究所要求的最重要的品质的话，那么，女子似乎应该是位居第一的博物学家。但是，生命科学有着另一个更

---

[1] 努比亚系东非古国，约当今苏丹境内的尼罗河地区，盛产黄金、象牙。

加阴暗的侧面，致使女人远离它，害怕它：这是因为生命科学同时也是研究死亡的科学。

然而，就在本世纪，了解高级昆虫的重要性的那个重大发现却是一位小姐独占了鳌头，她是法属瑞士的一位博物学家的女儿，名叫朱丽娜。她发现蜜蜂中的劳作者是中性的（既非雄性也非雌性），它们是被其狭小的摇篮以及糟糕的食物给弄萎缩，成为"不男不女"的。由于这些劳作者几乎组成了全体"部族"（顶多只有五六只会变成母亲，大约数百只是雄性），因此，蜂巢中的两三万只蜜蜂本皆为雌性。雌性独占鳌头是昆虫群体的普遍规律，这一定是确凿无疑的。"中性"无论是在蜜蜂中还是在蚂蚁中，或者是在昆虫的高级族群中都是不存在的。雄性是一小部分，退居次要地位。我觉得可以这么说：整体而言，昆虫是雌性的。——朱丽娜小姐的发现也向我们证实了"继母"是昆虫的令人赞叹的特性，是无私与牺牲的最高原则，是昆虫群体的尊严之所在。

与那些伟大的发现相比，这个发现的功绩看似低级，但还是很高级的，因为她的伟大之处在于她用她的画笔栩栩如生地向我们展示了这些小生物，让我们了解了它们的真实形态、它们的运动，以及它们的和谐的生活。没有任何一种艺术比绘画更加顺理成章地属于女子。一位女子就这么开始做了。

我们曾不无道理地赞赏了著名的奥杜蓬，他介绍了飞鸟的非常和谐的生活，描绘了它们在植物中，在动物中的情况，叙述了它们与强敌的战斗。但是，大家却忘了这些反映飞鸟的和谐生活的描述是出自一位女子——西比拉·梅里安之手。她的那本漂亮的书（《苏里南的昆虫的蜕变》，三种文字出版，1705 年）是第一本使用这种无出其右的方法并天才地贯彻执行的书。

大家都称呼她为"小姐",尽管她已是已婚妇女。"夫人"这一称呼还只是针对贵族妇女的。因此,她便被称为"小姐"——这个未婚女子才使用的称谓了。她的书极具科学性,极其深邃,给人以一种想法:她是一个摆脱了情爱世界,一心扑在艺术和大自然中的人。

我曾经提到过她,但是我没有说到她早年在瑞士巴塞尔的生活。她是著名的雕塑家们的女儿、姐妹和母亲,她本人也是在丝绒上绘花卉的画家,她长期在法兰克福和纽伦堡工作。她曾经经历过一些很大的不幸,因为她丈夫破产了,离她而去。她在一个秘密会社找到了一个避难所,该会社与从前让斯瓦默丹有所安慰的会社相类似。新兴科学——所谓"昆虫神学"——的宗教光芒震撼了她。她了解斯瓦默丹的伟大思想、蜕变的统一,并为马尔比吉在他的书——《蚕》——中所说的统一所惊叹:"昆虫也有心脏。"

什么!昆虫也像我们人一样有一颗心脏!它也像人的心脏一样地在跳动,在激动,在为愿望、恐惧、情欲而颤动!这是怎样一种打动人心,尤其是女人心的想法?……可是,这却是肯定无疑的事啊!许多人长期以来一直在否认这一点。自1824年,斯特劳斯先生在《鳃角金龟》中阐释了这件事之后,就不再容许有任何的怀疑了。

德·梅里安夫人便从蚕开始研究起来。不过,她的好奇、她的那份艺术家的贪婪让她向各个方面发展着。与阴郁灰暗的德国相比,有着丰富的美洲和东方的藏品的荷兰,让她感到仿佛进了热带的大博物馆。她在荷兰待了下来，用画笔描绘那些收藏。那些如仙境般的古代大墓地存放着亡者，美丽至极，激发了她想要观察这种美之所在的国家的欲望。她以54岁的高龄，前往圭亚那，并在那危险的气候条件下一待就是两年，收集了将在自然史中开创艺术的那些画作。

对于一个纯粹的艺术家来说，困难在于要求自己做得好上加好，要使大自然变得分外妖娆，要在美中增添欢乐、风采娇媚，以便让一本科学书籍使美貌的女人们感到赏心悦目。但是，这一切在玛丽亚·西比拉·梅里安的书中并不存在。她的书充满着一种磅礴气势，一种纯朴率真，一种庄严凝重。同时，仔细地看来，特别是在她亲自着色的那些标本中，植物的柔嫩、宽大和肥实，以及光鲜、色泽、毛茸等让人感觉出一只纤纤玉手在掌控着画笔，在充满着爱意、敬意地轻轻描绘着。

我们在第133页《萤火虫》那一章看到，当当地的野蛮人替她把活素材（毒草、蜥蜴、蛇、怪诞的昆虫等）拿来给她时，我们的这位身在异地他乡的这个新世界中的胆小的德国女人是多么惊讶啊。但是，面对这儿的大自然的奇妙，看到这些活素材，我们的这位画家尽管浑身颤抖却激动不已，她小心翼翼地去触摸它们，心怦怦直跳，但这激发了她的才情。她永不满足，面对着这些稍纵即逝的现实，她匆忙拿起她的画笔，把一只只昆虫的各种形态（毛虫、蛹和蛾子）全都画了下来。但她对此并不感到满足，她把它们放到植物下面，让它们去蚕食，而在它们的旁边，就是蜥蜴、蛇和蜘蛛，在等着吃那些昆虫。由于这种"互相合作"的存在，大自然的交换便出现了；你若用手指去轻轻触摸这些生物，你会感到在这热带气候条件之下,大自然在极其迅速地流动着。这些画作的每一幅都十分和谐,十分完整,这不仅是通过它们的真实的细部体现出来的,而且是通过整体,赋予生命一个深深的感情,这是一个不同凡响的很强有力的教益。

但是,有一件事让我感到震惊,当然这是出于爱的缘故。她画了这些将互相吞食的生物,将它们靠近在一起。它们向前移动着,在互相对视。你可以想象到一场可怕的决斗即将开始。但是,对于这场戏剧性的斗争,她通常是把它掩饰起来的。她害怕描绘死亡。

为了更加深入,为了解剖她的"模特",将它们开膛破肚,迫使自己那支女性的画笔绘出解剖了的昆虫的细部,她付出了多大的代价啊!

阻碍女性研究博物学的障碍就在这儿。因为她们无法面对两张面孔。米开朗琪罗尽管说这无所谓,但是这并不起作用:"死与生,是一回事。这是同一个大师和同一只手的零件。"她们并没有听天由命。在她们与死亡之间并没有任何可能的契约:她们本身就是生命,充满着活力。她们生就是要征服死亡的。让她们丧失生命会令她们恐惧。死亡,尤其是痛苦,不仅让她们感到反感,而且让她们觉得简直是无法理解。她们觉得,出自女人之手的只有幸福和快乐。由女人的一只纤纤玉手施加的痛苦在她们看来似乎是一种可怕的矛盾。

在博物学中有三件事是可能的,那是三件有关生命的事:孵育新生生命,我的意思是说"温馨亲切地照料好婴儿";教育,喂养(如我们父辈所说的那样)年轻的"为人父者";最后,观察学习与大家和睦相处的方法。通过雌性的这三种技巧，雄性就会逐渐地学会并掌握与许多低级的昆虫相处的方法。如果幼儿期并不是很艰难的话，那么雌性昆虫至少不会是无动于衷的，它会分担母亲所做的事情的。如果雌性是个温柔善良的孩子，富于同情心，那它就是大自然的一个调节者。

至于死亡，至于痛苦，至于科学从中汲取的光芒，你就不要去对女性说了。她就能做到这一点，然后便离你而去，不愿再往前走了。

她说道（而且观察可能也的确显得很严重，甚至对最沉着冷静的人也是如此），科学在最后的时刻是通过两条相反的道路发展的：一方面，她通过对习性的研究，并通过对器官的研究，证明动物并不是一个单独的世界，而是更像我们人一样的世界；另一方面，当她非常肯定动物与我们极其相像，很可能也有痛苦的时候，她便希望我们应该尽量减轻它们的痛苦，不要让它们长时间地痛苦下去。

科学因为有了这两个可怕的方面而越来越让女人们不敢涉猎了。大自然虽然在邀请她们了解它，但是同时又在阻止着她们，因为她们心太软，太尊重生命。

在所有的生物中，昆虫似乎是最不受待见的。人们只是看重昆虫的色彩。然而，但凡从昆虫身上只看到乐趣的人，都应该好好地想一想，被钉住的成为标本的活的昆虫有时候得这么活活地受刑好多年！（勒马乌，特别是《动物保护协会公报》1856年9—10月双月刊）

随着女人们逐渐了解了这些生物的母性本能以及它们的无限

的柔情和对"幼儿"的细心呵护，我们的一些母亲再也不可能把这些昆虫母亲当成祭品，让它们忍受酷刑的折磨了！

　　为了这本书而开始做这些研究的心情同样也致使我中断了这些研究。这些研究的最初的诱惑力是于贝尔这位伟大的昆虫研究者的发现所激起的。但是，当我在确信这一点时，那似乎自相矛盾的、不可思议的东西却是与真实现实不完全相符的。看到了那么多的劳动，看到了为了"共同财富"而做出的种种努力，让人不禁对这些小生命感到钦佩而又于心不忍，使我越来越感到难以再把这些有愿望、爱劳动、心中充满着爱的小昆虫当作一件"物"而非一个"生命"去对待了。

儒勒·米什莱生平与创作年表

李玉民编译

儒勒·米什莱（1798—1874）

民族时期的法兰西民族历史学家、革命时期的人民历史学家；首先是史实和文明结构的地理学家和哲学家，继承了叙事或别开生面描述的、哲学的或分析的两种传统，又以其"全面激活"的实践、先知般想象力并有条理的习惯、拉伯雷式绝对独特而又温雅又严肃的行文，超越了这两种传统，——他必须时刻确保掌握风景与地段、纪实与资料、原始手稿与艺术品、飞跃的博学与打磨中的概念。他还创建了一个复杂的网络，保持与通信者和朋友们的联系，一种政治上和科学上的生活本能；没有这种本能，仅凭他雄心壮志，孤胆英雄，也势必失败。这种效仿维科[1]的"胆识"，是从启蒙世纪哲学家那里

---

[1] 吉安巴蒂斯塔·维科（1668—1744），意大利历史学家和哲学家，他的《历史哲学的原则》（1725），在每个民族循环历史中，区分三个时期：神圣时期、英雄时期和人性时期。他的《新科学》由我国老一代学者朱光潜先生译成汉语。

继承下来的，能够活跃并磁化数不胜数的"摘录"、调查、笔记、往来的信函、修改的校样儿、复审的课文，在这种过程中，作品才构建起来。

他的文风客观而又灵活，很早就为他招来批评，也赢得赞扬。他写作的这些优点，尤其揭示了作品构思和撰写的秘密：一种不间断的动态，从一篇阅读到一次晤面，从一堂课到一本书，从一场听众到另一场听众，从一种纯粹文学或艺术的感受，到彻查图书馆和文献馆的老底儿，从一条文献目录的端流，到激发出一种象征，从陆续安排的提纲，到撰写出片段的文稿。

米什莱的这种写作状态，也是他的生活状态。

1798 年　　8 月 21 日，儒勒·米什莱生于巴黎。父，约翰·富尔西·米什莱，原籍法国莱讷省拉昂市，印刷工人。母，原籍法国阿登省。

从出生到 1814 年，由于印刷业极不景气，米什莱一家人生活在贫困中，在巴黎迁居了八次。

1799 年　　拿破仑发动"雾月十八"政变，为帝制做准备，1804 年称帝，创建第一帝国。

1808 年　　米什莱的父亲因欠债，入佩拉吉监狱囚禁数月。

1810年　10月,一直失学的米什莱,开始上语法学家梅洛先生的课,他在课堂结识普万索,成为终生挚友。

1812年　米什莱进入巴黎名校查理曼中学,上三年级(相当于我国初中三年级)。

1814年　父亲所在的印刷厂,因1810年限制印刷工人而关门。他于1814年受聘,到杜什曼医生的疗养院当经理。

1815年至1820年

拿破仑第一帝国于1814年4月解体。1814年4月至1815年3月,为波旁王朝路易十八第一次复辟。1815年3月,拿破仑从流放的厄尔巴岛返回,重新执政,史称"百日政变"或"百日王朝"。1815年6月18日,拿破仑兵败滑铁卢,第二次退位。第二次王朝复辟:路易十八于1815年至1824年在位;查理十世于1824至1830年在位。

1815年　2月9日,米什莱丧母。米什莱父子迁到植物园附近,住进杜什曼医生的疗养院。

伏尔西太太也为杜什曼医生工作,1816年丧女;她善待米什莱,充当了母亲和教师的角色。

1817年　米什莱通过文学班中学会考。

1818年　仅用一年时间,就修完大学的文学课程,获文学学士学位证书。米什莱受聘为辅导教师，能维持自己生活了，他还免费听大学课程。

杜什曼医生的疗养院关门了。米什莱父子搬到罗凯特街，伏尔西太太和疗养院原护士波莉娜·卢梭，一起来同居。波莉娜于六月中旬，成为米什莱的情人。

1819 年　获文学博士学位。

1820 年　米什莱开始记日记（五月），开始撰写回忆录（回忆童年），为了他的好友，在医药学院学习的普万索。他开始对自然科学产生浓厚兴趣。

1821 年至 1825 年

1821 年　2 月 14 日，好友普万索去世，葬在拉雪兹神父墓园；米什莱的母亲也葬在那里。此后，那座墓园便成为米什莱爱去的一个地方。

9 月 21 日，米什莱通过了整顿之后的中学、大学教师资格会考。

10 月 13 日，任命为查理曼中学的额外教师。

1822 年　10 月，受聘为圣巴尔伯中学教师，教授历史课。中学的历史课多年取消，1818 年由负责教育的官员鲁瓦耶·科拉尔提议恢复。

1823 年　12 月，伏尔西太太去世。

1824 年　4 月，米什莱会见维克托·库赞，自由派哲学的年轻带头人。库赞鼓励米什莱翻译维科的《新科学》，正是这部著作，为米什莱提供了他的历史哲学的基本原则。

5月20日，米什莱娶了怀孕的波莉娜。

8月28日，女儿阿黛尔·米什莱出生。

1825年　5月，米什莱同埃德加·基内建立联系，二人是在库赞那里相识的。米什莱同基内的交谈中，更好地了解了德国及其思想家。

米什莱写出了《现代历史编年表》（1453—1789）。

1826年至1828年

1826年　写完《现代历史对照年表》。这两本《年表》是中学教材，用到教学实践，取得了极好的效果，但是很快又受到遏制；低年级的历史课被教育部门叫停。

1827年　2月3日，米什莱被任命为师范学院的哲学和历史讲师。

3月8日，开始发售维科《历史哲学的原则》，由米什莱译成法文，前面加了他的一篇《论维科的体系与生平》。

10月15日，米什莱的《简明现代史》第一部分出版。

1828年　4月15日，《简明现代史》第二部分出版。这两册书是新编的中学历史教材，在教学中得到极高评价。

8月16日至9月18日，德国之行，研究中世纪历史和路德的宗教改革，主要参观海德堡、法兰克福、伯恩等地大学城。米什莱阅读了重要书籍，计有宗教和神话（克劳伊泽尔和施勒海尔）、法学（格林）、民间文化（格蕾斯）。

米什莱重新拾起普万索去世后丢下的日记，但是仅限于概要记录他的旅行。

7月，米什莱被遴选为查理十世的孙女，贝里公主的教师。

1829年至1830年

1829年 7月，面临在哲学和历史之间选择的问题，米什莱选了哲学，然而，教育部指定他教历史。1828—1829学年，他用来讲授罗马历史。

11月17日，儿子夏尔·米什莱出生。

1830年 3月14日至4月底，米什莱到意大利旅行参观，如饥似渴地会见学者，发现文化。

七月革命爆发。7月25日，查理十世当局颁布四项法令，取消新闻自由，修改选举法，从而激起巴黎民众起义（27日），攻占土伊勒里宫（29日），7月27日、28日和29日，史称"光荣三日"。8月2日，查理十世被迫退位，要把王位传给孙子尚博尔伯爵。但是根据修改的宪章，王族奥尔良系接位，8月9日，奥尔良公爵路-菲力浦登基，史称"7月王朝"。

"七月的电光"，照亮了米什莱摸索历史的一片天地。让他豁然看清了各种脉络。此前，他学识精进，已经异乎常人，在教科书中阐明了新思想，打破了旧套路，虽然是开创性的，但毕竟是借用来，缺乏原创性。几年编书、教学、阅读、旅行发现，探索思考，终于有了新的契机，从见识转化为识见，积累知识材料有了自己的见解，开始了他生涯中的大飞跃。

法国政体更新，米什莱先就受益：他受聘为路易-菲力浦第五个孩子，克莱芒蒂娜公主的历史教师，被任命为国家文献馆历史部主任，得以参阅这些文献，对他撰写历史的方法是至关重要的。

1831年 2月20日，米什莱和基内在台步厅，参加了哲学家和经济学家圣西门（1760—1825）派的聚会，听取了昂芳丹"神父"一场宣讲。这是米什莱第一次接触社会主义派别。

8月2日至28日，参观游览诺曼底和布列塔尼两个地区，揭开他一系列外省巡回采风的旅行，发现法国建筑、风景、人文和经济。这与他撰写《法国历史》并行不悖。

4月，《通史导论》出版，米什莱阐述了他的历史哲学观，有别于维克托·库赞、奥古斯丁·梯叶里，甚至有别于维科。

7月，《罗马史》（共和时期）出版。
这两部著作具有宣言的价值和气势。

当路易-菲力浦以"国王—公民"自诩,而他的政体又被称为"共和制最佳典范"之际,《通史导论》旨在将这种君主制建立在民主基础上,而《罗马史》又警示这种体制;凡专制统治须防止东方式退化。

不管怎样,1830年革命之后,法国出现了新气象,民主原则获得胜利,学校青年精神振奋,资产阶级的力量在全国迅猛增长。在公共权力重组中,一些职位空缺出来,米什莱必须以实绩和有价值的思想观念证明自己。

1832年至1835年

1832年　9月1日至8日,比利时之行,发现佛拉芒大画家鲁本斯(1577—1640),还发现了滑铁卢战场。

1833年　4月14日至16日,首次,后续数次到枫丹白露。7月,参观兰斯大教堂。

11月21日,被任命为索邦大学现代史教授基佐(1812年任教授)的接替者。

12月1日,米什莱撰写《法国历史》(起源至1270年)第一卷和第二卷出版,揭开了长达十七卷的鸿篇巨制的序幕。

《法国简史》(截至1789年革命)出版。

1834年　8月5日至9月5日,到英格兰、爱尔兰、苏格兰旅行,发现了工业正经历最强劲发展的一个国家,认识了中世纪的英格兰。米什莱对英法之间的百年战争（1337—1453）产生兴趣，要深入研究，写进下一卷的《法国历史》中。

1835年　8月18日至9月25日，系统参观法国西南地区的图书馆和文献馆。

8月，再版维科的《历史哲学的原则》，增加了由作者撰写的生平。

9月15日，米什莱译为法文的《路德回忆录》出版。

12月，米什莱必须放弃替代基佐教职的任命。

1837年至1840年

1837年　米什莱从此更为经常地记日记。

6月22日至7月18日，旅行参观比利时与荷兰。

6月，《法国历史》（1270—1380）第三卷出版。

《法国权利的来源，从象征与通权格式中寻觅》出版。

1838年　2月13日，米什莱被任命为法兰西学院伦理学和历史教授。一直到1842年，米什莱在法兰西学院讲授的历史课，紧紧追随他的《法国历史》出版的进程。

3月，米什莱被选为法兰西学院伦理学和政治学院士。

6月8日至8月17日，前往瑞士、威尼斯、蒂罗尔，搜集资料，为意大利战争部分做准备。

1839 年　3月24日至4月7日，米什莱前往里昂和圣艾蒂安，调查丝绸工人的命运，前不久，丝绸工人的造反行动引起米什莱的思虑。他在圣艾蒂安，还参观了一个兵工厂和一处矿井。

7月24日，妻子波莉娜去世，因思考与工作过劳而死。

1840 年　2月，《法国历史》(1380—1422)第四卷出版。

5月5日，一名学生阿尔弗雷德的母亲，杜梅尼尔太太初次拜访，米什莱很快就同她建立亲热关系。

7月25日至8月16日，去比利时旅行。

1841 年至 1844 年

1841 年　2月，杜梅尼尔太太因到巴黎接受治疗，住到米什莱位于邮政街的寓所。

米什莱同杜梅尼尔母子到枫丹白露小住，又去鲁昂附近杜梅尼尔家逗留数日。

8月23日，《法国历史》(贞德卷)第五卷出版。

8月，《圣殿骑士团诉讼案》(资料汇编)出版。

1842 年　年初，教权派新闻刊物《天下》猛烈抨击大学。

基内被任命为法兰西学院教授。

5月31日，杜梅尼尔太太在米什莱寓所去世。

6月19日至7月30日，德国之行。这是具有决定意义的一年，准备撰写《人民》和《文艺复兴》，米什莱必须细化方法。

1843年　米什莱和基内回击教权派新闻刊物越来越激烈的诋毁，约好在各自的课堂上讲解耶稣会。

7月15日，《耶稣会教团》出版。

8月，米什莱的女儿阿黛尔同阿尔弗雷德·杜梅尼尔结婚。杜梅尼尔脱离基督教，改宗信仰"未来的新上帝"，米什莱视他为门生。

1844年　米什莱在学年课堂上，集中讲述罗马和法国，继续这场论战。

1月4日，《法国历史》（路易十一卷）第六卷出版。

5月18日至6月22日，米什莱到普罗旺斯地区、中央高原采风考察。

1845年　1月，《论教士、女人和家庭》出版。米什莱在1844年讲课中，萌发写这本书的灵感，旨在揭露教会精神指导的体系。

《耶稣会教团》和《论教士、女人和家庭》这两部著作，是论战的书，也是方法论，阐明个人见解的书，达到教育的目的。可惜法国不是英国；路易-菲力浦也不是新君主，米什莱注定受挫。

在一段时间，政府机构及其报纸的态度，还有利于这些自由派教授，但是面对教授们的思想有转向革命的势头，他们就发出了反对的声音。正因为如此，米什莱在法兰西学院开设一系列法国革命的课程。而且，他也放下《法国历史》第七卷，即文艺复兴卷的撰写工作，决定先写《法国革命史》了。

3月8日，米什莱收到昂芳丹神父的一封长信，说他读了《论教士、女人和家庭》一书。后来，米什莱在《日记》（1845年3月8日至23日、1854年4月3日）都有记述，表明这封信在米什莱的思想中，引起极深的反响，尤其信中宣告必须抱着一种务实的态度，创立一种"未来的宗教"。

1846年 1月28日，《人民》一书出版。这是第一本务实的书，不再摆出战斗的姿态，而是循循善诱的一本教科书。

4月，基内的课程被叫停。

11月18日，米什莱的父亲去世。父亲一直是他忠实的伙伴，在他的心目中，就代表了人民和法兰西革命。

米什莱从开始修史到1831年出版《罗马史》，已形成自己的历史观，其中重要的一点，就是在《罗马史》中突出表现的"去符号化"。他的矛头直指"从未有过的人民最美好的生活"，这是明目张胆的社会有机论者的抱负：反论说；反粉饰性讲述历史的"故事"，还原人类自行创造的历史。米什莱以孟德斯鸠自居，另行设置"方法和表述"，建立在各部分与整体"比例协调"的原则上。源自罗马的传说，都要在哲学上、人种志上和象征上进行讨论,从而建立一个有三种成分(语言、种族、信仰)的体系。这种体系可以复制,讲述别的种族的历史:伟大人物,汉尼拔或者凯撒,来往于东西方之间进行征伐。在这里,精神史则基于寻求发现一国人民历史特造的"天才"人物。

米什莱在《罗马史》中的独特贡献,就是开篇就将人民和民族置于他们的地盘上,给他们载满他们历史的物质基础,在人的大地上传诵他们的理想史诗。

然而,《法国历史》出到第六卷,到文艺复兴的前夜,在法国创建国家君主制的路易十一,是一个形象十分暧昧的国,雨果在1831年出版的《巴黎圣母院》中,就有精彩的描绘。于是,如何全面评价文艺复兴,米什莱"去符号化"的主张出现了危机。他搁下《法国历史》,开始撰写人们还记忆犹新的历史:《法国革命史》。

不过,在《论教士、女人和家庭》中,米什莱已经有了些想法。女人,从女儿到妻子和母亲,必须教育她们懂得法津赋予的自由,摆脱教士对其思想意识的控制:"必须有个人为了爱","爱想要提升"。米什莱就是从这一点出发,考虑男人和女人的关系,包括性欲和社会两个层面,以期未来有利于培育具有创造性的英雄主义。

到了《人民》出版的背景:米什莱投身这场混战,所冒的风险远远超出大学自由派教授的问题,将他的作品、他的方法和他自身，在《人民》中完全融为一体了。这是个人的、社会的、国家的有机论有机性的宣言，力图将现代社会的喧嚣和危机，统统纳入宗教的表述中。

《人民》全书的核心，就是探索暗喻乡村的美德，劳动和大自然实践智慧的根底。童年和天赋的力量，在书中交相辉映，类似得令人叹为观止，米什莱后来称之为革命的法则：人民的本能与知识阶层的学识相得益彰，调理着两者的合作，米什莱根据这样的描绘，预言了"未来的年轻祖国"。

1847年 法国革命的研究需要文学性的现实材料。一月，路易·勃朗[1]开始出版他编写的《法国革命史》。三月，拉马丁[2]出版了《吉伦特派历史》。

2月10日，米什莱的《法国革命史》第一卷出版。

11月15日，他的《法国革命史》第二卷出版。

11月13日，米什莱收到阿泰纳依丝·米亚拉雷的

1　路易·勃朗（1811—1882），法国历史学家和政治家。他的著作《十年史》（1841—1844）有社会效应，扩大了反对七月王朝的力量。他是二月革命临时政府的成员，但是他看到他按照社会主义思想提出的社会改革方案失败，于六月流亡国外。1870年回国，为极左派议员。

2　拉马丁（1790—1869），法国浪漫诗人和政治家。他是二月革命临时政府成员并任外交部长，真正主宰了法国数周。六月，巴黎工人起义被镇压，十二月总统选举中，败于路易·拿破仑。

一封信。这位二十岁的小学教师看了《论教士、女人和家庭》一书，受到了强烈的触动。

1848 年 1月2日，米什莱的教学被叫停。他决定每周发表他准备好的讲义。

2月24日，革命爆发。起因是基佐内阁取消了共和派定于2月22日举行的宴会，引发二月革命。路易-菲力浦要让位给长孙巴黎伯爵。2月25日，在巴黎民众的强烈要求下，第二共和国宣告成立。

3月6日，米什莱和基内恢复教学。

3月10日，米什莱拒绝参加议会。

6月，面对镇压巴黎工人起义的场景，米什莱万分震惊和愤慨。

8月，集中思考未来的一部著作：《人民的圣经》。

11月8日，米什莱初次会见比他小三十岁的阿泰纳依丝·米亚拉雷。

12月，法兰西学院主管莱特罗纳去世，接任者巴泰勒米·圣伊莱尔更加敌视米什莱。

1849 年 1月25日，米什莱在法兰西学院开了"爱情教育课"。

2月10日，《法国革命史》第三卷出版。

3月12日，米什莱和阿泰纳依丝到民政部门登记结婚。新婚夫妇在维利耶街安家，彼此耐心等待克服性关系的困难。

8月13日至26日，阿登地区和比利时之行，察看杰马普战场（法国革命期间，1792年吉伦特派掌权，北方军司令迪穆里埃将军先后在瓦尔密、杰马普两场战役，击败奥地利军，占领了比利时）。

9月3日，米什莱夫妇这桩婚姻开始圆满。

10月1日至15日，米什莱作为陪审员，参加重罪法庭审案，他力求为被告减刑或无罪释放。

1850年　2月10日，《法国革命史》第四卷出版。

7月2日，米什莱喜得一子，取名伊夫·约翰·拉撒路（取《福音》中的复活之意）。

8月24日，拉撒路夭折。阿泰纳依丝渴望在教堂之外给孩子洗礼。一次宗教仪式的这种需要，搅动了米什莱的思绪。

1850年和1851年　米什莱在课堂主要讲授妇女和民众教育。

1851年　3月6日，米什莱被巴泰勒米·圣伊莱尔召到学院办公室（教授全体会议），他向部长揭发了米什莱反对路易·波拿巴。11日，他又被指责教学论战味太浓。他的同事们没有支持他。

3月12日，中止了米什莱的教学。

3月20日，拉丁区的大学生游行支持米什莱。

4月8日，宣布停发他的教授薪金。

4月，《法国革命史》第五卷出版。

7月末，波尔多与阿尔卡松之旅。

10月24日，米什莱拒绝发给他的半份教授薪金。

11月20日，出版第一传《民主的黄金传说：科斯休斯科传说》（波兰爱国将军）。

12月2日，路易-拿破仑·波拿巴发动政变，实行个人独裁统治。

1852年　路易·波拿巴发动政变前后，一批参加1848年革命的共和党人就流亡国外。政变一年后，路易·波拿巴于12月2日建立第二帝国，称拿破仑三世。流亡国外的雨果轻蔑地称他"小拿破仑"，著了大量诗文进行讽刺揭露。米什莱留在法国，也进入职业生涯最艰难的时期，但是他的笔还是自由的，写出专制统治者难以阻遏的不朽作品。

4月，米什莱连同基内几人被解除在法兰西学院的教授职务。

6月3日，米什莱拒绝新政权要求每个公务员的效忠的宣誓。

6月9日，米什莱离开了文献馆。

6月12日，出行前往南特·加里埃（革命时期国民公会成员，在大恐怖期，1794年受指控而被绞死）的城市，毗邻旺代省，在那里准备写大恐怖卷，《法国革命史》第六卷，即最后一卷。

从此，米什莱无职一身轻，不必因公务滞留巴黎；

每年都到这外省度过一段时日。

1853年　2月至3月,可能因为撰写大恐怖的历史;身心产生了反应,一时心力交瘁,生了病。

8月1日,《法国革命史》第六卷出版。

10月29日,前往意大利休养,期望恢复健康。

11月15日,《民主的黄金传说》第二传出版,题为《多瑙河公国,罗塞蒂夫人》。出版《贞德》单行本,与《法国历史》第五卷分别出版。

11月18日,到意大利南方,在热那亚附近的小港内尔维落脚。米什莱病得不轻,还是关注了这个地区的民众和极度的贫穷,产生写《盛宴》的意念,批评费尔巴哈。

1854年　1月21日,出版《北方民主传说》(科休斯科、罗塞特夫人、俄罗斯的殉道士们)。

《盛宴》写出数章,生前未能发表。

4月《革命的妇女》出版。

4月20日至6月4日,在都灵逗留,查阅十六世纪的档案史料,续写中断十年的《法国历史》。

6月5日至30日,到阿克奇进行泥浴,参加自然元素诗意疗效的秘密仪式。

1855年　2月1日,《文艺复兴史》——《法国历史》第七卷出版。

在第七卷的序言中,重新阐述,降低了对中世纪时期的评价。

7月2日,《改革史》——《法国历史》第八卷出版。

7月6日至15日,米什莱前往比利时与荷兰,去看望12月2日政变遭放逐的基内,搜集对《文艺复兴史》的报道。

7月15日,米什莱的女儿,阿黛尔·杜梅尼勒去世。

8月23日,在勒阿弗尔逗留期间,米什莱初试海水浴,同自然的第二元素亲密接触。

从此,米什莱每年都安排海水浴。

1856年 3月8日,《宗教战争》——《法国历史》第九卷出版。

3月12日,《鸟》出版。这是写自然史的一系列著作的开篇。米什莱从青年时起就对自然史产生兴趣,而且始终不减。这也是同他妻子合作的成果。

11月1日,《结盟》——《法国历史》第十卷出版。

这一年,米什莱还上了解剖课,他十分惊叹显微镜的功能。

《鸟》的出笼,是米什莱著述的又一大突破,但是这次突破不能不说借助了他年轻妻子之力。事实上,这个陪伴在身边的女性,全面催生了这部作品,为作者历史和哲学的思考立了一个新的通则,将他的散文诗化推向极致。这种新的概括,其根本原则很可能就是异国情调的概念，换换口味，再确切点儿说，就是力求重新整合所有外在性的东西、所有异国他乡的事物，所有的传说，不管是可疑的还是可心的；须知这些外在的事物，即使这位历史权威魄力十足的实践，也不能全讲清楚，同样，去符号化的大道理，也不可能深入群体的灵魂中领悟这些传说。的确，无论在米什莱还是在雨果看来，凡是历史，都会把女人视为典范的疑难问题：女人既是流放又是家园，既是不可能又是前景，既是奴役又是解放，既是沉默又是激励。女人的面孔类似自然，类似芸芸众生，类似人民。女人周期的形象，就如同天地的旋转，人类的大节律，社会的博动；而这种社会的博动，西方理性的统治总是拼命地否认，一直宣扬它那盲目而可笑的普遍主义，宣扬它那不得不阻碍生物的、有机论思想飞跃的笛卡尔几何主义，还宣扬它那不断摧残社会性的政治优先。

米什莱写作的转型，同当时的政治大气候密不可分。1830年政权露骨的专制统治野心，虽然遭遇失败，却被1848年6月那场屠杀，被路易-拿破仑·波拿巴的政变粗暴地批准了。正是那场屠杀，才可能让"小拿破仑"得逞，也使得奥尔良派资产阶级和共和派知识分子，双双丧失民心和政权，才让恬不知耻的金融冒险家掌握国家的命运，推动工业化进程，而工人阶级边缘化，脱离了令人安心与英雄气概的自由思想。

可以说，这是社会理想的全面崩塌，已无米什莱的容身之地。于是他逃往南特，逃向大海，这个生命的源泉，因为历史把人推回本原。他终于得力于地理政治型的社会形态学，谱成了希望之歌：《鸟》《虫》《海》《山》的大自然交响曲。

智慧的力量在民间。米什莱在南特找到学者安琪·盖潘，科学和共和的斗士，传承社会主义思想的历史学家和哲学家。随后，米什莱又到地中海沿岸，意大利南端的内尔维，他终于结成了女性、自然历史、作为方法的文艺复兴、社会经济学、回炉的哲学和宗教这种联盟，反对那个费尔巴哈的残缺不全的系统论。正是这种联盟筹备他所谓"盛宴"的人类总联盟。

1857 年　5 月 27 日，《亨利四世》——《法国历史》第十一卷出版。

10 月，自然史的第二本《虫》出版。

米什莱到枫丹白露度夏。这段逗留，米什莱称为获取资源的最佳时期（9 月 8 日的狂风暴雨）。此地的影响力，集中了自然（森林散步，观察昆虫）和历史（观赏宫堡及其壁画）；还唤起了他三场爱情的记忆（波莉娜、杜梅尼勒太太和阿泰纳依丝）。

1858 年至 1861 年

1858 年　3 月,《黎赛留和投石党》——《法国历史》第十二卷出版。

6 月至 10 月,到格朗维尔(芒什省首府)和波尔尼克(卢瓦尔-大西洋省首府)度过这段时光。

11 月 17 日,《爱情》一书出版。

1859 年　3 月 20 日至 4 月 11 日,出席解剖现场。

6 月至 10 月,到滨海夏朗特省圣乔治-迪多纳乡度过数月。

11 月 21 日,《女人》一书出版。

1860 年　4 月 27 日,《路易十四》——《法国历史》第十三卷出版。

6 月 20 日至 8 月 5 日,决定性的一段逗留时日,放弃小说的创作,有利于爱情史和自然史的写作。

1861 年　1 月 15 日,自然史的第三本《海》出版。

2 月 28 日,米什莱动笔创作一部小说:《西尔维娜——一名清洁女工的回忆录》,数次放弃;又数次重新拾起,但是最终没有写完。在瑞士的维托,他放弃这一写作计划,要集中精力创作《一位正派少女的回忆录》(阿泰纳依丝的一生)。

1862 年　2 月,《路易十四和勃艮第公爵》——《法国历史》第十五卷出版。

3月23日,儿子夏尔在斯特拉斯堡住院,4月16日去世。

8月到9月,在滨海塞纳省圣瓦莱里-昂科,阅读达尔文的著作。

11月15日,《巫术》出版。

《巫术》是这种最终方法的范例。内中的流亡,可以说内中如同流亡,如同禁区和退缩,如同必须改变所有习惯的秘密,从而给历史的真实带来象征的有机性。

《巫术》是米什莱摘取自他的《法国历史》诸多有关巫术的章节——这种历史边缘的表相——重新整合,安排场景使之完整,用地理学裁剪年表,如同采取一种复述方式,表现逐渐显露出来的教会、官职、国家和科学的权威影响,从而为人文科学的整个现代人类学开辟道路,犹如米歇尔·傅科(1926—1984,法国哲学家)可能继续阐明的那样。这种历史的回顾,前面有一部分纯粹是传说:中世纪女巫:搜集异教原初轶事的女人、撒旦的妻子、封建农业社会的反面、采草药女人,自然出现在世俗社会的反自然现象,生命科学的源头。米什莱这么做,实际上就是翻过来,掉过去:《文艺复兴》其实就等于他那《中世纪》的否认;而中世纪又反过来,成为重读古典几个世纪的历史的考古原则,又如同民众和女性批评君主制的癌变。而且,正由于这种癌变,自从宗教战争以来,法兰西正在衰退,无论大革命,也无论浪漫主义,都未能阻止这种衰退进程。

米什莱这样深挖文艺复兴的失败,给任何可能编写的"历史"所带来的,正是一种"反历史"的魄力,一种科学生产者撒旦精神的巫师之爱——如同该隐(亚当和夏娃的长子,不受宠爱)和所有被社会排斥的人,都是生产的生产者,能让一种"历史"重新站起来的工人。这种"反历史"相当狡猾,深知她(法语"历史"一词为阴性)那正史姐姐的谬误与罪行,不断揭发能把人引入歧途的危险。米什莱写完《巫术》,在土伦港锚地"一派非洲景象"的地方,等待在"理性、权力、自然"中,升起希望的宗教大黎明;然而,如果说西方在这一岸完全胜利了,那也是以它的绝对失败为代价;预兆十分明显,我们在经济、性别、语言等领域所取得的惊人进步,并不是真正的世界,而我们的普遍性,已经被那些社会所遗忘、所排斥的大众深度要求远远超越了。

1863 年至 1864 年

1863 年　4 月至 9 月,居住在蒙托邦,阿泰纳依丝母亲的身边。9 月至 10 月,在图卢兹、比利牛斯山脉地区逗留,一直到圣让·德吕兹乡。

10月1日,《摄政时期》——《法国历史》第十五卷出版。

1864年 7月至9月,旅居圣瓦莱里-昂科。

10月31日,《人类的圣经》出版(旨在反驳勒南的《耶稣的一生》)。

法国作家和历史学家勒南(1823—1892)正撰写《基督教起源史》(1863—1881),第一卷《耶稣的一生》1863年出版,引起强烈的反响。米什莱随即写了《人类的圣经》回答。

《人类的圣经》勾画出新的普遍性的蓝图:"大地无处不是希望之乡,世界哪里都是耶路撒冷"。新的"有弹性的书",是他势在必写的。这部著作的综合性令人惊叹,没有塞进任何怕惹起争议的谨慎用语,以赢得有礼貌的听众。光明中的人民(印度、波斯、希腊)的总辩护书,反对黑暗中的人民(埃及和犹太基督教传统的国家),罗马帝国倾覆与中世纪破灭的艺术再现,关于女人史诗的情绪激昂的争论,全书结尾,长段援引了《法国革命史》的序言。然而,如果从1864年回到1847年,预言未来的"起义",那就得全面改写,深挖对自己的忠诚度。赫拉克勒斯和普罗米修斯的神话,链接全书的两部分,相当清楚地表明,劳动是世界和思想的动力,还表明神话就是团结、身份、科学和意识的活生生的现实。

1865 年至 1867 年

1865 年　6 月 30 日至 7 月 28 日，在瑞士维托镇逗留，8 月又到圣热尔维，米什莱在阿尔卑斯山区这些地方，又萌生新的创作意念，再写一本自然史的书：《山》。

从 9 月到 12 月，米什莱仍然流连于山区的一些城镇。从此，山的魅力取代了海的魅力。

1866 年　4 月底，米什莱取道图卢兹返回巴黎。

5 月 1 日，《路易十五》——《法国历史》第十六卷出版。

8 月 21 日至 9 月 13 日，到温泉之乡奥恩省巴尼奥勒疗养。

12 月 14 日，又动身去阿尔卑斯山区的耶尔镇。

1867 年　米什莱在耶尔过冬。

5 月至 6 月，在瑞士维托逗留。

7 月，在恩加丁，准备写《山》。

10 月 10 日，《路易十五和路易十六》——《法国历史》十七卷出版。大功告成。

1868 年　2 月 1 日，自然史第四本《山》出版，米什莱实现了心愿。

米什莱又抓紧写《书中之书》，全书的大线条，他的作品和他的生命的力量：教育。

7 月 2 日，要为再版的《法国革命史》重新写一篇序言，关于教育的书，他正文思汹涌，却不得不最终停下来。

米什莱趁《法国革命史》再版之际，特意阅读了基内的著作《革命》(1865)，以及路易·勃朗描述大革命时期的作品，他发现将他和基内现在拉开的差异。9月9日，他给基内写了一封信，近乎"绝交书"。

9月，米什莱到枫丹白露小住。

10月，米什莱回巴黎，在《时代》上，跟路易·勃朗就法国大革命展开一场辩论，反对罗伯斯庇尔的形象和作用。

1869年 5月，在1869年议会选举中，米什莱支持儒勒·费里，共和党人候选人。6月，共和派在巴黎选举中获胜，这促使米什莱重树对未来的信念，重又投入政治斗争。

5月，在1820年做的一场梦，但是在日记中没有提及，却搅得心神不宁。

8月至9月，到瑞士旅行并逗留。临近年终，做了许多笔记，涉及各种"取向"。

9月13日，为《法国革命史》再版新写的序言，寄给出版商拉克鲁瓦。

11月12日，出版《我们的儿子》(教育的历史与改革)。

11月,计划写《十九世纪历史》,只好放下《书中之书》与一部《爱情史》(从1849年就酝酿创作)。

1870年 关于帝国的全民公投,七百万人同意,一百五十万人反对。

7月19日,法国对德宣战,史称"普法战争"。9月1日,拿破仑三世与麦克马洪率大军到色当,被普鲁士军包围,次日率众投降。

9月4日,巴黎宣布成立共和国。

米什莱对法国全军覆灭大失所望,他于9月2日离开巴黎,前往瑞士。

9月19日,普军开始围困巴黎。

10月2日,米什莱考虑写些文章,说明法国的处境,以他的笔为捍卫祖国出力。

10月29日,米什莱身体虚弱,到佛罗伦萨休养。

1871年 1月25日,米什莱所写的小册子《法国面对欧洲》发行销售。

4月30日,米什莱在比萨突发心脏病。

3月18日至5月27日,巴黎公社时期。保卫巴黎的国民自卫军,于3月18日接管巴黎的市政权力,26日,巴黎公社宣告成立。旧政权在凡尔赛组成政府,对外妥协,对巴黎公社实行血腥的镇压。5月22日至28日,巴黎公社社员退到拉雪兹神父公墓,全部被政府军杀害,史称"流血周"。

5月22日,米什莱在佛罗伦萨,得知巴黎公社被镇压的消息,精神再次受到打击。

6月至10月,米什莱在瑞士逗留期间,重又撰写《十九世纪历史》。

1872年至1874年

1872年　4月3日,《十九世纪历史》第一卷出版(还附上一篇历史研究文章,思考出身,以及他出生前后那几年)。

10月,米什莱患肺炎,他的右手半瘫痪。他从4月便回到巴黎。

1873年　3月15日,《十九世纪历史》第二卷出版。

米什莱居住在瑞士,继而回法国,住在耶尔镇。

1874年　1月,《十九世纪历史》第三卷写完。

2月9日,米什莱突发心脏病,在耶尔逝世。

1875年　《十九世纪历史》第三卷出版。

米什莱逝世后,他的夫人整理出版他的遗著,但是以她的方式动了米什莱的文稿:截取,添加她补写的段落。陆续出版了《盛宴》(1879)、《我的青春》和《我的日记》(1884、1888)——青春的回忆,以及重新书写和重组的《日记》——《罗马》、《在欧洲的路上》、《我们的法兰西》(记述旅行的一些拼凑作品）。

1893年至1898年 《米什莱全集》第一版，由弗拉马里翁出版印出发行。

1959年 出版了《日记》（1828—1848）第一卷。
《青春记述》（1820—1821,《回忆录》《思想日记》《阅读日记》）。

1961年 《日记》（1849—1860）第二卷出版。

1976年 《日记》（1861—1874）第三卷和第四卷出版。

米什莱这份年表，虽简略却很齐全，求全因为是汉语版的第一份，有助于全面了解米什莱半个世纪的忙碌和惊人的著述。这份年表是根据《法语文学词典》米什莱词条编译的。年表前有长文专论，是研究米什莱的专家，J. 塞巴歇（J. Seebacher）撰写的，很有深度和特色。我选译了几段，置于年表开头和相关作品后。专论结尾的两段，应是理解米什莱如此丰富的著作的钥匙，译出来与读者共享：

米什莱激烈反对浪漫主义，只因浪漫主义高踞于云端；远远隔离资产阶级世纪病，而且还绕开劳动和历史的学问艰深的现实，他小心翼翼地守护，始终保持自己行为的导向，这种端正的态度迫使他反对勒南，同基内断交，也同那个雨果保持距离,尽管雨果在流亡中,在所有方面都越来越同他接近了。然而,除了神话的巨大冲力,除了能同乔治桑,甚至能同福楼拜友好交谈的这种新型的叙述性,除了将浪漫主义推向极致的这种科学的、哲学和文学的自然主义,米什莱的文体,若想归结为一种风格,就不能不只赞赏他的诗意,心悦诚服地忽略其余的一切。这种文体,首先是组合,拟态式构筑各种材料、片断的知识、它们之间假定性和象征性的关系、它们历史意识的奇思异想。然后,这一点尤为重要,在这种符号的链条之间,安插主观性的精彩对话,以便在社会未来的客观性中占领地盘。米什莱的这一自我,在这个过程中,不断认识自己,感受考验自己,同时一直引逗对话者,引导读者的自我脱离自身,使之诞生于自由,使之进入圈套而最终自我解脱。

以此而论,米什莱的历史作用是巨大的。一方面,他培育起来共和意识、新型的教育——但是也冒很大风险:法国激进主义和社会主义公开的暧昧性,乃至背叛、排犹主义、贝当(法国"二战"期间与德国合作的贝当元帅)派,以及纳粹异端"新哲学"等种种反应。另一方面,他也提供了科学和思想意识带有先知性的各种各样条件境况,以避免斯平格雷(Spengler,1880—1936,德国哲学家和历史学家)于1918年描绘的那种"西方的衰落"。总之,如同雨果那样,米什莱将哲学和历史的自然主义的文学运用,推到恰当可控的极端,这种差异的体系化既可以称为超自然主义,也可以称为超现实主义。二十世纪的作家们,被抬举到不当归属于米什莱的流派,或者不当敌视他那形象的流派,他们不会轻易承认欠他的恩债。然而，在宗教和家园毁灭的乡愁中，在语言和文明的紊乱中，在奉献和爱情的革命中，恐怕很难不撞见他，如同撞见不断要使当今摆脱中世纪的一个人。

2018年8月
于大连金石滩

《中国昆虫自然史》

(Natural history of the insects of China)

1789 年

爱德华·多诺万（E.Donovan, 1768—1837），爱尔兰作家，自然历史插画家。1807年创立了伦敦自然历史博物馆和研究所，并出版了多部自然史图书。

《中国昆虫自然史》

(Natural history of the insects of China)

1789 年

爱德华·多诺万（E.Donovan，1768—1837），爱尔兰作家，自然历史插画家。1807 年创立了伦敦自然历史博物馆和研究所，并出版了多部自然史图书。

《中国昆虫自然史》
(Natural history of the insects of China)

1789 年

爱德华·多诺万（E.Donovan, 1768—1837），爱尔兰作家，自然历史插画家。1807年创立了伦敦自然历史博物馆和研究所，并出版了多部自然史图书。

《中国昆虫自然史》

(Natural history of the insects of China)

1789年

爱德华·多诺万（E.Donovan，1768—1837），爱尔兰作家，自然历史插画家。1807年创立了伦敦自然历史博物馆和研究所，并出版了多部自然史图书。

《中国昆虫自然史》
(Natural history of the insects of China)

1789 年

爱德华·多诺万（E.Donovan，1768—1837），爱尔兰作家，自然历史插画家。1807 年创立了伦敦自然历史博物馆和研究所，并出版了多部自然史图书。

茄属类植物

(maccai, Solanum' sp.)

1705 年

玛丽亚·西比拉·梅里安（Maria Sibylla Merian, 1647—1717）

刺果番荔枝

(Annona muricata)

1705 年

玛丽亚·西比拉·梅里安(Maria Sibylla Merian,1647—1717)

塔树花，鸡蛋花属植物

（Indiaansche jasmynboom，Plumeria sp.）

1705 年

玛丽亚·西比拉·梅里安（Maria Sibylla Merian，1647—1717）

菠萝（凤梨）上的
苏里南昆虫

1705 年

玛丽亚·西比拉·梅里安（Maria Sibylla Merian，1647—1717）

1、2、3：栎蛱蝶属 静栎蛱蝶（Romalaeosoma rezia）
4、5：栎蛱蝶属 瑞栎蛱蝶（Romalaeosoma ravola）

威廉·休伊森（William C. Hewitson，1806—1878），
十九世纪英国博物学家、收藏家、科学画家。
出版有五卷本《异域蝴蝶新种图解》《不列颠鸟卵学》等。

1、2：襟蛱蝶属 蜡襟蛱蝶（Messaras maonites）
3、6：襟蛱蝶属 黑缘襟蛱蝶马德亚种（Messaras madestes）
4、5：襟蛱蝶属 麦襟蛱蝶（Messaras maeonides）

威廉·休伊森（William C. Hewitson，1806—1878），
十九世纪英国博物学家、收藏家、科学画家。
出版有五卷本《异域蝴蝶新种图解》《不列颠鸟卵学》等。

1、2：喜蛱蝶属 马斯喜蛱蝶（Siderone mars）
3、4：拟叶蛱蝶属 拟叶蛱蝶（始安蛱蝶）（Siderone archidona）

威廉·休伊森（William C. Hewitson，1806—1878），
十九世纪英国博物学家、收藏家、科学画家。
出版有五卷本《异域蝴蝶新种图解》《不列颠鸟卵学》等。

1、2：荫蛱蝶属 无瑕荫蛱蝶（Epiphile epicaste）
3、4：荫蛱蝶属 玉带荫蛱蝶（Epiphile eriopis）
5、6：荫蛱蝶属 月上荫蛱蝶（Epiphile epimenes）

威廉·休伊森（William C. Hewitson，1806—1878），
十九世纪英国博物学家、收藏家、科学画家。
出版有五卷本《异域蝴蝶新种图解》《不列颠鸟卵学》等。

《苏里南昆虫变态图谱》

1705 年

玛丽亚·西比拉·梅里安（Maria Sibylla Merian，1647—1717）

毛毛虫、蝴蝶
(Caterpillars, Butterflies)

在 1705 年到 1771 年之间

玛丽亚·西比拉·梅里安（Maria Sibylla Merian, 1647—1717）

《苏里南昆虫变态图谱》

1705 年

玛丽亚·西比拉·梅里安（Maria Sibylla Merian，1647—1717）

图书在版编目(CIP)数据

虫/(法)儒勒·米什莱著;陈筱卿译.—北京:中央编译出版社,2018.10
ISBN 978-7-5117-3520-1

I. ①虫…
II. ①儒… ②陈…
III. ①散文集－法国－近代
IV. ① I565.65

中国版本图书馆 CIP 数据核字 (2018) 第 008407 号

虫

出 版 人:	葛海彦
出版统筹:	贾宇琰
责任编辑:	朱瑞雪
责任印制:	刘　慧
出版发行:	中央编译出版社
地　　址:	北京西城区车公庄大街乙 5 号鸿儒大厦 B 座 (100044)
电　　话:	(010) 52612345 (总编室)　　(010) 52612341 (编辑室)
	(010) 52612316 (发行部)　　(010) 52612346 (馆配部)
传　　真:	(010) 66515838
经　　销:	全国新华书店
印　　刷:	北京紫瑞利印刷有限公司
开　　本:	880 毫米 ×1230 毫米 1/32
字　　数:	202 千字
印　　张:	10.75　彩插: 16 页
版　　次:	2018 年 10 月第 1 版
印　　次:	2018 年 10 月第 1 次印刷
定　　价:	49.80 元

网　　址:	www.cctphome.com	邮　箱:	cctp@cctphome.com	
新浪微博:	@ 中央编译出版社	微　信:	中央编译出版社 (ID: cctphome)	
淘宝店铺:	中央编译出版社直销店 (http://shop108367160.taobao.com) (010) 55626985			

本社常年法律顾问:北京市吴奕赵阎律师事务所律师　闫军　梁勤
凡有印装质量问题,本社负责调换,电话:(010)55626985